신의 수호자

2. 귀환

신의 수호자

2.귀환

우에하시 나호코 지음 김옥희 옮김

스토리존

차례

서장
왕성의 후원에서

석양이 왕성의 후원을 황금빛으로 물들이고 있다.

이한은 후원 한구석에 있는 등나무의 밑동에 앉아 멍하니 뜰을 바라보고 있었다. 여기 앉아 있으면, 커다란 나무에 안겨 있는 것 같아 이상하게 마음이 편안해진다.

가신들은 왕족의 침실 뒤편에 있는 이 후원에는 거의 출입을 안 하며, 다른 왕족들도 거의 오지 않아 혼자 있을 수가 있다. 이 성에서 태어나 자란 이한이 가장 좋아하는 장소였다.

신년 의식도 치렀는데 이 후원에는 눈이 없다. 이한은 북부와 남부의 경계에 있는 자신의 성을 떠올렸다. 지금쯤이면 눈이 지붕을 살포시 덮었을 테고, 이 시각이면 이미 땅거미가 내려앉았을 것이다.

황혼으로 물든, 봄처럼 따뜻한 후원은 고요했다. 새벽부터 흥분으로 시끌벅적하던 성이 지금은 텅 빈 것처럼 정적에 휩싸여 있다.

번뜩이는 창을 든 기마병들에게 둘러싸여 산갈 왕가의 신왕즉위식에 참가하기 위해 출발한 형 요사무의 뒷모습을 떠올리며 이한은 미소를 지었다. 형의 등에서는 당당한 왕의 위용이 느껴졌다.

'형님은 훌륭한 군주야.'

동생의 눈으로 봐도 형은 정말 훌륭한 군주였다. 그런 만큼 몸조심하여 오래오래 살기를 바라는 마음이 있었다.

요사무는 문무에 뛰어난 왕으로, 다부진 체구를 하고 있다. 비록 건강이 나빠도 표정에 드러내는 법이 없어 무척 강건해 보이지만, 요즘 들어 자주 열이 나곤 한다는 것을 이한은 알고 있었다. 요절하신 아버지, 선대왕도 만년에 자주 열이 났었다는 사실을 떠올리지 않을 수 없었다. 열이 나는데도 묵묵히 정무를 수행하시던 점도 무척이나 닮았다.

형이 좀 더 자신의 몸을 보살폈으면 좋겠다. 산갈 왕가의 의식도 이한을 대신 보내도 될 일이었다. 이 의식이 군주들이 모이는 자리이며, 산갈 왕과 직접 만나서 얘기하기에는 좋은 기회인 것은 분명하지만….

'나라 안에도 불안 요소가 있으니까 외교는 나한테 맡기고 형님이 국내에 머무르는 편이 낫지 않았을까?'

신타단 감옥에서 일어난 무시무시한 학살. 잔혹한 타르하마야신을 불러왔다는 여성은 이미 이 세상에는 없지만, 진상을 파헤치고 있는 카샤루(사냥개) 스파루가 아직 아무런 전갈도 보내오지 않는 점이 신경 쓰인다.

저물어가는 후원에서 길게 드리워져 있는 나무 그림자들을 보면서 이한은 이런 때 형이 나라를 이한에게 맡기고 산갈로 떠난 의미를 생각했다.

형이 없는 동안에 건국축전을 치러야만 한다. 이날에는 남부의 대영주들도 이한이 거주하는 성에 가까운 지탄 제사당으로 모여든다. 형은 이한에게 이한이 이제까지 경험한 적이 없는 막중한 책임을 떠넘기고 떠나간 것이다.

형이 자신을 얼마나 신뢰하는지를 알게 되어 기뻤으나 한편으로 불안하기도 했다.

'어쩌면 형님은 나에게 왕위를 넘길 준비를 하고 있는 것이 아닐까…?'

이안에게 건국축전을 맡김으로써, 틈만 있으면 왕위를 빼앗으려고 하는 남부의 대영주들에게 차기 왕으로서의 위엄을 보여주라고 형이 말하는 듯한 느낌이 든다.

'어려운 문제로구나. 대영주들은 나를 끔찍이도 싫어하니.'

이한은 혼자서 빙긋이 웃으며 하늘을 올려다봤다.

'물론 라한을 비롯한 젊은이들처럼 나에게 너무 의지하고 기대하는 것도 곤란한 일이지만….'

이한은 과격한 개혁을 바라는 북부 씨족의 젊은이들을 떠올리고 미소를 거뒀다. 그들의 심정은 충분히 이해가 간다. 기후가 따뜻한 남부에서 풍족한 삶을 사는 대영주들은, 이 나라를 움직이는 것은 자신들뿐이며, 북부 사람들은 로타 왕국의 짐이 될 뿐이라는 막말을 서슴지 않는다.

기나긴 겨울에는 눈에 갇히고, 가축을 늑대의 습격으로부터 지키기 위해 눈물마저 얼어붙은 채 일하는 북부의 사내들. 짧고 아름다운 여름도 메마른 대지에 별로 도움이 되지 않는다. 고생과 노력이 충분히 보상받지 못하는 허무감 속에서 살아온 북부 씨족 사람들….

남부의 대영주들에게 분명하게 의견을 말하고 개혁을 해나가는 이한을 북부의 젊은이들이 열광적으로 지지하고 구세주처럼 생각하는 심정은 잘 안다.

그러나 이한은 그들의 성급함이 불안했다.

"…이한 전하."

느닷없이 자신을 부르는 소리에 이한은 놀라서 바닥에 내려놓은 검을 집어 들어 방어태세를 취했다.

언제 왔는지 열 발짝쯤 떨어진 곳에 사람이 서 있었다. 자그마한 원숭이를 어깨에 얹은 몸집이 작은 여자였다.

"시하나로구나."

이한은 긴장을 풀고 한숨을 쉬었다.

"놀랐구나. 나에게 다가올 때는 발소리를 죽이지 말아라."

시하나가 미소를 지었다.

"죄송합니다. 카샤루의 습성이라서요."

이한은 곁으로 오라는 손짓을 했다.

"기다리고 있었다. 이제나저제나 그대가 올까 하고."

시하나의 아버지 스파루가 보내온 보고라고 생각한 이한은 기대에 차서 그렇게 말했지만, 시하나의 입에서 나온 말은 예상과는 전혀 다른 것이었다.

시하나가 이한을 지그시 바라보며 조용히 말했다.

"전하, 그 여인의 행방을 찾았습니다."

그 한마디는 이한의 가슴을 화살처럼 관통했다.

제1장

늑대
살해

1
눈보라 치는 밤

대기에 싸늘하고 축축한 냄새가 섞여 있다.

은빛의 은은한 빛을 품은 듯한 하늘을 올려다보며, 아스라는 두툼한 캇루(망토)의 두건 아래에서 인상을 썼다. 그리고 고삐를 살짝 잡아당겨 말을 세웠다.

"아스라?"

함께 말을 탄 미나가 아스라를 올려다봤다.

"무슨 일이야?"

올해 여덟 살이 된다는 미나는 작은 새처럼 귀여운 목소리로 말한다. 대상의 대장 나카의 귀염둥이 딸로 무척 붙임성이 좋은 아이다. 또래의 소녀와 있는 것이 기쁜 것이리라. 함께 여행을 시작한 첫날부터 아스라에게 미소를 지으며 대상들과의 생활에서 아이들이 해야 할 일, 물 긷기나 음식 준비 돕기 등을 가르쳐주었다.

요고인의 습관에도 대상의 생활에도 익숙지 않은 아스라는 처음에는 어리둥절한 일도 많았지만, 미나를 비롯해 대상 일행들이 하나같이 착한 사람들이어서 금세 익숙해졌다. 요고어도 간단한 말 정도는 할 수 있게 되었다.

다행히도 아스라는 말을 잘 다룰 줄 알았다. 아버지가 살아 있었을 때 늙은 말을 한 마리 길렀기 때문이다. 게다가 덫사냥꾼이었던 아버지는 숲속에서 생활하는 지혜를 아스라에게 전수해주었다.

그래서 말 다루기는 물론이고, 사마루 고개를 넘어서 로타 령으로 들어서자, 아스라는 약초를 뜯기도 하고, 겨울에 맺히는 열매를 따기도 해서 대상 일행에게 도움을 주었다. 미나는 이미 아스라를 언니처럼 따랐다.

내성적이어서 자기만의 세계에 틀어박혀 있곤 하는 아스라가 의외로 순조롭게 대상들의 생활에 적응을 해서, 바르사는 안심하고 호위 임무에 전념할 수 있었다.

사마루 고개를 넘을 때, 로타 북부를 도는 모직물 상인의 대상과 동행하게 되어서, 지금은 그 대상과 함께 움직이고 있다. 사람 수가 많은 편이 도적의 습격을 피하기 쉽기 때문이다. 특히 밤에는 그 대상의 호위를 맡은 사람과 교대로 잘 수가 있으니까 바르사로서는 고마운 일이었다.

현재까지는 순조로운 여정이었지만, 그저께부터 눈발이 날리며 추위도 심해졌다. 예상보다 무척 일찍 겨울이 온 것이다.

신요고 황국에서 사마루 고개를 넘어 로타 왕국으로 들어가면, 도서가도는 야무시루가도로 이름이 바뀐다. 그 가도를 북쪽으로 따라가면 야무시루가도는 두 갈래로 나뉘어, 큰길은 로타 왕국의 왕도(王都)로 향하고, 그리고 북으로 향하는 라크루도(道)로 불리는 샛길은 점점 좁아지다가 이윽고 초원과 삼림지대가 펼쳐지는 라크루 지방으로 접어든다.

이 부근은 추위가 극심해 농경에 적합하지 않다. 사람들은 추위에 강한 종류의 보리를 재배하는 것 외에는 털이 긴 시크라는 종류의 소와 양을 방목해 일용할 양식을 얻었다.

아스라는 고삐를 당긴 채로 잠시 생각하더니, 이윽고 왼손으로 고삐를 바싹 잡아당겨 말의 머리를 왼쪽으로 돌렸다. 그리고 천천히 움직이는 여자들의 마차 옆을 벗어나서 말을 몰기 시작했다.

"아스라, 무슨 일이야?"

"좀 걱정되는 일이 있어서 바르사한테 가는 거야."

바르사는 혼자서 검은 말을 타고 대상 주위를 앞서거니 뒤서거니 하며 지키고 있다. 황량한 초원의 키가 큰 풀 저편에 검은 그림자처럼 보이는 바르사 곁으로 아스라는 말을 몰았다.

바르사는 곧바로 아스라를 알아보고서 말을 멈추고 기다렸다. 아스라가 바르사 곁에 말을 바싹 붙이더니 주저하면서 말을 꺼냈다.

"바르사, 있잖아, 날씨가 수상해. …이 하늘과 바람 냄새. 틀림없이 눈보라가 칠 거야."

바르사는 하얀 입김을 내뱉으며 머리를 흔드는 말의 굵직한 목을 쓰다듬으며 고개를 끄덕였다.

"맞아. 나도 아까부터 걱정하고 있었다. 나카 씨는 오늘 아침 토르아 마을까지 가서 묵을 생각이라고 했지만, 토르아에 도착하기 전에 눈보라가 칠 것 같구나. 나카 씨와 상의해서 좀 더 일찍 바람을 피할 장소를 찾을게."

바르사는 무릎만 움직여 말을 돌리더니, 대상의 선두 집단을 향해 말을 몰았다.

나카를 대장으로 하는 대상은 나카와 나카의 동생 토시의 가족 아홉 명뿐이고, 말도 짐말을 포함해 열 마리밖에 없다. 대장 나카가 거세마를 타고 선두에 서고, 그 뒤로 토시가 모는 두 마리의 말이 생활에 필요한 물건과, 로타에서 교역에 사용할 상품을 실은 짐마차를 끌고 가고 있다.

그리고 그 뒤에는 나카의 아내 마로나가 모는 덮개 달린 이두마차에, 젖먹이 아이를 안은 토시의 아내, 아직 아장아장 걷는 정도의 나카의 장남, 그리고 나카 형제의 노모가 타고 있고, 맨 뒤는 나카의 막냇동생 타무가 짐말을 끌며 지키고 있었다.

조금 사이를 두고서 렌이라는 모직물 상인을 대장으로 한 다른 대상이 뒤따르고 있다. 이쪽도 규모는 나카의 대상과 별 차이 없었다. 호위를 맡고 있는 자는 마흔 정도 되는 사내로, 가느다란 검과 활을 소지하고 있다.

바르사가 다가가자 나카가 말을 멈춰 세웠다. 그리고 하늘을 가리키며 고개를 끄덕여 보였다. 그도 눈구름을 염려하고 있었던 것이다.

"갈 수 있을 거라고 생각했는데 아무래도 토르아 마을에 도착하기 전에 쏟아질 것 같군."

나카가 말을 걸어왔다. 전방에는 황량한 들판이 끝없이 펼쳐져 있다. 여기서 눈보라를 만났다가는 살아남지 못한다. 뒤에는 방금 전에 빠져나온 숲이 있다.

"숲을 빠져나온 곳 근처에 가축우리가 있었을 거예요. 거기까지 되돌아가는 게 좋겠어요."

바르사가 말하자 나카가 고개를 끄덕였다.

"바르사 씨, 미안하지만 렌 씨 일행에게 전해주도록 해요. 아스라와 미나는 우리 일행에게 방향을 바꾸라고 전해주고."

바르사가 탄 말이 쏜살같이 달려가는 것을 지켜보고서, 아스라도 말을 돌려 뒤따르는 마차에 나카의 말을 전하며 다녔다.

이 부근의 들판은 길이 좁아서 마차 방향을 돌리기가 무척 어렵다. 우선 길가의 풀을 말에게 밟게 해서 쓰러뜨려보고, 방향을 돌리기 위한 지면이 평평한지 어떤지 확인해야만 한다. 토끼굴 같은 것이 풀 속에 숨어 있으면, 바퀴가 빠져서 뒤집히는 경우도 있기 때문이다.

주위는 어둑어둑해지고, 하늘은 잔뜩 찌푸린 채 불길해 보이는 은빛을 희미하게 띠고 있었다. 마음은 급하지만 모두가 서로를 격려하며 힘을 합해 신중하게 작업을 진행했다.

렌 일행도 날씨의 변화를 감지하고 있었다. 바르사가 다가가자, 이미 선두에 남자들이 모여서 방향을 바꿀 준비를 시작하던 참이었다.

바르사가 나카의 의향을 전하자, 렌이 뺨을 씰룩이며 자신들도 그렇게 하려던 참이었다고 했다.

"참으로 성미 급한 여자 같은 하늘이로군. 금세 뾰로통한 얼굴을 하다니. 못 말리겠군."

렌 일행은 독신 남자들뿐이었다. 남자밖에 없다 보니 함부로 말해서 말은 거칠었지만, 마음씨는 착했다. 그들이 선두에 서면 아무래도 속도가 빨라져서 나카 일행에게는 힘들 테니까 배려해서 뒤따라와주는 것만 봐도 그들이 착한 것을 알 수가 있다.

바르사가 되돌아가려고 하자, 호위를 맡은 신야가 말을 바싹 붙여 왔다. 백발이 조금 섞이기 시작한 흑발이 바람에 흩날렸다.

"…쓸데없는 참견이지만…."

조용한 목소리로 신야가 말을 꺼냈다.

"저 아이는 덮개 달린 마차에 태우는 편이 좋을 거다."

"응, 그렇게 하지."

눈보라를 피하기 위해 신세 지려 하는 곳은 로타 목부(牧夫)의 오두막이다. 타르족인 아스라는 얼굴을 보이지 않는 편이 좋겠다고 신야가 말한 것이다.

신야는 바르사의 표정을 살펴 냉정하게 그 말을 받아들이는 것을 확인하더니 살짝 고개를 끄덕였다.

바르사는 나카 일행에게 돌아가더니 우선 나카에게 그 이야기를 하고서 아스라를 마차에 태우게 해달라고 부탁했다. 나카는 그런 성가신 일이 있었다는 사실을 떠올린 듯 잠시 눈살을 찌푸렸지만, 곧바로 어깨를 으쓱하며 아스라한테 말은 미나에게 맡기고 마차에 타라고 말했다.

"어? 왜 아스라가 마차를 타?"

미나가 어리둥절해서 큰 목소리로 물었다. 잠시 어른들 사이에 침묵이 흘렀다.

"아스라는 로타인과 사이가 나쁘거든. 얼굴을 마주치는 일이 없도록 미나도 협력하도록 해라."

바르사가 말하자 미나는 별일이 다 있다는 표정을 지으면서 고개를 끄덕였다.

아스라는 방향을 바꾼 마차에 올라타면서 살갗이 굳어가는 느낌을 받았다. 모두가 눈을 마주치지 않으려고 하는 모습이 더더욱 견디기 힘들었다.

목에 기분 나쁜 덩어리가 치밀어 올라왔다. 이를 악물고 숨을 들이쉬고는 아스라는 마차의 제일 구석진 곳에 앉았다.

마차를 몰고 있는 나카의 아내 마로나의 굵은 팔 너머로 바르사의 얼굴이 보였다. 눈이 마주쳤을 때 아스라는 가슴이 철렁했다.

바르사의 눈에 떠오른 것은 동정이 아니라 묘하게 밝은 강

렬한 빛이었다. '이런 상황을 너는 어떻게 받아들일 거니?'
하고 그 눈이 말하는 것 같은 느낌이 들었다.

로타령에 들어온 이상, 이제부터 이런 일이 자주 있을 수밖
에 없다. 그때마다 상처받으며 몸을 웅크리고 있다가는 오빠
를 구하러 갈 수 없다.

아스라는 이를 악물었다. 그런 아스라의 눈에서 뭘 봤는지
바르사가 미소를 지은 것 같았다. 바르사가 말 머리를 홱 돌
려 멀어져갔다.

이 지방의 목부들은 겨울 동안 바람을 막아줄 숲을 등진
곳에 커다란 가축우리를 짓는다. 굵은 나무로 만든 울타리에
소가죽이나 나무껍질을 말아, 최대한 바람이 들이치지 않도
록 해서 가축이 얼어 죽지 않게 지키는 것이다.

그 가축우리 뒤에 그들이 사는 오두막이 지어져 있다. 아내
와 어린 자식들은 토르아 마을에 살게 하고, 젊은이들과 한
창 일할 나이의 사내들은 겨울을 그곳에서 지낸다. 가축을
추위로부터 지킬 뿐만 아니라 늑대로부터도 지켜야 하기 때
문이다.

나카와 렌이 먼저 목부들에게 양해를 구하러 갔다. 목부들
은 눈보라에 대비해 우리를 둘러보던 참이었는데, 나카 일행
의 이야기를 듣더니 자신들의 오두막에 피난하라고 흔쾌히

허락해주었다.

마차들이 도착하자 다부진 체격에 수염이 덥수룩한 목부 대장이 젊은 목부들에게 오두막으로 마차를 돌리는 것을 도와주라고 지시했다.

아스라는 마차 안쪽에 몸을 숨기고서 밖에서 들려오는 로타어에 귀를 기울이고 있었다. 거친 말투였지만, 목부들은 무척이나 싹싹하게 나카 일행에게 말을 걸고, 여자들에게 걱정 말고 편히 지내다가 가라고 했다.

그 친절함에 아스라는 강한 위화감을 느꼈다. 이런 식으로 로타인이 친근한 어조로 말하는 걸 처음 들었기 때문이다.

"…아니, 마차에 있어선 안 돼요. 마차 정도로는 눈보라를 못 견딘다오. 그렇겠죠? 괜찮소. 오두막은 충분히 넓으니까. 자, 마차에서 내려서 오두막으로 들어가시오, 얼른!"

친절한 목부의 말에 고개를 끄덕이면서 나카의 아내 마로나는 아스라를 흘끗 돌아봤다. 심장이 거세게 뛰었지만, 아스라는 애써 침착한 어조로 속삭였다.

"나, 얼굴, 슈마(바람막이용 천)로 가릴게. 괜찮아."

서툰 요고어였지만 슈마를 품에서 꺼내 보이자, 마로나는 알았다는 뜻으로 고개를 끄덕였다.

아스라는 캇루(망토)의 두건을 벗고는 부드러운 회색 천으로 얼굴 절반을 가린 다음 다시 두건을 썼다. 그러고서 모두의 뒤를 따라서 마차에서 내렸다. 로타 젊은이들 사이를 고개 숙이고 걸었지만, 아무도 아스라를 눈여겨보는 것 같지는 않았다.

'지금은 이것으로 감출 수 있지만, 밥 먹을 때는 어떻게 하지?'

그렇게 생각하면서도 아스라는 묘하게 마음이 평온해져오는 것을 느꼈다. 로타인의 오두막에 발을 들여놓았을 때도 호기심이 먼저 발동하고 두려움은 느껴지지 않았다.

오두막으로 들어서자 작은 방이 있었고, 대량의 훈제용 고기가 천장에 매달려 있었으며, 바닥에는 항아리가 늘어서 있었다. 그리고 벽의 두 면에는 땔감이 잔뜩 쌓여 있었다.

그 방을 지나쳐 문을 하나 더 여니 그곳은 남자들이 기거하고 식사하는 넓은 방으로, 화로에 불이 활활 타오르고 있어 후끈할 정도로 따뜻했다. 연기 때문에 눈이 아팠다.

두 대상은 세 개의 오두막에 나누어서 묵기로 했다. 방 한 구석에 젖으면 안 되는 물건들을 쌓아놓고, 그 안쪽에 잠자리를 만들었다. 미나는 들떠서 세 개의 오두막을 돌아다녀, 나이 든 목부들이 미나의 머리를 쓰다듬어주기도 했다.

아스라가 짐 뒤에서 잠자리를 정돈하고 있는데 바르사가

방으로 들어왔다. 그러고는 아스라 옆에 주저앉아 작은 소리
로 말했다.

"나이 든 목부에게 너는 얼굴에 상처가 있어서 남에게 얼
굴 보이기를 싫어한다고 말해두었다. 대상 일행에게도 그렇
게 전해두었으니까 말을 맞춰줄 거야."

아스라가 고개를 끄덕였다. 바르사는 슈마 위로 나와 있는
아스라의 눈을 응시했다.

"괜찮지?"

아스라가 미소 지었다. 그것을 보자 바르사의 눈에도 부드
러운 미소가 떠올랐다. 아스라의 어깨를 탁 치고서 바르사가
일어섰다.

이윽고 휙 하고 강한 바람이 부는 소리가 들리나 싶더니
강풍으로 오두막이 덜컹거리기 시작했다. 남자들이 우르르
오두막으로 들어왔다. 캇루(망토)에 눈이 잔뜩 쌓여 있었다.

"엄청난 눈보란데. 올해 처음으로 큰 것이 왔군."

그런 대화를 나누면서도 어딘지 모르게 들뜬 분위기가 감
돌았다. 눈보라는 무서운 것이었지만, 이렇게 다른 나라에서
온 대상들이 눈을 피해 들어오는 일도 있어, 남자들만의 생
활에 활기찬 변화가 생겼기 때문일 것이다.

오두막의 벽이 덜컹거리기 시작했다. 벽에 딱 붙어 있으면

외풍이 심해서, 아스라는 미나와 둘이서 벽 쪽으로 짐을 옮기기 시작했다. 그걸 본 목부 대장이 굵은 목소리로 말했다.

"허 참, 요고 여자애들은 영리하구나! 그렇게 해주면 이중 벽이 되는 셈이라 따뜻해지지. 마슈르 라이(착한 아이로군)!"

미나는 칭찬을 받아 얼굴에 미소가 가득했지만, 아스라는 가슴속에서 묘한 감각이 꿈틀거리는 것을 느꼈다. '마슈르 라이(착한 아이로군)!'라고 말하는 목부 대장의 목소리가 아버지의 목소리를 떠올리게 했기 때문이다. …로타인의 말에 아버지를 떠올렸다는 점이 묘하게 마음을 동요시켰다.

그날 밤에는 잔치가 벌어졌다. 손님들을 대접하겠다며 로타 목부들은 최대한 솜씨를 발휘해 양젖으로 고기를 푹 삶은 라루(스튜)를 만들었다. 마이라고 하는 향긋한 버섯을 넣어서 양젖 특유의 냄새가 안 나고 몸이 훈훈해졌다.

소젖으로 만든 라콰(치즈) 덩어리를 쇠꼬챙이에 꽂아 화롯불에 구워서 표면이 노릇노릇하게 녹은 것을 두툼하게 썬 바무(발효시키지 않은 빵)에 얹은 것도 나왔다.

나카 일행도 요고의 고급스러운 술병을 땄다. 요고의 고도의 기술로 정제시킨 설탕을 뿌린 숀무라는 과자는 로타 남자들을 흡족하게 했다.

아스라는 짐 뒤에 웅크리고서 식사를 했지만, 모두 모르는 척해주었다.

혼자서 방 안쪽에서 바라보고 있으니, 밝고 유쾌한 잔치의 광경이 더욱 또렷이 보였다. 처음 보는 로타인의 생활. 그들의 자연스러운 미소를 띤 얼굴.

여기서 슈마를 벗으면 그들의 얼굴에서 미소가 사라질까?

바르사가 아스라 옆으로 왔다. 옆에 앉아 짐에 등을 기대고서 기지개를 켰다.

"…오늘 밤은 푹 잘 수 있겠네."

아스라가 속삭이자 바르사가 쓴웃음을 지었다.

"그렇겠지. 말을 돌봐야 하긴 하지만."

그렇게 말하고 나서 바르사는 조금 진지한 얼굴로 돌아가서 말했다.

"나카 씨도, 렌 씨도 이렇게 일찍 눈보라가 올 거라고는 생각지도 않았을 거다. 눈이 내리기 전에 라크루 지방을 빠져나가려고 했는데. 이렇게 되면 눈이 단단히 얼 때까지 마차는 움직일 수가 없다."

아스라가 깜짝 놀라며 바르사를 봤다.

"…정해진 날짜까지 지탄에 못 갈 수도 있는 거야?"

바르사가 고개를 저었다.

"그건 걱정하지 않아도 된다. 내가 걱정하는 것은 네 발 달린 도적들이다."

늦대…. 눈이 내리는 계절은 늦대들이 굶주리는 계절이기도 하다. 평소에 가축은 습격해도 좀처럼 사람을 공격하지는 않는 늑대도 굶주렸을 때는 무시무시한 짐승이 된다. 벽을 흔들어대는 눈보라 소리가 멀리서 우는 늦대 소리로 들려 아스라의 팔에 소름이 돋았다.

"모피 교역은 위험한 장사야. 요고에서 가장 비싸게 팔리는 코양(로타의 짐승)이 겨울털로 바뀌는 이 시기에 사들이기 위해 돌아다녀야만 하지. 로타인이 비싼 가격으로 사주는 샤이무(신요고 특산의 목축용 약초)는 늦가을이 되어야만 구할 수 있으니까, 아무래도 이 위험한 시기에 여행을 하게 된단다."

바르사의 말을 들으면서, 아스라는 왜 나카 씨 일행이 젖먹이 아이를 데리고 이런 위험한 장사를 할까 생각을 했다. 그런 생각을 읽은 듯이 바르사가 말했다.

"그 대신 농민보다는 훨씬 많은 돈을 벌 수 있지. …나카 씨 일행은 태어나면서 바로 이런 생활을 해왔기 때문에 다른 삶을 생각할 수가 없을 거야."

화롯불이 따뜻하게 비추고 있는 나카 씨의 옆얼굴을 보면서 아스라는 고개를 끄덕였다.

태어났을 때부터 대상 생활을 하고 있는 나카 씨 가족. 목부의 자식으로 태어나 목부로서 살아가는 로타 젊은이들. 타르로 태어난 자신. …참으로 다양한 삶이 있구나.

'참, 바르사는 어디서 태어나 어떻게 자랐을까?'

물어보고 싶다고 생각하면서도 말을 꺼내지 못한 채 평온하게 밤이 깊어갔다.

2
늑대가 오다

눈보라가 사흘 동안 계속 몰아쳤다.

눈보라가 며칠씩 이어지자 모두들 조용해지며, 첫날 밤과 같은 잔치는 벌이지 않고 식량을 아낄 생각을 하게 되었다. 식량을 축내고 있어서 대상 가족들은 미안해했지만, 목부들은 이런 때는 서로 도와야 한다며 신경 쓰지 말라는 듯이 웃었다. 다른 나라 이야기를 들을 수 있어 심심하지 않아서 좋으니 염려하지 말라고 하며.

그 대신 대상 일행은 목부들을 도와 눈보라 속에서 가축들을 돌보며 다녔다. 휘몰아치는 눈보라로 방향을 잃지 않도록 밧줄을 붙잡고 하는 작업이었다.

사흘째 되는 날 밤이 되어서야 겨우 바람 소리가 잠잠해졌을 때는 귀가 이상해진 느낌이 들었다. 이제야 눈보라가 그쳤다고 안심하려는 찰나, 대기가 팽팽해진 것 같은 정적 속에서 느닷없이 길게 꼬리를 끄는 듯한 울음소리가 일었다.

한차례의 포효에 몇 갠가의 소리가 겹쳐져서 길게, 길게 울렸다.

사람들은 몸이 얼어붙은 채 그 소리를 듣고 있었다.

"…제기랄. 하긴 눈보라가 오래 계속되었으니. 숲의 형제들이 굶주렸나 보군."

목부들은 횃불을 만들더니 제각기 손에 활과 화살, 창을 들고 밖으로 나갔다.

바르사가 단창을 손에 든 것을 보고, 아스라가 저도 모르게 일어섰다.

"…바르사."

"말이 당하면 큰일이거든. 아스라, 어린아이들이 겁먹지 않도록 잘 보살펴주기 바란다. 부탁한다."

장갑을 끼고 캇루(망토)를 걸치고서 바르사는 대상 남자들과 함께 얼어붙은 어둠 속으로 나가버렸다.

갑자기 방 안이 휑하게 느껴지며 쓸쓸해졌다. 겁에 질린 미나의 손을 잡아주며, 아스라는 바깥 소리에 귀를 기울이고 있었다. 남자들의 목소리가 이따금 들려왔다.

얼마쯤 지났을까? 갑자기 멀리서 들리던 늑대 울음소리가
아주 가까이서 들려왔다.

미나가 소리 내어 울며 아스라에게 달라붙었다.

"괜찮아. 오두막 안으로는 못 들어오니까."

아스라가 속삭이자 미나가 고개를 살짝 끄덕였다.

가축우리 쪽에서 가축들이 공포에 사로잡혀 울부짖는 소
리가 들렸다. 울음소리만이 아니라 말발굽 소리나 울타리에
부딪히는 듯한 소리도 들려, 마로나를 비롯한 어른들의 얼굴
도 불안감으로 일그러졌다. 남자들의 고함 소리가 커졌다.

그때 뭔가가 찢어지는 소리가 났다. 남자들이 소리를 쳤다.
무슨 일이 일어난 것이다.

가만히 있을 수가 없어서 아스라는 장갑을 끼더니 횃불을
들고서 뛰기 시작했다.

"마로나 씨. 제가 보고 올게요!"

"부탁한다. 앗, 미나! 넌 여기 있어!"

그러나 미나는 엄마의 목소리를 무시하고 아스라를 뒤따
라서 밖으로 뛰쳐나가고 말았다.

밖은 캄캄했다. 대기는 얼음덩어리와도 같았다. 한기가 두
툼한 캇루를 파고들었다. 숨을 쉬는 것만으로도 가슴이 아프
고, 눈에 눈물이 고여 잘 보이지 않았다.

가축우리 쪽에서 횃불이 몇 개나 흔들렸다. 남자들의 목소리가 들려왔다.

"…안 돼! 말도 안 돼! 쫓아갔다가는 너희들도 늑대의 먹잇감이 될 뿐이다!"

목부 대장의 목소리에 이어서 나카의 목소리가 들려왔다.

"짐말을 네 마리나 잃으면 우리는 끝장이다! 상관하지 마라!"

아스라가 살며시 다가갔지만, 아무도 아스라가 다가오는 걸 눈치채지 못했다. 흔들리는 횃불의 불빛으로 가축우리 일부가 부서진 것이 보였다. 늑대 울음소리에 겁먹어 말들이 발로 차서 부순 것이리라. 그 부서진 곳으로 나카네 대상의 말 몇 마리가 도망쳐버린 것 같았다.

나카는 뛰어오르려고 하는 자신의 거세마를 필사적으로 진정시키며 흥분해서 소리치고 있었다.

"나카 씨! 내가 쫓아갈 테니까 당신들은 여기서…."

바르사의 목소리가 들렸지만, 나카는 전혀 듣지 않고 말에 올라타더니 말이 도망친 숲속으로 달려가버렸다. 동생들도 그 뒤를 쫓아서 달려갔다.

혀를 차며 바르사가 자신의 말에 올라타는 것이 보였다.

목부들이 바보 같은 짓 하지 말라고 소리치며 다른 오두막의 목부들을 불러 모으러 달려갔다. 부서진 울타리를 고치던 두 남자도 염려가 되었는지 다른 사람들이 달려간 쪽을 바라봤다.

'어떻게 하지?'

여하튼 무슨 일이 일어났는지 마로나에게 알리러 오두막으로 돌아가려고 했을 때, 아스라는 자그마한 사람의 그림자가 가축우리로 몰래 들어가는 것을 봤다.

"…미나!"

놀라서 소리쳤지만 미나는 무시하고 자신의 말에 올라탔다. 그리고 목부들이 놀라서 말리려고 하는 손 사이를 빠져나가버렸다.

아스라는 달려오는 말의 옆구리에 비스듬히 달려들었다. 발이 눈에 푹푹 빠졌지만, 어떻게든 재갈을 붙잡아 미나 뒤에 올라탔다. 고삐를 당겨 세우려고 했지만, 미나는 미친 듯이 아스라의 손을 쳐냈다.

"미나! 알았어, 알았어! 세우지 않을 테니까, 고삐를 나한테 넘겨!"

아스라는 간신히 고삐를 쥐자 나카 형제와 바르사가 향한 쪽으로 말을 몰았다.

어리석은 짓을 하고 있다는 것은 알고 있었지만, 바르사를 비롯한 사람들이 늑대에게 잡아먹히면 어쩌나 하는 생각에 가만히 있을 수가 없었던 것은 미나와 마찬가지였다. 자신의 눈으로 무사한 것을 확인하고 싶었다.

"아버지… 아버지…."

미나가 계속해서 중얼거리는 소리가 들렸다.

아스라는 미나의 심정을 아플 정도로 이해할 수 있었다. 예전에 미나처럼 아버지가 무사하기를 기도한 적이 있기 때문이다. 그 기도는 이루어지지 않아, 아버지는 늑대에게 갈기갈기 물어뜯긴 처참한 사체로 발견되었다….

어둠 속 전방에서 흔들리는 횃불의 작은 불빛을 향해 아스라는 말을 몰았다. 눈이 아직 부드러워 말발굽이 자꾸만 빠져서, 타고 있는 것만으로도 피곤해졌다. 반달의 은은한 은빛이 비친 눈 위에 나무 그림자들이 흰 허리띠처럼 길게 드리워져 있었다.

얼마나 달렸을까? 목부들이 든 횃불의 불빛이 전혀 보이지 않게 되었을 무렵, 아스라는 나무 사이를 달려가는, 물처럼 보이는 검은 그림자를 봤다. 몇 개나, 몇 개나, 그림자가 흘러갔다.

등줄기가 서늘해졌다. 늑대다. 엄청난 수의 늑대떼였다.

바로 앞쪽에서 나카 일행이 말을 붙잡는 소리가 들렸고, 그 모습도 보였다. 그곳은 이상하게 눈이 적은 공간이었다. 거대한 나무가 쓰러져 있었고 커다란 돌이 있었다. 말이 거기서 멈춰 섰기에 붙잡을 수 있었던 것이리라.

아스라와 미나는 필사적으로 그곳을 향해서 갔다. 말이 허우적거리듯이 굼뜨게 움직이는 것이 답답해서 심장이 터질 것만 같았다.

커다란 나무 뒤를 빠져나간 순간, 아스라는 부드러운 뭔가가 얼굴에 닿는 것을 느꼈다. 그 순간 세계가 미묘하게 어긋나며, 어두운 숲속에 은은한 빛을 띤 수면이 보이기 시작했다.

'하사루 마 타르하마야(무시무시한 신이 흘러오는 강)…!'

엄마와 함께 봤던 그 강이 이 숲으로도 흘러오고 있다. 등에서 가슴으로 전율이 흘렀다.

"아버지!"

미나가 소리쳤다. 나카 일행이 뒤돌아서 흠칫 놀라는 표정을 짓는 것이 보였다. 바르사가 말을 몰고 달려와 난폭하게 재갈을 꽉 쥐었다.

"이 무슨 어리석은 짓이냐!"

바르사의 고함 소리가 아스라를 이쪽 세계로 되돌아오게 했다.

바르사는 늑대떼가 둘러싸고 있다는 것을 이미 알고 있었다. 이 정도로 많은 늑대가 상대라면 도망치는 것도, 자신들의 목숨을 부지하는 것도 어렵다고 단단히 각오를 했다. 그런 와중에 아이들이 뛰어들어버린 것이다.

분노를 억제하지 못하며 바르사는 단창으로 아스라와 미나가 탄 말의 엉덩이를 쳐서, 나카 형제가 있는 쪽으로 쫓아보냈다.

그리고 자신은 쓰러진 나무에 달려들더니, 말안장에 매달아놓은 손도끼를 집어서 쓰러진 나무를 내려치기 시작했다.

"나카 씨! 당신들도 손도끼로 여기를 잘라요! 쓰러진 나무 안쪽의 말라 있는 부분을 쪼개서 불을 붙여야 해요."

나카 형제도 황급히 바르사를 따라 했다. 눈으로 나무들이 젖어서 불을 붙이는 것은 아주 어려운 일이었다. 하지만 바르사의 말대로 쓰러진 나무 안쪽에는 살아 있는 나무보다는 메마른 부분이 있을 것이다.

푸르스름한 빛이 몇 줄기나 어둠 속에서 춤추고 있었다. 늑대의 눈이다. 원을 좁혀 오고 있었다.

손도끼로 쪼갠 가느다란 나무토막에 나카가 떨리는 손으로 횃불의 불을 옮겨붙였다. 불꽃이 나무토막을 부드럽게 핥았지만 좀처럼 옮겨붙지는 않았다.

"아스라! 미나와 함께 이 나무 밑으로 들어가라!"

바르사가 소리치자, 아스라는 급히 말에서 내려 미나의 손을 붙잡고 돌과 쓰러진 나무 사이로 몸을 밀어 넣었다.

"토시 씨랑도 내 뒤로 와요! 쓰러진 나무 뒤에서 공격해 오는 녀석을 활로 쏴요!"

토시 형제는 긴장한 얼굴을 하고서 쓰러진 나무 틈으로 들어간 아스라와 미나 곁에 서서 활을 쏠 자세를 취했다. 바르사가 이로 장갑을 물어서 재빨리 벗어 던지는 것이 보였다.

말들이 울며 뒷발로 일어섰다. 쓰러진 나무에 묶은 끈을 끊어버릴 듯한 기세였다. 그 순간 검은 그림자 두 개가 눈 위를 미끄러지듯이 달려왔다.

바르사가 뒤돌아보면서 바로 횃불을 던졌다. 횃불은 화살처럼 날아서 늑대의 몸을 맞혀, 늑대는 불똥을 튀기면서 고통으로 울부짖으며 되돌아갔다. 그때 이미 바르사는 단창을 휘둘러 또 한 마리를 찔러 죽여 발로 차서 눈 위로 날려 보냈다.

쓰러진 나무에 가까스로 불이 붙었지만, 불이 커지기 전에 늑대떼가 사방에서 공격해 왔다. 바르사의 단창이 휙휙 소리를 내며 정신없이 움직였다. 마치 회오리바람처럼 사방팔방으로 회전하면서 늑대들을 처치해갔다. 사람 몸이 저런 식으로 움직일 수 있나 싶을 정도로 놀라운 속도로 바르사의 온몸이 움직여 늑대의 접근을 막았다.

하지만 늑대는 그 수가 너무 많았다. 등 뒤에서 공격해 온 늑대떼는 나카 형제가 활을 쏴서 막아주었지만, 금세 화살이 동나고 말았다.

툭 하고 둔탁한 소리가 나며 짐말 한 마리의 고삐가 끊어졌다. 그 반동으로 짐말이 바르사 쪽으로 달려와 쓰러졌다. 간신히 몸을 비틀어 피했지만, 바르사의 움직임이 흐트러지는 순간 늑대 한 마리가 바르사의 숨통을 노리고 덤벼들었다.

피할 틈도, 창을 휘두를 틈도 없었다. 바르사는 순간적으로 왼쪽 주먹을 늑대의 쫙 벌린 입으로 쑤셔 넣어 늑대의 혀를 손가락으로 붙잡더니, 늑대 머리를 비틀어 땅바닥으로 내동댕이쳤다. 그리고 무릎으로 몸통을 찍어 늑골을 부러뜨렸다.

아스라는 바르사의 왼손에서 피가 뚝뚝 떨어지는 것을 봤다. 나카 씨가 이제 화살이 없다고 소리치는 목소리를 들었다. 검은 그림자가 파르께한 안광의 꼬리를 끌며 덤벼드는 것을 봤다.

아스라는 순간적으로 미나의 머리를 배로 감싸고 미나의 눈을 가렸다.

'죽고 싶지 않아.'

온몸이 떨렸다.

'신령님… 신령님….'

등에서 배로 전율이 흘렀다. 자신의 몸이 둘로 쪼개지는 것 같은 묘한 감각이 느껴졌다. 아스라의 목에 걸려 있는, 눈에 보이지 않는 '성스러운 기생나무의 고리'가 빛을 발하며 짙은 피 냄새를 피우기 시작했다. 큰 소리로 강이 운다. 몸속 깊숙한 곳을 흔들며 성스러운 강이 흘러온다….

머릿속에서 격렬한 불꽃이 일고, 가슴에서 목으로 빛이 뿜어져 올라오는 것을 느꼈다.

그 순간 아스라는 똑똑히 봤다. 자신의 목에 걸린 '고리'에서 흘러 나가는 은색의 빛을. 비늘을 번뜩이며 어둠 속을 헤엄치는, 날카로운 엄니를 번뜩이는 신의 모습을….

피에 굶주린 타르하마야는 예리한 칼날처럼 번뜩이면서 늑대를 물어뜯어갔다. 아스라는 피 맛을 느꼈다. 처음으로 깨어 있는 상태에서 이 광경을 보고 있는 탓일까? 아스라는 자신과 그 신이 이어져 있는 것을 똑똑히 느꼈다.

커다란 강이 아스라의 몸속을 흘러간다. 아스라한테서 나오면 강은 물이 아니라 대기를 응축시킨 바람처럼 되어, 누구의 눈에나 보이는 은은한 빛을 띤 채로 흘러간다. 아스라가 향하는 쪽으로 바람이 흐르고, 그 흐름을 타고서 미끄러지듯이 타르하마야가 헤엄쳐 간다.

타르하마야의 몸에 닿은 늑대는 마치 부드러운 과일처럼

잘려 나간다….

무시무시한 그 힘! 자신의 몸이 몇 배나 부풀어 오르는 느낌이 들었다.

두려워할 것은 아무것도 없다. 이제 아무것도 두려워할 필요가 없는 것이다…!

아스라는 압도적인 쾌감에 취해 웃으면서 늑대를 학살해 갔다. 포물선을 그리며 세게 나무에 부딪히면 나무가 부드러운 진흙처럼 깎여 나가며, 나무토막을 여기저기 흩뿌리며 쓰러져간다.

타르하마야가 바르사를 비롯한 사람들에게는 닿지 않도록 강물의 흐름을 조종하면서, 타르하마야에게 마음을 실은 아스라는 기분 좋게 살육을 이어갔다.

마침내 주위가 고요해졌을 때, 아스라는 자연스럽게 휴우… 하고 숨을 들이쉬었다. 그러자 실컷 피 맛을 즐긴 타르하마야는 조용히 아스라의 몸 안을 거쳐서 노유크의 강물로 사라져갔다.

모두가 꼼짝도 못 하고 있었다.

이명이 들리는 듯한 정적 속에서 바르사가 달빛을 받으며 여기저기 쓰러져 있는 늑대의 사체를 둘러봤다. 그러고 나서 천천히 아스라에게로 시선을 옮겼다.

아스라는 만족스러운 미소를 띠고서 바르사를 올려다봤다. 정기에 넘치며 그윽한 빛을 띤 그 눈동자는 이제까지의 수줍은 소녀의 눈동자가 아니었다.

그 눈을 본 순간, 가슴에서부터 전율이 흘렀다.

얼어붙은 숲의 어둠 속에서 바르사는 아스라를 응시한 채 우두커니 서 있었다.

3
항아리감옥 안에서

집게손가락을 집어넣어서 뚫어놓은 듯한 구멍이 동심원 모양으로 몇 개나 이어져 있고, 거기서부터 하얀 빛과 약한 바람이 들어온다. 그 통기구멍으로 들어오는 약한 빛으로 탄다는 날이 밝은 것을 알 수 있었다.

눈을 떴을 때는 어둠 속이었다. 마지막으로 눈을 감고 나서 도대체 어느 정도의 시간이 흘렀는지, 지금 어디에 있는지 도통 알 수가 없었다. 배를 감싸고서 몸을 웅크려, 마코스(약초 이름)로 인한 부자연스러운 오랜 수면 후의 두통과 구역질이 가라앉기를 비는 수밖에 없었다.

그 고통이 사라져가면서 기억이 돌아왔다.

스파루의 딸 시하나가 아버지마저도 속이며 어떤 계획을

진행시키고 있는 것을 알게 된 그날, 여인숙으로 돌아오자마자 탄다는 살해당할 뻔했다. 자칫하면 위험했을 순간에 탄다의 목숨을 구해준 것은 스파루였다.

스파루가 딸에게 자신의 협조를 받고 싶으면 탄다를 죽이지 말라고 말해준 것이다.

스파루는 힘도 지위도 있는 주술사다. 시하나는 건장한 사내들의 도움을 받아 일단 아버지를 제압할 수는 있었지만, 죽일 수도 상처를 입힐 수도 없어 어떻게 처리해야 할지 난처해하고 있었을 것이다. 그러던 참에 스파루가 탄다의 인질로서의 새로운 가치를 발견해준 것이다.

목숨을 부지하게 된 것은 고마운 일이었지만, 시하나는 인질을 무척 냉혹하게 다루었다. 때로는 혼을 병들게 할 수도 있을 정도로 강력한 약초 마코스를 다짜고짜 먹여 탄다를 재워서 마치 물건처럼 취급했다.

탄다에게는 마코스를 먹은 순간부터 깨어날 때까지의 기억이 전혀 없다. 단지 이렇게 그 이전의 기억이 돌아왔다는 것은 혼이 병들지 않았다는 증거라서 탄다는 안심했다.

통기구멍으로 새벽의 은은한 빛이 들어왔을 때, 탄다는 치키사에게도 수면제를 쓴 것을 알았다. 다만 치키사에게 먹인 것은 마코스는 아닌 것 같았다. 치키사는 탄다보다는 훨씬 쉽게 깨어났다.

이렇게 아침 햇살이 들이쳐도, 여기가 어디인지 짐작조차 할 수가 없다. 벽도 천장도 바닥도 하나같이 부드러운 점토로 만들어져 있다. 문조차 없다. 마치 점토로 빚은 항아리의 밑바닥에 있는 느낌이었다. 천장이 높아서 뛰어올라도 통기구멍에는 미치지 못한다.

계속 희미한 소리가 들렸다. 바람이 풀을 어루만지는 듯한 소리였는데, 줄기차게 들렸다.

"…여기가 어디야?"

치키사가 나지막이 물었다.

"글쎄다."

탄다는 통기구멍을 올려다봤다. 마코스 탓으로 아직 배고픈 느낌은 없었지만 목은 말랐다. 물을 마실 수 있을지 어떨지 모른다고 생각하자 더더욱 갈증이 견디기 힘들어졌다.

"어이!"

탄다가 소리쳤다.

"누구 없소? 물과 먹을 것 좀 주시오!"

아무런 반응도 없었다. 생각해보니 여기에는 문조차 없다. 불안감으로 온몸이 마비될 것만 같았다.

그러나 치키사를 생각하면 불안감을 얼굴에 드러낼 수는

없었다. 체력이 좀 더 돌아오면 혼을 날려 보려고 생각했지만, 시하나 일당이 탄다의 주술을 경계하지 않을 리가 없다. 뭔가로 방어막을 쳐두었을지도 모른다.

큰 소리로 외침으로써 탄다는 불안감을 해소하려 했다.

그때 그림자가 생겼다. 누군가가 통기구멍 위로 온 것이다. 손가락이 통기구멍을 막나 싶더니 통기구멍 주위에 둥근 선이 생기며 덜컹거리는 소리와 함께 뚜껑처럼 들어 올려졌다.

빛을 등지고 있어서 누가 내려다보고 있는지 얼굴은 보이지 않았지만,

"비켜라."

라는 로타어 한마디가 들리더니 커다란 바구니가 바닥으로 떨어졌다.

떨어진 충격으로 뚜껑이 열려, 안에서 둥근 덩어리와 단지가 굴러 나왔다. 먹을 것과 물인 듯했다.

천장의 뚜껑이 다시 닫히는 것을 보고 탄다가 황급히 소리쳤다.

"어이! 변소는…."

뚜껑을 밟아서 끼워 넣는 소리와 함께 남자 목소리가 날아왔다.

"나중에 단지를 내려주지."

탄다는 치키사와 얼굴을 마주 봤다.

"물과 먹을 것이라도 있으니 그나마 다행으로 생각하자."

탄다가 중얼거리더니 둥근 덩어리를 주워 올려서 흙을 털었다. 본 적이 없는 음식이었지만 촉감과 냄새로 봐서 로타의 바무(발효시키지 않은 빵) 비슷한 것인 듯했다.

"이게 뭔지 아니?"

치키사에게 건네자, 치키사가 조금 뜯어서 입에 넣고는 미간을 모았다.

"바무와 비슷하지만 처음 먹어보는 맛이에요."

여기는 어디일까 하고 탄다는 또다시 생각했다. 그날 타치야의 가게에 맡겨져 있던 바르사의 편지에는 탄다와 치키사를 지탄 제사당에서 넘겨주겠다는 말이 적혀 있었고, 시하나는 로타로 간다고 분명히 말했었다.

그러니까 여기는 로타 왕국의 어디겠지만, 아무래도 감시하고 있는 자는 로타인이 아닌 것만 같았다.

탄다는 음식과 물을 치키사와 나눠 먹으면서, 타치야의 가게에서 있었던 일과 이제까지의 경위를 간단히 말해주었다.

지탄 제사당이라는 말이 탄다의 입에서 나온 순간, 치키사의 안색이 변했다.

"지탄 제사당…?"

탄다가 눈을 깜빡였다.

"어떤 곳이지? 지탄 제사당이?"

"지탄 제사당은… 과거의 로타르발의 성도, 사다 타르하마야(신과 하나가 된 자)의 궁전이 있었던 장소에 세워진 제사당이에요."

치키사는 타르쿠마다(음지의 사제)한테서 배운 역사를 탄다에게 이야기해주었다.

지금 로타 왕국의 왕도는 남부에 있지만, 사다 타르하마야가 로타르발을 지배하던 당시는 이 땅이 지금보다 따뜻해, 현재의 왕도보다 훨씬 북쪽에 있는 지탄 부근에 도읍이 있었다고 한다.

이제는 당시의 흔적조차 찾아볼 수 없지만, 스라 시 타르하마야(타르하마야가 계시는 곳)로 불리는 성도에는 장엄한 궁전과, 거대한 나무가 자라는 아름다운 샘이 있으며, 녹음이 우거진 숲으로 둘러싸여 있었다. 그 숲은 따뜻해, 달콤한 열매가 가지가 휠 정도로 열렸으며, 많은 원숭이들이 살고 있었다고 한다.

사다 타르하마야가 키란 왕에게 살해당하고, 하사루 마 타르하마야(무시무시한 신이 흘러오는 강)가 사라지자, 그 궁전이 있던 곳은 서서히 온도가 내려가다가 저쪽 세계로 녹아들어 사라져버렸다.

키란 왕은 사다 타르하마야를 죽인 그 장소를 정화시키기 위해 제사당을 지었다.

그리고 제사당 옆에 로타풍의 성채를 지어서 자기 동생에게 그 성채를 맡겨 북쪽 지방을 지키게 했다고 한다.

"지탄은 타르족에게는 과거의 꿈의 도시이자… 엄청난 후회의 땅이기도 해요. 타르(음지)에 살게 되었을 때, 두 번 다시 발을 들여놓지 않겠다고 맹세한 금기의 장소죠."

탄다가 미간을 모았다.

시하나는 도대체 무슨 생각을 하고 있는 걸까? 아스라가 사다 타르하마야가 되기 전에 죽이기 위해서 쫓고 있었던 것이 아닌가? 왜 일부러 아스라를 사다 타르하마야가 살았다고 하는 곳으로 불러들여야만 하는 걸까?

"…그렇다면 아스라는 지탄으로 가고 싶지 않겠구나."

탄다가 중얼거리자 치키사의 얼굴이 흐려졌다.

"아스라는 지탄이 금기의 땅이라고는 생각하지 않을지도 몰라요."

탄다가 놀라며 치키사를 봤다.

"왜?"

치키사는 무의식중에 왼손의 상처를 만지면서 음울한 어

조로 대답했다.

"아스라는 어머니의 말을 철석같이 믿고 있거든요."

치키사가 고개를 숙인 채로 이야기를 시작했다.

"우리 아버지는 5년 전에 늑대에게 잡아먹혔는데, 아버지가 돌아가시고 우리 셋이서 살게 된 이후로 차츰 어머니는 몹시 우울해지는 일이 많아졌어요."

코를 찡긋하며 치키사가 어깨를 으쓱했다.

"아버지가 돌아가시고 나서 우리가 좀 더 가난해져서 어머니도 괴로웠던 거라고 생각해요.

하지만 갑자기 확 변한 것은 2년 전쯤부터예요. 갑자기 타르쿠마다의 가르침을 싫어하게 되어, 우리에게 타르하마야는 사제가 말하는 그런 나쁜 신이 아니라 타르족을 구할 성스러운 신이라고 가르치려고 했죠.

나는 어머니의 말을 아무래도 믿을 수가 없었지만, 아스라는 어머니 말이라면 뭐든지 옳다고 철석같이 믿었죠…."

치키사의 얼굴이 일그러졌다.

"아버지가 살아계셨을 때도 우리는 다른 타르 사람들과는 떨어져서 살았었어요. 아스라도 나도 친구가 별로 없었죠. 다른 사람들이 사는 숲에서 꽤 멀리 떨어져서 성역 근처의 숲에서 우리끼리만 살았죠."

탄다는 잠자코 치키사의 이야기를 듣고 있었다.

"어머니는 우리가 태어나기 훨씬 전에 고향을 떠나서 타르쿠마다들이 사는 성역의 숲으로 들어왔다고 해요.

그런 타르족의 성역은 악령이 산다며 두려워해서 로타인이 절대로 접근하지 않는, 샨이라는 깊은 숲속에 있어요. 어머니가 로타인을 만나기를 무척 두려워해서 거기에 살게 되었을 거예요. 아버지와 결혼한 후에도 아버지를 설득해서 다른 사람들과는 떨어진 장소에 집을 짓게 했다고 아버지가 말한 적이 있죠."

"왜 로타인을 그토록 무서워했지?"

치키사가 고개를 갸웃했다.

"몰라요. 타르족은 모두 로타인을 만나기를 싫어하지만, 모피 매매나 생필품 구입 등을 위해 1년에 몇 번은 반드시 얼굴을 마주치게 마련이죠. 하지만 어머니는 절대로 로타인을 만나지 않으려고 했어요. 그래서 로타인과의 교섭은 전부 아버지한테 맡겼었죠."

치키사는 입술을 적시고서 말을 이었다.

"타르족의 취락은 작아서 숲속에 띄엄띄엄 흩어져 있지만, 보통은 친척들끼리 왕래가 있다고 해요. 타르쿠마다가 한 달에 몇 번 취락을 방문해 아이들에게 전설이랑 역사를 가르친다는 말도 들었어요.

　하지만 나는 한 번도 다른 취락을 본 적도 없고, 친척을 만
난 적도 없어요. 아스라 역시 그렇고요. 다만 정기적으로 타
르쿠마다가 방문해주셔서 전설이랑 역사를 가르쳐주었지요.
하지만….'

　치키사가 흘끗 탄다를 봤다.

　"어머니가 변해버린 후에는 나도 아스라도 사제님의 방문
이 싫어서 견딜 수가 없었어요. …사제님이 돌아가면, 곧바로
어머니가 방금 들은 이야기를 믿어서는 안 된다며 사제님을
헐뜯었기 때문이죠. 그런 때의 어머니는 예전의 다정하던 어
머니하고는 전혀 달라 보여서 무척 싫었어요."

　치키사가 얼굴을 잔뜩 찌푸렸다.

　"나는 라마우(섬기는 자)들이 어머니에게 뭔가 바람을 불어
넣은 거라고 생각해요. 사제님의 눈을 피해서 어머니는 종종
라마우의 비밀집회에 나가곤 했거든요."

　"라마우라니?"

　"타르쿠마다가 되기 위해 수행하는 사람들이에요. 노유크
(성스러운 세계)의 기척을 느낄 수 있는 아이는 열네 살이 되면
성지에 모여 라마우가 돼요. …아스라도 라마우가 될 예정이
었어요."

"아스라에게도 노유크가 보였니?"

치키사가 고개를 끄덕였다.

"보이는 건지 단지 느껴질 뿐인지 나는 잘 모르겠지만.

하지만 어머니는 아스라가 라마우가 되는 것을 무척 싫어했어요. 아스라에게는 나 같은 인생을 살게 하고 싶지 않다고 하며."

"나 같은 인생이라니? 네 어머니도 라마우였니?"

"아뇨. 그렇지 않아요. 라마우는 결혼을 못 해요. 어머니는 라마우가 아니에요.

어머니가 어떤 의미로 그런 말을 했는지 잘 모르겠지만…. 어머니는 종종 자신은 원하는 대로 살 수가 없었다, 도망치며 숨어서 살아왔다는 말을 하곤 했죠. 아마도 우리가 태어나기 전에 무슨 일이 있었던 것 같은데…."

치키사는 한숨을 쉬더니 고개를 한차례 흔들고 다시 본래의 화제로 돌아갔다.

"조금 전에 라마우가 어머니에게 뭔가 바람을 불어넣은 것 같다는 말을 했는데, 나는 젊은 라마우들 사이에서 타르쿠마다가 전하는 전설과는 다른 생각이 꿈틀거리고 있었다고 생각해요. 비밀집회에서 돌아올 때마다 어머니는 열에 들뜬 사람처럼 타르쿠마다의 가르침과는 다른 신앙을 우리에게 이야기했으니까요. 무척 활기차고… 즐거운 듯이."

치키사의 눈에는 그런 어머니를 부끄러워하는 마음과 그리워하는 빛이 복잡하게 뒤섞여서 나타났다.

"아스라는 어머니를 무척 좋아해서 항상 졸졸 따라다니는 응석꾸러기였죠. 나처럼 어머니의 변화를 싫어하지도 않고, 오히려 침울해 있던 어머니가 밝아진 것을 무척 기뻐했어요. …아스라는 지금도 어머니의 가르침을 더 믿고 있을 거예요."

탄다는 물을 한 모금 마시더니, 소매로 단지 테두리를 닦아 치키사에게 건넸다.

"아스라에 대해 얘기해봐라. 어떤 아이지?"

치키사는 단지를 안은 채로 잠시 생각에 잠겨 있었다.

"아스라는 얌전한 아이예요. 내성적이지만 뚝심이 있는 아이죠. 하지만 다정한 아이예요. 정말로. …왜 이런…."

고개를 숙인 치키사의 입술이 떨리기 시작했다.

"전부 어머니 탓이야. 어머니가 그런 짓을 하지 않았으면 처형당하지도 않았을 테고, 아스라가 그렇게 되었을 리도 없는데…."

탄다가 손을 뻗어서 서툰 동작으로 치키사의 어깨에 손을 얹었다.

치키사는 눈물을 참으며 긴장으로 몸이 굳었다.

"그런데 어떻게 아스라가 타르하마야를 부를 수 있게 되었지? 네 어머니가 어떻게 한 거냐?"

치키사는 고개를 숙인 채로 어깨를 으쓱했다.

"모르겠어요. 나한테는 안 보였으니까요. …아버지가 돌아가시고 나서 우리 셋이서 덫사냥을 하고 있었는데, 어느날 설치해놓은 덫을 보러 갔을 때 아스라가 이상한 말을 꺼내…."

치키사가 눈을 들어 탄다를 봤다.

"숲을 걷고 있으면 느닷없이 다른 곳보다 대기가 따뜻한 장소로 나오는 경우가 있어요. 우리는 그런 곳을 노유크 챠이(노유크의 물웅덩이)라고 부르는데, 그날 덫을 설치한 곳도 그런 식으로 이상하게 따뜻한 곳이었어요.

덫을 설치하면서 아스라는 왠지 갑자기 안절부절못하더니, 나와 어머니에게는 안 들리는 소리에 귀를 기울이기도 하고, 뭔가 보는 것처럼 눈을 움직이기도 해서… 나는 무척 기분이 이상했어요."

그때의 일을 떠올리고 있는 것일까? 치키사의 눈이 흔들렸다.

"아스라는 마치 꿈을 꾸고 있는 듯한 얼굴이 되어서…. 그날 밤, 어머니가 아스라를 데리고 어디론가 나갔어요. 아마도 라마우들한테 갔을 거예요. 나에게는 아무 말도 해주지 않았지만.

다음 날 한밤중에 어머니는 성역의 신전으로 우리를 데리고 갔어요. 그리고 신전 안쪽에 있는, 절대로 들어가서는 안 되는 구역인 사다 타르하마야의 묘소로 몰래 들어갔죠. 나는 반대했지만, 어머니는 내 말을 들은 척도 안 했어요.

신전의 바위에는 이끼가 끼어 있는데, 나는 거기서 처음으로 하사루 마 타르하마야(무시무시한 신이 흘러오는 강)를 봤어요. 한밤중인데도 피쿠야(신의 이끼)가 눈에 보이지 않는 강물에 나타난 것처럼 어른거리며 반짝였죠….

어머니는 나한테 나무 뒤에 숨어 있으라고 하고서 아스라만 데리고 그 '강'에 몸을 담근 채로 신전의 바위 속으로 들어갔어요.

두 사람은 좀처럼 안 나오다가 이미 날이 밝기 시작해서야 나왔어요.

어머니는 날이 밝아 오는 것에 놀란 것처럼 보였어요. 그렇게 오랜 시간이 흐른 줄 전혀 몰랐던 것 같아요. 어머니는 아마도 날이 밝기 전에 몰래 출입금지 구역을 빠져나올 생각이었을 거예요. 하지만… 뜻대로 되지 않았죠. 우리는 새벽 의식을 위해 찾아온 타르쿠마다들에게 들키고 말았죠."

그 이후의 일은 치키사는 말하고 싶지 않았다.

탄다도 굳이 묻지 않았다. 대충은 스파루의 이야기에서 추측이 가능했기 때문이다.

다만 한 가지만은 아무래도 물어야만 하는 것이 있었다. 이 소년을 괴롭히고 싶지 않았지만, 지금 때를 놓치면 두 번 다시 못 물을지도 모른다.

"치키사…."

탄다가 부르자, 치키사가 눈을 들었다.

"신타단 감옥에서 아스라가 뭘 한 거지?"

치키사의 눈에 떠오른 고통과 슬픔의 빛을 본 순간, 탄다는 묻지 말걸 하고 후회했다.

그러나 치키사는 한차례 숨을 들이쉬더니 이야기를 시작했다.

"그날 밤 어머니가 처형당했을 때, 우리는 팔을 붙잡힌 채로 처형대 뒤에 있었어요. 많은 사람들이 처형대를 둘러싸고 있어서, …동정하는 사람도, 겁에 질려 바라보고 있는 사람도 있었지만, 우… 웃고 있는 사람도 있어서…."

치키사의 목소리가 떨렸다.

"이런 잔인한, 잔인한 사람이 있을까 하고, 나도 웃고 있는 녀석들을 죽여버리고 싶었죠. 어머니를 살려달라고 소리쳤지만, 아무 소용도 없어….”

탄다는 자기도 모르게 이제 그만해도 된다는 뜻으로 치키사의 팔을 붙잡았다. 그러나 치키사는 말을 멈추지 않았다.

“어머니가 살해당한 순간, 술렁임이 일었어요. 비명도 있었지만, 환호성도 들렸고, 그러자… 아스라가… 갑자기 허공을 올려다보더니 눈이 뒤집히며….

아스라의 몸이 두 겹이 된 것처럼 흐릿해지는가 싶더니 커다란 것이 번쩍이면서 미끄러져 나와… 그러고는 한순간이었어요. 정말로.

어둠 속에서, 은은히 빛나는 강물과도 같은, 바람의 흐름과도 같은 것이 세차게 휙 몰려와서 눈 깜짝할 사이에 사람들을 죽였어요.

아스라와 부둥켜안고 있던 나를 제외하고, 우리 몸을 붙잡고 있던 병사마저도 순식간에 살해당하고 말았죠.

처형대에서 멀리 떨어져 있던 사람들이 도망쳐 가는 것이 보였지만, 그것은 인광처럼 번쩍이며 쫓아가… 단 한 명도 도망치지 못했어요.”

탄다는 닭살이 돋는 느낌이 들었다. 탄다를 바라보는 치키사의 눈에 눈물이 맺혔다.

"우리는 살인자죠. 그렇게 많은 사람들을 죽이고 말았어요. 그때 도망치는 게 아니었어요. 아스라를 죽이고 나도 죽을걸."

"치키사….."

치키사의 눈에서 눈물이 흘러나왔다. 하염없이, 하염없이 쏟아져 나왔다.

"아스라는 아무것도 기억을 못 하는 것 같았어요. 사다 타르하마야의 묘소에 들어간 것도, 어머니의 처형조차도 어렴풋이밖에 기억 못 하는 것 같았어요.

아스라 탓이 아니에요. 어머니가 금기를 깨지 않았다면 그런 일은 안 일어났을 거예요. 그러니까 우리 죄가 아니라고 생각하고 싶었죠.

하지만… 이런 식으로 점점 일이 커지고 사람들을 말려들게 해, 이제는 내가 감당할 수 없을 정도가 되고 말았죠."

치키사는 양손으로 얼굴을 감싸고 울면서 말을 이었다.

"아스라를 만나고 싶어요. 아스라가 또다시 누군가를 죽이기 전에 만나서 이런 이야기를 전부 해주고 싶어요. 다른 사람들을 끌어들이지 말고, 우리 힘으로 끝을 맺었어야 했는데. …어쩌다 이런…."

탄다가 치키사의 머리를 끌어안았다. 치키사는 탄다의 가슴에 머리를 묻고서 소리 내어 울었다.

"죄송해요. 아저씨도, 그 여자분도 끌어들일 생각은 없었
는데!"

탄다가 치키사를 안고 있는 팔에 힘을 주었다.

"네가 끌어들인 것이 아니야. 이것은 우리가 내린 결단이
야. 비록 죽더라도 너에게는 책임이 없어."

좀 더 유창하게 로타어를 할 수 있다면 좋을 텐데 하고 탄
다는 아쉬워했다.

탄다는 치키사를 안은 채로 감옥 벽을 응시하고 있었다. 스
파루의 이야기를 들었을 때는 실감이 나지 않았는데, 아스라
는 정말로… 무척 위험한 존재다.

'바르사….'

탄다는 가슴속에서 중얼거렸다. 지금쯤 바르사는 자신들
을 구하러 지탄으로 향했을 것이다.

시하나가 파놓은 함정과 아스라. …바르사는 두 가지의 위
험을 안고 있다.

바르사를 만나야 하는데. 지탄에 도착하기 전에 어떻게든
만나야만 한다. 탄다는 오랫동안 꼼짝도 하지 않고 감옥 벽
을 계속 응시하고 있었다.

답답한 감옥 안에서의 하루가 천천히 지나가고 밤이 찾아왔다. 바람구멍 주위에만 희미하게 빛이 들어올 뿐 밤의 어둠은 칠흑과도 같아, 탄다는 무력감에 무척 괴로워하고 있었다.

'혼을 날려볼까?'

치키사의 숨소리를 들으면서 탄다는 마음을 정하지 못하고 있었다. 시하나는 주술에 대한 지식이 있다. 탄다가 혼을 날려 보낼 것을 예측하고 덫을 놓았을지도 모른다. 덫에 걸려 시하나에게 혼을 빼앗겨버리면 숨만 쉬는 인형이 되고 만다.

'하지만 이렇게 있어도 별 뾰족한 수가 없다. 한시라도 빨리 바르사를 만나야 하는데….'

시하나의 덫을 피해서 감시자의 혼에게 주술을 쓸 수 있다면, 여기서 나갈 수 있을지도 모른다. 어찌 되었든 위험을 감수하고 혼을 날려 보내려고 결심했을 때였다. 탄다는 감옥 뚜껑이 열리는 소리를 들었다.

깜짝 놀라 얼굴을 들었더니 떨어져 내리는 진흙 부스러기가 눈에 들어가고 말았다. 눈물이 흘러 눈을 비비고 있자, 무릎 위로 툭 하고 밧줄이 떨어졌다.

"한가운데를 비워둬라."

속삭이는 소리가 내려왔다. 탄다와, 소리가 나서 눈을 뜬 치키사가 벽에 달라붙은 순간, 누군가가 구덩이 안으로 내려왔다. 그리고 품에서 뭔가를 꺼내더니 자그마한 불을 피웠다. 휴대용 등불의 불빛으로 남자의 얼굴이 모습을 드러냈다.

"…스파루."

탄다가 나지막이 말하자, 스파루가 얼른 조용히 하라는 손짓을 했다.

그리고 잠시 귀를 기울여 바깥 소리를 들어보더니, 이윽고 탄다에게로 시선을 되돌려, 위에서 내려와 있는 밧줄 끝을 탄다에게 건네며 요고어로 속삭였다.

"탄다, 여기서 도망치게 해주겠다. 이 밧줄을 타고 올라가라. 얼른!"

탄다가 미간을 모으며 스파루를 봤다.

"치키사는? 치키사도 도망치게 해주는 것이나?"

"아니, 치키사는 여기 남아 있어야 한다."

탄다는 밧줄을 놨다.

"그럼 나는 안가겠다."

스파루는 초조한 듯이 밧줄을 탄다에게 들이대며 로타어로 바꿔서 말했다.

"내 말을 들어라. 시하나는 절대로 치키사를 다치게 하지 않는다. 나를 믿어줘라. 무지막지한 계획이 진행되고 있는 것을 나는 이제야 알 수 있었다."

스파루는 잠시 입을 다물더니, 어둠 속의 소년에게 눈길을
주었다.

"시하나가 돌아오면 치키사는 이 감옥에서 나가게 된다.
치키사의 목숨이 위태로워질 일은 절대로 없다. 오히려 시하
나는 치키사를 소중히 다룰 것이다."

그렇게 말하고서 스파루는 탄다에게로 시선을 되돌렸다.

"하지만 너는 반드시 살해당한다. 시하나가 어떻게든 가까
이 두고 싶어 하는 것은 치키사다. 치키사를 데리고 도망치
면 시하나 일당은 전력을 다해서 쫓아올 거다. 우리 힘만으
로는 도저히 도망칠 수가 없을 거다."

침묵이 어둠 속에 무겁게 깔렸다.

"…제발 가세요, 탄다."

치키사가 나지막이 말했다. 낮지만 분명한 목소리였다.

"나는 괜찮아요. 도망치는 데 성공해서, 혹시… 혹시라
도…."

말이 끊겼다. 치키사가 무슨 말을 하고 싶은지 아플 정도로
잘 아는 탄다는 얼른 손을 뻗어 치키사의 어깨에 얹었다.

"알았다. 너를 혼자 남겨두는 것은 괴롭지만, 나는 여기를
나가서 아스라를 찾겠다. 아스라를 돕기 위해 최선을 다하지.
그러니까 너도 힘내라."

치키사가 탄다의 손을 꽉 쥐었다.

그때 스파루가 로타어로 나지막이 말했다.

"…너는 반드시 여동생을 만날 수 있다. 시하나는, 내 딸은 네 맘에 들 만한 달콤한 얘기를 할 것이다. 하지만 치키사, 타르족이 왜 그토록 오랫동안 전설을 되새기며, 스스로 음지에 살아왔는지 부디 다시 한 번 깊이 생각해보기 바란다. 그 점을 명심하고 시하나의 얘기를 듣기 바란다."

"그게 무슨 뜻이죠? 좀 더 알기 쉽게…."

치키사의 말을 스파루가 끊었다.

"시간이 있으면 천천히 이야기할 수 있지만 더 이상 시간이 없다. 용서해줘라.

탄다, 밧줄을 타고 올라가라! 서둘러!"

탄다는 마지막으로 다시 한 번 치키사의 손을 꽉 잡고는 밧줄에 매달렸다. 그리고 감옥의 흙벽에 발을 딛고 차근차근히 올라갔다. 지면에 가까워지면서 젖은 풀 냄새가 강렬해졌다.

구덩이 가장자리에 손이 닿았을 때, 누군가의 강력한 손이 탄다의 손목을 꽉 붙잡아 힘껏 끌어 올렸다. 탄다는 흠칫 놀랐지만, 그 남자는 탄다의 반응 같은 건 개의치 않고 스파루가 붙잡고 있는 밧줄을 쭉쭉 끌어 올리기 시작했다.

주위를 둘러보고서 탄다는 자신이 강둑에 있는 것을 알았다. 끊임없이 들리던 소리는 강물 소리였던 것이다.

강둑은 마른풀로 뒤덮여 있었고, 상당한 급경사를 이루며 강으로 이어져 있었다. 강 양쪽의 둑에 띄엄띄엄 불빛이 보였다. 얼어붙을 것 같은 대기 속에서 희미하게 연기 냄새가 났다.

저 멀리에 강둑을 걸어오는 사람의 그림자가 보였다. 강둑에서 올라와 탄다 옆에 서 있던 스파루가 그 그림자를 뚫어지게 쳐다보고는 절박한 어조로 나지막이 말했다.

"감시하는 자가 돌아왔다. 서둘러라!"

스파루가 이를 부딪치며 떨고 있는 탄다의 팔을 붙잡아 강둑에서 내려가라고 재촉했다.

차가운 마른풀 속을 미끄럼 타듯이 해서 내려가자 강에 배가 떠 있었다. 조금 전에 탄다를 끌어 올려준 남자가 얼른 그 배로 올라타더니, 탄다가 배에 올라타는 것을 도와줬다. 스파루는 능숙한 손놀림으로 강가 나무에 묶어놓은 밧줄을 풀더니 민첩하게 배에 올라탔다. 남자가 고물에 무릎을 꿇고 웅크리고 앉아 키 역할을 하는 듯한 가느다란 막대기를 쥐었다. 스파루도 똑같이 한쪽 무릎을 바닥에 대고서 뱃머리에 웅크리고 앉아 노를 잡았다.

작은 배는 물고기처럼 스르르 흐름을 탔다. 스파루와 그 남자는 호흡을 맞추며 노와 가느다란 막대기를 움직여 배가 흐름을 타고 앞으로 나아가게 했다. 물소리를 거의 내지 않고 배는 강의 하류를 향해서 갔다.

이윽고 강둑에 띄엄띄엄 켜져 있던 불빛이 등 뒤로 사라지자 스파루가 이야기를 시작했다.

"이 강은 라와루강이라고 한다. 아까 그 불빛은 우리 카샤루의 집에 있는 굴뚝의 구멍에서 새어 나오는 불빛이다. 거긴 내 외가 쪽 먼 친척이 사는 마을이다. 마을의 젊은 촌장 카파무는 시하나의 사촌오빠에 해당하지."

띄엄띄엄 스파루의 목소리가 들려왔다.

"시하나는 무척 머리가 좋은 딸이지만, 그런 만큼 자신이 모든 것을 잘 안다고 믿는 면이 있다. 하지만 나이 든 사람에게는 젊은 사람이 모르는 역사가 있는 법. 나에게는 시하나가 모르는 지인도 있지."

목구멍 속을 울리는 식으로 스파루가 웃었다.

"내가 도망친 것을 알면 필경 놀랄 거다."

스파루의 공허한 웃음소리는 밤의 정적 속으로 빨려 들어 사라져갔다.

제2장

함정

1

교역시장을 향해서

늑대떼의 습격을 받은 무시무시한 밤이 밝자 거짓말처럼 맑은 하늘이 펼쳐졌다. 초원은 자취를 감추고, 눈부시게 빛나는 설원이 끝없이 펼쳐져 있었다.

간밤에 목숨을 잃을 뻔한 나카 일행은 새벽녘이 되어서야 간신히 악몽을 꾸며 잠에 빠져들어, 아침이 되어도 목부의 오두막 벽에 쌓아놓은 짐에 얼굴을 파묻듯이 하고서 정신없이 자고 있었다.

아스라와 미나는 열이 나서, 마로나를 비롯한 여자들이 밤새 차가운 천으로 땀을 닦아줬다.

바르사도 늑대의 날카로운 엄니에 물려 왼손에 깊은 상처를 입었다. 처치를 마치고 누워도 좀처럼 잠이 오지 않았다.

아무리 치열한 싸움을 치러도 그 위기가 지나면 이내 평정을 되찾아 악몽도 꾸지 않고 잘 수 있는 그런 몸이 되었을 텐데도, 왠지 차가운 진흙 덩어리 같은 것이 가슴속에 얹혀 있어 잠들 수가 없었다.

눈을 감자 아스라의 미소가 떠올랐다. 그윽한 빛을 띤 눈동자와, 열에 들뜬 듯한 그 미소가…. 간신히 잠이 들어도 바르사는 몇 번이고, 몇 번이고 그 뜨뜻미지근한 바람과 번뜩이는 엄니, 그리고 아스라의 미소를 꿈에서 봤다.

아침이 되어 잠에서 깨어나도 그 악몽의 흔적은 좀처럼 사라지지 않았다.

목부들은 새벽에 일어나 아침 일을 하러 가서, 어두침침한 방 안에는 나카의 대상 사람들만이 축 늘어져 누워 있었다.

덜커덩하고 커다란 소리가 나며 문이 열리더니, 다른 대상의 대장인 렌이 들어왔다.

"눈이 적당한 정도로 얼어붙었다."

렌의 목소리는 휑한 방 안에 유난히 크게 울렸다. 그는 몸을 일으킨 나카 옆에 앉더니 조금 소리를 낮추고 말을 시작했다.

"저 정도면 마차 바퀴도 빠지지 않고 움직일 수 있다. 오늘 아침 출발하면 다음 눈보라가 오기 전에 토르아 마을 너머의 교역역참에 갈 수 있을 거다.

우리는 출발하기로 했는데 너희는 어떻게 할 테냐?"

나카는 피로에 지쳐 흙빛이 된 얼굴을 손으로 문지르며 잠시 생각하더니 이윽고 고개를 끄덕였다.

"우리도… 가기로 하지."

목소리에 힘이 없었다. 출발하려면 설원에 적합한 말발굽으로 바꿔야 한다. 마차 바퀴에도 미끄럼방지 장치를 달아야만 한다. 해야 할 일이 산더미다. 하지만 남자들은 간밤의 사건으로 모두 생기가 빠져나간 듯한 얼굴을 하고 있었다.

"좋아, 그러는 편이 좋지. 피곤하겠지만 이 기회를 놓치면 후회할 거다!

걱정 마라! 우리 일행은 남자 일손만은 남아도니까. 말발굽은 우리가 바꿔주지. 너희는 마차 준비를 하도록 해라."

"…미안하군. 이 빚은 반드시 갚도록 하지."

그렇게 말한 나카의 어깨를 렌이 환히 웃으며 세게 쳤다.

"오오, 기대하고 있겠네."

렌이 나가자 나카 일행은 출발을 위해 움직이기 시작했다.

바르사는 잠든 아스라와 미나 옆에 웅크리고 앉았다. 둘 다 열로 벌겋게 달아오른 얼굴을 하고서, 어떤 소리에도 깨지 않고 자고 있었다. 하지만 호흡은 한밤중보다 깊고 조용해져 있었다.

"마차에 태우고 가면 괜찮을 거예요."

마로나가 속삭였다. 바르사는 고개를 끄덕이고, 아스라를 간병해주는 것에 대해 감사 인사를 했다.

마로나의 지친 얼굴에 옅은 미소가 떠올랐다.

"…간밤에는…."

마로나가 나지막이 말했다.

"이제 틀렸다고 생각했어요. 모두 늑대에게 잡아먹히는 게 아닐까 하고. 지금도 신기해요. 용케도 목숨을 부지했네요."

나카도, 다른 사람들도 간밤에 저 숲속에서 무슨 일이 일어났는지 말하지 않았다. 말할 도리가 없었기 때문이다. 나카 일행이 본 것은 은은히 빛나는, 엄청나게 빠른 바람 같은 것이 늑대들을 계속해서 죽여가는 광경뿐이었다.

바르사와 아스라에게 다행스러웠던 점은 아스라가 그 빛을 조종했다는 것을 그들이 알아차리지 못했다는 것이다. 목숨이 위태로운 혼란과 긴장 속에서, 게다가 순식간에 일어난 일이었기에, 그들은 늑대들의 죽음밖에 목격하지 못했다.

바르사는 마로나의 말에 애매모호하게 고개를 끄덕이고서 일어섰다.

밖으로 나오더니 바르사는 렌의 대상을 호위하는 신야를

찾았다. 오두막 벽에 기대어 지도를 보고 있던 신야가 바르사를 발견하더니 손을 살짝 들어 가까이 오라는 손짓을 했다.

"어젯밤은 고생 많았다. 상처는 어떠냐?"

말수가 적고 감정을 드러내지 않는 신야로서는 보기 드물게 바르사를 염려하는 빛이 눈에 드러나 있었다. 바르사는 왼손을 내밀어 감고 있는 헝겊을 풀어 꿰맨 상처를 보여줬다.

"힘줄은 끊어지지 않았으니 괜찮다. 이삼일이면 움직일 수 있을 거다. 하지만 그때까지는 대상의 오른쪽밖에 못 지킨다. 양해해주기 바란다."

신야가 고개를 끄덕였다.

"내가 왼쪽을 맡지."

지도를 턱으로 가리키면서 신야가 말을 이었다.

"잘하면 오늘 밤에는 교역역참에 도착할 거다. 문제는 나흘 후다."

바르사가 고개를 끄덕였다.

"샤하루의 산길은 도적의 명소니까."

교역역참은 대상들이 모이는 역참이다. 주위를 높은 방벽으로 둘러싸고, 이곳을 정기적으로 이용하는 대상들이 돈을 내서 많은 수의 호위무사를 고용했다. 그렇게 해서 여러 나라에서 찾아오는 상인들과 그 지역 사람들이 안전하게 장사할 수 있는 장소가 만들어졌다.

하지만 문제는 장사를 마치고 돈을 손에 넣은 대상들이 그 다음에 있는 커다란 교역역참인 토르안으로 가기 위해 반드시 거치는 샤하루의 산길이었다.

그곳은 양옆이 절벽으로 이루어진 좁은 길이다. 절벽 위에서 활을 쏘며 단숨에 말을 타고 내려오는 도적들에게 많은 대상들이 희생되었다.

물론 그 부근을 관리하는 로타의 샤하루 씨족이 안전한 교역을 위해 무인들에게 산길의 경호를 맡기고 있지만, 어찌된 일인지 이따금 경호의 틈을 노려 도적들이 습격해 오는 일이 있었다.

샤하루의 씨족장이 도적들에게 상당한 돈을 받고는 그들을 봐주고 있다는 소문이 끊이지 않았다. 도적들은 출신상으로는 샤하루 씨족의 부랑배들이다. 씨족장과 혈연관계에 있는 자도 있다는 소문도 떠돌았다.

대상들은 씨족장에게 선물이라는 명목으로 금품을 줘서 안전을 보장받는 경우도 있고, 몇 개의 대상들이 움직이는 시기가 맞으면 각자가 돈을 내서 호위무사를 늘려 단합해서 무사히 통과하는 경우도 있었다.

"다른 대상과 일정을 맞출 수 있으면 좋겠지만, 이번 눈보

라로 이동 일정이 바뀐 대상들도 있을 테니까, 움직이는 시
기가 제각각일지도 모르겠군."

신야와 여러 경우의 수를 상정하며 호위 계획을 세우는 동
안, 바르사는 악몽의 그 느낌을 잊어갔다.

❧❈❧

나카와 렌의 대상이 교역역참의 높은 방벽에 열려 있는 정
문을 통과한 것은 꽤나 야심한 시각이었다. 익숙한 역참에서
짐을 풀고 오랜만에 뜨거운 물에 몸을 담그고 식사를 마칠
무렵에는 모두 너무 지쳐서 말이 없었다.

여기서는 호위가 필요 없다. 모피 매매를 하는 이틀 동안,
바르사와 신야는 각자의 대장으로부터 휴가를 얻었다.

호위무사들이 묵는 여인숙은 방벽 옆에 마련되어 있다. 바
르사는 아직 열이 안 내려 꾸벅꾸벅 졸고 있는 아스라를 업
고 자신에게 배당된 여인숙 방으로 들어갔다.

방 양쪽 벽에 붙여놓은 커다란 두 개의 침대 사이에 식탁
이 하나 있었다. 소박한 방이었지만, 바닥에는 모직 융단이
깔려 있었고, 방 한구석에는 난로도 있었다.

침대에 내려놓자 아스라는 살짝 눈을 뜨더니 이내 다시 감
아버렸다. 방이 썰렁해 두꺼운 담요를 덮어줘도 아스라는 덜
덜 떨었다.

"…바로 불 피울게. 조금만 참아라."

그렇게 말했지만 아스라에게는 안 들리는 것 같았다.

바르사는 난로의 쇠살대에서 불씨를 살려내 장작을 얹었다. 곧바로 장작이 벌겋게 달아오르기 시작하자, 바르사는 불에 손을 쬐면서 흔들리는 불꽃을 지그시 바라봤다.

이 여인숙에는 몇 차렌가 묵은 적이 있다. 어린 시절에는 지금의 아스라처럼 먼저 침대에 누워, 지그로가 장작에 불을 붙일 때까지 담요를 둘러쓰고서 떨고 있었다.

굴뚝이 막혔는지 어떤지, 연기가 잘 빠져나가는지 확인하고 나서, 바르사는 여장을 풀고 침대에 누웠다. 밤의 정적 속에 누가 부는지 모르는 피리 소리가 희미하게 들렸다. 구슬픈 그 음색을 무심결에 들으면서 바르사는 깊은 잠으로 빠져들었다.

동이 트기 조금 전에 바르사는 눈을 떴다. 건너편 침대에서 흐느끼는 소리와 뭔가 끊임없이 이야기하는 소리가 들려왔기 때문이다.

"…엄마. 엄마! 싫어! 엄마를 죽이지 마…!"

아스라가 잠꼬대를 하는 것이었다. 악몽을 꾸는지 울면서 몸을 비틀었다. 바르사는 아스라 옆에 웅크리고 앉아 땀에 젖은 머리카락을 어루만져주었다.

"괜찮아. 꿈을 꾸고 있는 거다, 아스라, 눈을 떠라."

아스라는 눈을 뜨지 않았지만, 깊은 한숨을 쉬더니 꽉 쥐고 있던 주먹을 풀었다. 그리고 돌아누워서 베개에 얼굴을 묻더니 고요한 숨소리를 내기 시작했다.

서쪽으로 난 유일한 작은 창 너머로 새벽의 푸르스름한 어둠이 보였다. 희미한 빛을 받은 아스라의 얼굴을 응시하면서, 바르사는 생각에 잠겼다.

'엄마를 죽이지 마…라고?'

탄다와 둘이서 스파루한테 들은 신타단 감옥에서의 참사. 분명히 스파루는 여자가 처형된 장소에서부터 거대한 낫을 휘두른 것처럼 사체가 흩어져 있었다고 했었다.

그 사람들이 어떻게 해서 죽음에 이르렀는지 그 광경을 바르사는 이제 또렷이 떠올릴 수가 있었다. 그 뜨뜻미지근한 바람과 함께 번뜩이는 엄니가 아스라한테서 튀어나와서 학살해간 것이다. …아마도 아스라 어머니의 처형을 구경하던 사람들을.

새벽의 푸른 어둠을 닮은 오싹한 한기가 바르사의 가슴에 퍼져갔다.

스파루가 이 아이를 죽이려고 한 이유를 지금은 충분히 이해할 수 있다. 엄청나게 무시무시한 존재가 이 아이에게 깃들어 있는 것이리라.

뺨에 눈물 자국이 난 채 살짝 입을 벌리고 쌔근거리며 자고 있는 아스라의 얼굴은 순수했다. …너무나도 어렸다.

목구멍으로 사무칠 듯한 슬픔이 북받쳐 와서, 바르사는 이를 꽉 깨물었다.

운명을 조종하는 신이 있다고 사람들은 말하곤 한다. 하지만 만약 그런 신이 있다면 왜 이렇게 어린 아이에게 이토록 끔찍한 운명을 부여하는 걸까?

바르사는 자신의 침대에 앉아 단창을 무릎 사이에 세우고서 이마를 대고 눈을 감았다.

'목숨을 살리는 것만으로는 이 아이를 구원할 수 없다.'

바르사는 아침이 올 때까지 그대로 꼼짝하지 않았다.

아스라는 아침이 되어도 눈을 뜨지 않았지만, 바르사는 별로 염려하지 않았다. 일전에 그 요괴를 조종했을 때도 이런 식으로 잠들어 있었으니까 언젠가는 깨어날 것이다.

여인숙의 식당으로 가서 갓 짠 우유를 듬뿍 넣은 달콤한 보리죽으로 아침 식사를 마치고, 쟁반에 아스라 몫의 아침 식사를 얹어 방으로 돌아오니 방 안에서부터 말소리가 들려왔다.

안으로 들어가니 아스라의 침대로 기어오르던 미나가 손을 흔들었다.

아스라는 깨어나 있었다. 상반신을 일으키고 침대에 앉아 있었다.

"깨어났구나. 기분은 어떠냐?"

아스라는 아직 잠에 취한 듯한 얼굴로 미소 지었다.

"괜찮아. 정신이 몽롱하긴 하지만."

"틀림없이 열 때문이야. 나도 일어났을 때 그런 느낌이었거든."

미나는 엄마 마로나를 빼닮은 어른스러운 어조로 말하고, 바르사가 식탁에 놓은 쟁반을 봤다.

"아, 그거 아스라의 아침이야?"

"그렇다. 미나는 아침 먹었니?"

미나는 죽 그릇의 뚜껑을 열고는 안을 들여다봤다.

"응. …어머? 여기에는 삿카우(말린 과일을 잘게 썰어서 설탕으로 굳힌 것)가 안 들어 있네. 우리 죽에는 들어 있었는데."

바르사가 웃었다.

"대상들 여인숙 숙박비가 더 비싸니까. 식사도 더 좋을 수밖에 없지."

"그렇구나. …그럼 아스라, 점심에 과자 나오면 갖고 와줄게."

아스라가 미나의 머리카락을 쓰다듬었다.

"고마워. 기대하고 있을게."

미나는 간지러운 듯이 웃으며 아스라를 끌어안았다.

"정말 무서웠지? 늑대! 아까 엄마한테 혼났어. 하마터면 늑대에게 잡아먹힐 뻔했다고. …그런데 정말로 어떻게 안 잡아먹혔지? 아스라는 못 봤어? 누가 늑대를 죽였을까?"

아스라는 조용히 몸을 떼어내고서 미나의 얼굴을 들여다봤다.

"…틀림없이 신령님이 구해주신 거야. 미나가 아버지를 도와달라고 열심히 빌었기 때문에 그 소원을 들어주신 거지."

아스라가 흘끗 바르사를 보며 미소를 지었다.

바르사는 같이 웃어주지 못했다. 번개처럼 어떤 생각이 마음속에 번뜩였기 때문이다.

'그렇구나. 아스라는 그것을 신으로 생각하고 있구나…!'

사람을 배려하는 다정한 아이인데도, 아스라가 수많은 사람을 학살한 것에 대해 전혀 가책을 받지 않는 것처럼 보이는 것이 바르사에게는 참으로 이상했다.

아무리 자신의 목숨을 지키기 위해서라도 남을 죽인 기억은 혼에 깊이 각인된다. 피비린내와 함께. …아무리 정당화하려고 해도 피할 수 없는 생각과 후회를 혼에 각인시키게 마련이다.

하지만 신이라면, 기도를 듣고서 신이 도와준 거라고 생각한다면, 죄의식을 느낄 리도 없다. 기도를 들어준 것은 신. 심판을 내린 것도 아스라가 아니라 신이니까.

지금 아스라의 눈에 떠오른 것은 진정한 평온을 얻은 자의 부드러운 미소였다. 그 늑대를 죽임으로써, 신이 지켜주고 있으며 언제든지 자신의 부름에 응답해줄 거라는 확신이 든 것이리라. 지금의 아스라에게는 두려운 것이 없다. …오빠를 구하는 것도 간단히 해낼 수 있다고 생각해 안심하고 있는 건지도 모른다.

배 속에서부터 한기가 으슬으슬 올라왔다. 그것은 늑대를 몰살하고 아스라가 지은 미소를 봤을 때 느낀 것과 똑같은 한기였다.

아스라에게 두 번 다시 그것을 불러내게 해서는 안 된다. 사람을 죽이게 해서는 안 된다.

사람을 다치게 한다는 것, 사람을 죽인다는 것. 그 의미를 실감했을 때는 이미 손을 쓸 수가 없게 된다. 후회고 뭐고 아무 도움이 안 된다. 고뇌는 평생 혼을 따라다녀 사라지지 않는다.

'다른 사람에게 창을 겨눴을 때, 너는 자신의 혼에도 창을

겨누고 있는 것이다.'

지그로의 말을 뼈저리게 깨달은 것은 실제로 단창으로 다른 사람과 싸운 후였다. 그때 바르사는 토했다. 손으로 전해진, 사람을 찌른 감촉. 그 감촉과, 대지에 쓰러져 있는 남자의 보기 흉한 상처가 연결된 순간, 바르사는 몸을 비틀며 토했다….

아직 아스라는 어리다. 지금은 오빠를 구해달라고 신에게 빌어 그 기도를 신이 들어주는 거라고 믿고 있어도, 언젠가 반드시 깨달을 때가 온다. 비록 실제로 사람 목을 물어뜯은 것은 신이라도, 그러기를 바란 것은 자신이라는 사실을.

'이 아이의 손을 더 이상 피로 더럽히게 해서는 안 된다.'

사람을 상처 입히며 사는 인생이 어떤 것인지 지긋지긋할 정도로 잘 알고 있다.

바르사의 뇌리에 지그로의 얼굴이 떠올랐다. 어린 자신을 위해 만든 단창을 건네주었을 때의 얼굴이었다. 그 눈에 떠오른 깊은 슬픔을 지금은 충분히 이해한다. 이제부터 이 단창을 갖고 바르사가 걸어갈 살벌한 길을 생각하고 있었음에 틀림없다.

그때는 전혀 몰랐다. 단창을 손에 들었을 때도 그저 기뻐서 어쩔 줄을 몰랐다. …그리고 이토록 혐오와 후회로 고통받으면서도 자신은 지금도 단창을 버리지 못하고 있다.

'내 가슴속에는 늑대보다 탐욕스럽게 싸움을 갈망하는 짐
승이 있다.'

아무리 억누르려고 해도 싸우고 싶어서, 실컷 단창을 휘두
르고 싶어서 몸을 비트는 짐승이 있다.

하지만 아스라는 창이 아니라 꽃향기가 나는 옷을 사랑하
는 여자애다. 싸움에 대한 추악한 욕망을 가슴에 품고 있는
자신과는 다르다. 그런 무시무시한 존재가 깃들어 있지 않다
면, 좀 더 평온한 길을 걸어갈 수 있을 것이다….

"있잖아, 나는 이제부터 시장에 가기로 했어! 아스라도 가자."

미나의 들뜬 목소리에 바르사는 제정신으로 돌아왔다. 미
나의 말에 아스라는 마음이 끌린 것 같았지만 곧바로 고개를
저었다. 남의 눈에 띄는 장소에 나가서는 안 된다고 생각한
것이리라.

"왠지 아직 몸이 나른해서…."

"흥. 아쉽네. 그럼 좀 자고 나서 나와. 여기 시장, 재미있는
것이 무척 많거든."

아스라가 바르사를 올려다봤다. 바르사는 애써 차분한 어
조로 말했다.

"나중에 데려가줄게. 나도 시장에 갈 일이 있으니까."

아스라의 얼굴이 확 밝아졌다.

미나가 어젯밤까지 열이 있었다고는 생각할 수 없는 활기찬 동작으로 손을 흔들고 방을 나가자 아스라가 바르사에게 물었다.

"정말로 시장에 따라가도 돼?"

"여기는 교역시장이니까. 로타인보다도 타지 사람이 많을 정도고, 타르족 덫사냥꾼도 모피를 팔러 와 있어. 걱정할 필요 없어."

"그러다가 스파루라는 사람 눈에 띄게 되면⋯."

"어차피 우리 목적지는 알고 있으니까 여기서 도망쳐 숨어도 의미가 없어. 오히려 스파루 일당이 나타나주면 고맙지. 그들의 속셈을 알고 싶으니까."

바르사는 침대에 앉으며 아스라에게 죽을 먹으라는 손짓을 했다. 아스라는 별로 식욕이 없는 듯한 얼굴로 한 입 먹더니, 맛있었는지 정신없이 먹기 시작했다.

그런 아스라를 보면서 바르사는 무거운 기분을 바꾸려고 했다. 이 이틀의 휴일은 무척 귀중하다. 이틀 사이에 스파루 일당에 대한 정보를 조금이라도 모아야 한다.

다행히 여기는 교역시장이다. 물건과 함께 정보도 모여드는 곳이었다.

2

정보 장사꾼 타지루

바르사와 아스라는 슈마(바람막이용 천)를 걸치고, 두건에서 눈만 드러낸 채 시장으로 향했다. 설원을 건너오는 바람은 방벽으로 어느 정도 차단되기는 하지만, 대기는 얼음처럼 차가워, 길 가는 사람들도 비슷한 복장을 하고 있어서 눈에 띄지는 않았다.

칸발의 '향(郷)'과 비슷해, 외곽이 방벽으로 둘러싸인 교역 역참은 자그마한 마을 정도의 규모였다. 방벽을 따라서 여인숙들이 늘어서 있고, 중앙에는 마치 커다란 사발을 엎어놓은 듯한 거대한 건물이 있었다.

시장은 그 건물 안에 있다. 눈의 계절이 긴 이 지방에서 1년 내내 장사가 가능하도록, 대상과 그 지역 상인들이 자금을 내서 만든 훌륭한 실내 시장이었다. 좀 더 남쪽으로 내려가서 지탄 성채에 가까운 토르안에 가면 이것보다 더 큰 실내 시장이 있지만, 태어나서 처음으로 실내 시장을 보는 아스라에게는 무척이나 신기하고 호화로운 건물로 보였다.

바르사의 손에 이끌려서, 열어젖혀 있는 커다란 정문으로 해서 안으로 한 발짝 발을 들여놓은 아스라는 입을 떡 벌리고 말았다.

복잡하게 엮인 나무들이 천장에 그대로 드러나 있었다. 그리고 몇 개나 되는 굵은 원기둥이 활처럼 살짝 굽은 둥근 천장을 받치고 있는 것 외에는 칸막이가 없어, 늘어선 좌판들이 한눈에 들어왔다.

웅성거리는 소리가 가득 차 있어 마치 이명처럼 들렸다. 시장에서 일하는 사람들이 손님을 부르는 소리, 상인들이 흥정하는 소리가 벽에 반향이 되어 울리는 것이다. 둥근 천장에 뚫린 채광용 창들을 통해 하얀 빛이 몇 줄기나 들이쳤으며, 먼지가 희미하게 날아다녔다.

채소나 말린 과일, 곡물이나 육류 등의 식량을 취급하는 가게가 있는가 하면, 화로에 튀김냄비를 걸고서 튀김을 만드는 가게도 있었다.

그 건너에는 무기를 늘어놓은 가게도 있었으며, 음식점에서 풍기는 냄새가 미치지 않는 부근부터 많은 모피상이 판매대를 설치하기 시작했다.

구석진 쪽, 건물의 어두운 곳에서 숨듯이 하고서 모피를 팔고 있는 타르족의 모습을 발견했을 때, 아스라는 고동이 빨라지는 것을 느꼈다. 꽤 많은 타르족이 있었다. 덫사냥으로 잡은 짐승의 모피를 팔고 있는 것이다.

'아버지도 저런 식으로 모피를 팔았겠구나.'

여자도 여럿 섞여 있었다. 쪼그리고 앉아서 모피를 펼치던 여성이 문득 아스라를 봤다. 두건을 깊이 눌러쓰고 있어서 얼굴은 잘 보이지 않았지만, 아스라를 보고서 분명히 깜짝 놀란 것처럼 보였다.

잰걸음으로 걸어가는 바르사에게 이끌려서 아스라는 말도 못 걸고 타르족 옆을 지나쳐 갔지만, 그녀들의 눈이 계속 쫓아오는 것을 목덜미에 느꼈다.

바르사 역시 그 시선을 느꼈지만 일부러 무시했다. 지금 타르족에 연루되는 것이 좋을지 어떨지 판단이 서지 않았기 때문이다. 만약 그들의 이야기를 듣는다면 밤이 된 후 남의 눈에 띄지 않는 장소를 택하는 편이 낫다.

바르사는 벽을 따라 칸막이를 세우고서 단창이랑 장창, 검 같은 것을 걸어놓은 구석진 곳을 향하고 있었다. 그곳은 상인들이 거의 없어서 신기할 정도로 조용했다. 다른 가게와는 달리 들어가기를 주저하게 만드는 분위기가 감돌았다.

칸막이 안쪽은 의외로 넓어, 한가운데에 화로가 피워져 있었고, 긴 목제 의자에 앉은 남자 하나가 느긋하게 라코르카(우유 넣은 차)를 마시며 타쟈(담배)를 피우고 있었다.

안쪽에는 이 자리에 어울리지 않는 밝은색의 천이 걸려 있었고, 그 너머에서 물이 튀는 듯한 기분 좋은 소리가 들렸다.

남자가 얼굴을 들더니 이쪽을 봤기에, 아스라는 엉겁결에 바르사의 손을 꽉 잡았다.

무두질한 가죽 같은 갈색 피부의 남자였다. 목도 팔도 하나같이 굵었다. 둔해 보이는 겉모습과 달리 눈빛은 무척 날카로웠다.

바르사는 전혀 주눅 드는 것 같지도 않고 슈마를 벗었다.

"…아니, 단창술사 바르사 아닌가. 무척 오랜만이로군."

소 울음소리 같은 굵직한 목소리로 남자가 말했다.

"오래만이구나. 잘 지내는 것 같구나, 타지루."

타지루라고 불린 남자가 빙긋이 웃었다.

"자, 앉지."

그렇게 말하고 의자를 가리키면서 타지루가 아스라를 흘 끗 봤다.

"네 딸이냐? …그럴 리가 없는데, 아니, 숨겨둔 아이가 있었나?"

"무슨 바보 같은 소릴."

가볍게 받아넘기며, 바르사는 아스라를 먼저 앉히고 자신도 의자에 앉았다. 그리고 뚫어지게 타지루를 바라봤다.

"슈마로 가렸어도 이 아이가 타르족인 것은 금세 알았을 거다, 타지루. 그런 농담을 던져 시간을 버는 걸 보니, 우리 정보를 어떻게 팔지 생각하고 있나 보군."

타지루가 빙긋이 웃었다.

"여전히 예리하군."

타지루의 얼굴에서 미소가 가셨다.

"넌 표적이 되었더군. 이번에는 뭐에 걸려든 거지?"

바르사가 어깨를 으쓱했다.

"그걸 나 자신도 잘 몰라서 난감해하고 있다. 어디의 어떤 녀석이 나를 표적으로 삼고 있는 '사냥꾼'인지 가르쳐주지 않겠나?"

타지루가 턱수염을 문질렀다.

"글쎄…. 공짜로는 좀."

순간 바르사가 웃기 시작했기에, 아스라는 놀라서 바르사를 올려다봤다.

"참으로 욕심이 많은 사람이구나. 어차피 우리가 돌아가면 곧바로 그 '사냥꾼'에게 우리에 대한 정보를 팔아 한몫 두둑이 챙길 텐데."

타지루가 빙긋이 웃었다.

"뭐, 그야 그렇지만. …너와 지그로에게는 원한도 있지만 은혜도 입었지. 둘 중 하나를 고른다면 은혜를 더 많이 입은 셈이지."

그렇게 말하고서 진지한 얼굴로 돌아오더니 목소리를 낮춰 속삭였다.

"나한테 물어 온 사람은 여기 씨족장의 차남이다. 타르족 어린 여자애를 데리고 있는 여자 단창술사가 나타나면 바로 알리라고 하더군."

의외의 이야기에 바르사는 살짝 미간을 모았다. 왜 샤하루 씨족장의 차남이 끼어든 걸까? 풀을 흔들었더니 생각지도 않은 곳까지 뿌리가 뻗어 있는 것을 본 것처럼 등줄기가 서늘해졌다.

감이 빠른 타지루가 그런 바르사의 표정을 보고서 나지막이 말했다.

"…생각하고 있던 상대가 아닌 것 같군. 내 말이 맞지?"

바르사가 생각에 잠긴 채로 고개를 끄덕였다.

"아, 정확히 맞혔다. 나는 주술사가 상대라고만 생각했거든."

"주술사라고?"

이번에는 타지루가 뜻밖이라는 반응을 보였다.

"혹시 스파루라는 자를 모르나? 여자처럼 체구가 작지만, 무술 실력을 갖춘 초로의 남자인데. 어깨에 마로매를 얹고 있지."

타지루가 고개를 갸웃했다.

"글쎄 모르겠는데, 그런 녀석은. 하지만 뭐 주술사로 체구가 작은 자는 알지. 네가 말하는 것은 아마도 '강의 민족'일 거다."

"'강의 민족'?"

"마라루강과 라와루강을 따라 강둑에 마을을 이루고 사는 자들이지. 키가 작고 짐승을 훈련시켜서 부린다고 하더군. 악령이 씌었거나 저주를 받았을 때, 돈을 지불하면 구해주는 주술사지. …그 타르 계집애는 악령이라도 씌었냐? 그야 뭐 타르족이라는 족속들은 악령과 친척이나 마찬가지인 자들이지만. 어머니가 악령이고 아버지가 사람인 경우도 있다고 하더군."

아스라가 고개를 번쩍 들었다. 엄마와 아빠가 모욕당했다고 생각한 순간, 가슴 안쪽이 확 달아올랐다.

"어라? 건방지게 나를 노려보다니. 기세등등한 계집애로군."

바르사는 아스라한테서 뿜어져 나오기 시작한 살기에 놀랐다. 그것은 지금까지의 아스라한테서는 상상할 수 없는 흉악하고 포악한 기운이었다.

바르사는 아스라의 어깨에 손을 얹고 타지루를 가볍게 노려봤다.

"아이를 상대로 할 말이 아니지 않을까, 타지루? 이 아이는 지금은 내 양녀다. 이 아이에 대한 모욕은 곧 나에 대한 모욕이다."

어조는 온화했지만 그 목소리에 담긴 의미를 감지하고서 타지루는 어깨를 으쓱했다.

"농담이다. 화내지 마라."

그때 안쪽에 내려져 있는 천 너머에서 쉰 목소리가 들려왔다.

"네 농담은 너무 품위가 없구나."

천을 들치며 뚱뚱한 노파가 혈색 좋은 얼굴을 내밀었다. 손에는 항아리에서 비죽 튀어나온, 우유 젓는 막대기를 쥐고 있었다. 아까부터 들려오던 물소리는 라(버터)를 만드는 소리였던 것이다.

"어머니, 거기서 라를 만들지 말라고 늘 말하잖아? 왜 집에서 안 하고."

타지루는 짜증 난 표정으로 그렇게 말하며 바르사에게 한숨을 쉬어 보였다.

"어휴, 짜증 나. 매일 이렇게 여기서 라를 만들면서 몰래 엿듣는다니까."

타지루의 어머니가 흥 하고 콧방귀를 뀌었다.

"라는 말이다, 귀를 갖고 있거든. 재미있는 이야기를 들려주면 감칠맛이 더해지지."

"그래? 여기서 듣는 이야기에 제대로 된 이야기라곤 없을 텐데. 그래서 어머니가 만든 라에서 이상한 맛이 나는구나."

타지루의 어머니는 아들과 매우 비슷한 굵은 눈썹을 치켜올렸다. 그러고는 아스라 쪽을 돌아보더니 손짓을 했다. 아스라가 놀라서 어떻게 해야 할지 망설이고 있자, 그녀가 큰 소리로 말했다.

"이쪽으로 와라. 라야(버터우유)를 줄 테니까. 우리 아들이 쓸데없는 말을 해서 미안하구나."

아스라가 바르사를 흘끗 쳐다봤다. 바르사가 고개를 끄덕이자, 아스라는 주뼛거리며 노파에게 다가갔다. 노파는 익숙한 손놀림으로 항아리 뚜껑을 열더니, 물을 채운 나무통에

우유 위에 덩어리져서 떠 있는 라를 떨어뜨리고서 항아리에 남은 라야를 나무그릇에 따라주었다.

　아스라는 걸쭉한 라야를 한 입 마시고서 눈이 휘둥그레졌다. 어머니가 라를 만들 때마다 라야를 얻어 마셨지만, 이렇게 맛있는 라야는 처음이었기 때문이다. 달콤한 향기가 독특했다.

　아스라의 표정을 보고서 노파가 웃었다. 재빨리 라 덩어리를 물로 씻어 접시에 옮겨 소금을 이겨서 넣으며 그녀가 자랑스럽게 말했다.

　"맛있지? 향료에 비밀이 있단다."

　노파가 바르사에게로 시선을 옮겼다.

　"오랜만이구나, 단창술사 바르사. 요즘 통 못 봤는데 잘 지냈느냐?"

　"오랜만입니다, 카이나 씨. 카이나 씨는 나이를 잊으신 것 같네요."

　카이나가 고개를 쳐들고 개가 짖는 듯한 소리로 웃기 시작했다.

　"듣기 좋은 말이로구나. 달리 칭찬할 말도 없겠지만 말이야. …하지만 우리 아들 따위에게 이야기를 들어봤자 제대로 된 정보는 못 얻을 거다. 아직 햇병아리라서 말이야."

"뭐라고?"

타지루가 노려봐도 카이나는 개의치 않는 얼굴로 말을 이었다.

"매를 부리는 스파루도 몰라서야, 나 원 참. 아직 멀었다니까."

바르사는 깜짝 놀라며 카이나를 응시했다.

"아세요, 스파루를?"

카이나는 빙긋이 웃으며, 아들을 조금 비키게 하더니 긴 의자에 털썩 주저앉았다.

"너는 내가 처녀 적에 어디 있었는지 알고 있느냐?"

바르사가 잠자코 있자 카이나의 눈에 자랑스러워하는 빛이 떠올랐다.

"나는 말이다, 젊었을 적에 지탄에 있는 성에서 요리사로 일했다. 이 아이가 태어났을 무렵에는 요리장까지 출세했었지."

타지루가 진저리를 치는 듯한 얼굴로 나지막이 말했다.

"바르사, 조심하는 게 좋을 거다. 이야기가 길어지거든."

카이나가 아들을 흘끔 노려봤다.

"나는 대낮부터 젊었을 적 얘기나 되풀이하는 할망구하고는 다르다. 요점만 간단히 얘기해주지.

지탄성은 잘 알다시피, 대대로 왕의 동생 전하가 거처하시는 성이다. 로타 왕국 제2의 도시의 커다란 성이지. 씨족의 성채와 달리 왕족이 사시는 성이기 때문에 격식도 높다.

나는 말이다, 거기서 여섯 살 때부터 50년이나 일했다. 성의 주방이라는 곳은 모든 소문이 모여드는 곳이지. 타지루가 정보를 사고파는 일을 업으로 삼게 된 것은 결국은 내 인맥 덕분이지."

타지루는 뾰로통한 얼굴을 했지만 이번에는 끼어들지 않았다. 카이나의 눈에는 옛일을 떠올리며 그리워하는 듯한 빛이 떠올랐다.

"남편이 죽고 여자 혼자 힘으로 타지루를 키우던 당시에 나는 종종 마을의 술집에서 거친 남자들과 대등하게 술을 마시며 이런저런 정보를 가르쳐주곤 했지.

네 양아버지 지그로를 만난 것도 그 무렵이었다. 기억하고 있겠지?"

바르사가 쓴웃음을 지었다. 뚱뚱하게 살이 찐 지금 모습으로는 상상조차 할 수 없지만, 당시의 카이나는 날씬한 몸매에 시원시원한 성격의 여자였다. 큰 소리로 웃고, 술을 마시고, 그리고 정보를 주고받던, 두뇌 회전이 빠른 카이나의 모습은 지금도 똑똑히 기억하고 있다.

"나는 지그로와 같이 술을 마신 기억도 잊지 않았다. 그 지그로의 양녀, 눈만 반짝반짝 빛나던 말라깽이가 근성 있는 호위무사로 자라나는 모습을 보는 것도 흥미로웠지."

카이나는 통통한 손을 힘주어 무릎에 얹고서 몸을 쑥 내밀더니 목소리를 낮췄다.

"타지루는 인색한 녀석이라서 시치미를 뗐지만, 옛정을 생각해서 가르쳐주지. '강의 민족'은 주술사인 건 맞지만 또 하나의 얼굴도 갖고 있다. 그 녀석들은 말이다, 밀정이란다. 왕족의 밀정이지.

나는 유력한 씨족의 장들이 녀석들을 두려워했던 것을 알고 있다. 나도 몇 번이나 성에서 그들과 마주치곤 했지. 이런 저런 행사를 치를 날의 길흉을 점치거나, 저주를 막기 위해서 왕을 찾아오는 거라고들 했지만, 몇 가지의 이야기를 종합해보다가 나는 직감적으로 알았다."

바르사는 그들의 추적 기술을 떠올리고서 고개를 깊숙이 끄덕였다. 신요고의 황제가 그림자 같은 존재를 부리듯이, 스파루 일당도 왕족과 깊은 관련이 있는 그림자 같은 존재들인 것이리라.

"그렇군요. 하지만 여기 씨족장의 차남은 어떤 관계가 있는 건지…?"

바르사가 중얼거리자 카이나가 눈을 반짝였다.

"바로 그거다. 그 이야기를 해야 한다고 생각해서 이렇게 나온 것이다.

바르사, 넌 이 로타 왕국의 사정을 얼마나 알고 있지? 왕의 동생 이한 전하가 이 북부에서 얼마나 인기 있는지 알고 있느냐?"

바르사가 고개를 갸웃했다.

"소문으로는 들은 적이 있어요. 남부의 대영주들은 싫어하지만, 그들의 반감을 사는 것도 두려워하지 않는 대담한 개혁자라더군요."

카이나가 만족스러워하는 얼굴로 고개를 끄덕였다.

"그 말대로다! 나는 선대왕의 동생 전하가 돌아가시고, 이한 전하가 성주가 되셨을 때부터 죽 알고 있거든. 얼마나 멋진 분인지 잘 알고 있지.

너는 몇 번이나 이 나라에 왔었으니까, 우리 북부 사람들이 남부 녀석들을 싫어한다는 것은 알고 있겠지? 단지 비옥한 토지를 갖고 있을 뿐, 아무런 노력도 하지 않고 토실토실 살찌고서 큰소리치는 녀석들을 말이다.

우리 북부 사람들은 바지런한 사람들이다. 겨울이 오면 눈에 갇히고, 늑대들이 습격해 오는 거친 토지에서 이를 악물

메이커스

정식 한국어판
大人の科学
韓国語版

손으로 즐기는 과학 매거진 《메이커스: 어른의 과학》
직접 키트를 조립하며 과학의 즐거움을 느껴보세요

회원전용 쇼핑몰에서
할인 쿠폰 증정

www.makersmagazine.net 🔍

이메일 주소 하나만 입력하시면
《메이커스: 어른의 과학》의 회원이 될 수 있습니다
네이버 카페: cafe.naver.com/makersmagazine

vol.1

70쪽 | 값 48,000원

천체투영기로 별하늘을 즐기세요!
이정모 서울시립과학관장의
'손으로 배우는 과학'

make it! **신형 핀홀식 플라네타리움**

vol.2

86쪽 | 값 38,000원

나만의 카메라로 촬영해보세요!
사진작가 권혁재의
포토에세이 사진인류

make it! **35mm 이안리플렉스 카메라**

vol.3

Vol.03-A 라즈베리파이 포함 | 66쪽 | 값 118,000원
Vol.03-B 라즈베리파이 미포함 | 66쪽 | 값 48,000원
(라즈베리파이를 이미 가지고 계신 분만 구매)

라즈베리파이로 만드는
음성인식 스피커

make it! **내맘대로 AI스피커**

vol.4

74쪽 | 값 65,000원

바람의 힘으로 걷는 인공 생명체
키네틱 아티스트
테오 얀센의 작품세계

make it! **테오 얀센의 미니비스트**

vol.5

74쪽 | 값 188,000원

사람의 운전을 따라 배운다!
AI의 학습을 눈으로 확인하는
딥러닝 자율주행자동차

make it! **AI자율주행자동차**

고 힘겹게 살아가고 있지.

그런 노력은 보상받아야 마땅하다고 생각하지 않느냐? 이한 전하는 당연한 말씀을 하고 계신 거다. 그렇기 때문에 북부 씨족의, 특히 젊은 사람들은 이한 전하를 열광적으로 지지하고 있는 것이다."

열에 들뜬 어조로 거기까지 말하고, 카이나는 진지한 표정이 되어 바르사를 정면으로 쳐다봤다.

"그런데 너는 어째서 이한 전하에게 대적하고 있는 거지?"

"…네?"

바르사는 느닷없는 아리송한 질문에 저도 모르게 얼빠진 목소리를 내고 말았다. 그런 반응이 오히려 도움이 된 것 같았다. 허를 찌른 질문에 바르사가 순수하게 놀란 것을 보고서 카이나는 팔짱을 꼈다.

"대적하고 있는 게 아니로구나."

"대적이고 뭐고…."

바르사가 아스라의 어깨에 손을 얹었다.

"뭐가 어떻게 된 건지 잘 모르니까 간단히 말하면, 내가 쫓기고 있는 것은 이 아이를 스파루의 손에서 낚아챘기 때문이에요. 어떤 이유가 있는지는 모르지만, 아이가 살해당하는 것을 잠자코 보고 있을 수는 없었거든요."

카이나는 씁쓸한 것이라도 씹은 듯한 얼굴을 하고서 아스라를 봤다.

"어떻게 된 거지? 나는 스파루를 잘 안다. 그 사내는 고집스럽지만 그릇된 행동은 안 할 텐데. 바르사, 넌 아무래도 쓸데없는 짓을 한 것 같구나."

카이나가 바르사를 보고서 한숨을 쉬었다.

"하지만 뭐, 네가 이 아이를 죽게 놔둘 수 없었던 심정을 이해 못 하는 것도 아니다. 너도 고아였던 셈이고. 비슷한 처지의 아이를 내버려둘 수 없었던 거겠지. 마음이 여리구나. 강해 보이는 것 같으면서도 그런 부분에서는…."

아스라는 그 말을 듣고 깜짝 놀랐다. 지그로라는 양아버지가 있었다는 말을 듣고 그렇지 않을까 생각했지만, 역시 바르사도 고아였던 것이다.

마음이 여리다는 말을 듣고서 바르사가 어깨를 으쓱했다.

"맞는 말씀입니다. 하지만 곤경에 처한 사람을 못 본 척하면, 자신도 같은 경우에 처해도 남의 도움을 못 받거든요."

카이나가 빙긋이 웃었다.

"명언이로구나."

그러고 나서 진지한 얼굴로 돌아가 턱을 쓰다듬으면서 카이나가 나지막이 말했다.

"이한 전하는 오히려 타르족을 보호하려고 노력하고 계신다. 나 같은 무식한 사람이라도 오랫동안 전하의 행적을 보고 있으면, 타르족에 대한 인식을 바꿀 정도로 정말로 열심히 노력하고 계신다는 걸 알 수 있지. 그러니까 이 아이가 타르족이라는 이유로 스파루에게 죽이라고 명령했을 리는 없다."

카이나는 입을 다물어버렸다. 그때 타지루가 입을 열었다.

"어머니. 어머니는 씨족장의 차남이 이한 전하의 열광적인 지지자니까, 바르사가 이한 전하에게 뭔가 해가 되는 짓을 하는 거라고 생각했지?

나도 처음에는 그렇게 생각해서 일부러 시치미를 뗐지만, 조금 전부터 아무래도 이상하다는 생각이 들기 시작했어."

카이나는 잠자코 아들을 보며 말을 계속하라는 눈빛을 했다.

"그 차남은 그렇게 중요한 일을 할 수 있는 녀석이 아니야. 알잖아? 그 녀석은 엄청 탐욕스럽고 야비한 사내야. 이한 전하를 지지한다고 큰소리로 떠들어대는 것은 사실이지만, 정사에 그렇게 관심이 많은 녀석이 아니야. 오히려 도적에 연루되어 있지."

카이나가 신음했다.

"확실히 이상하구나. 스파루가 도적과 한패가 될 것 같지는 않은데. …서로 수법이 너무 다르거든."

그 말을 들은 순간, 바르사의 뇌리에 뭔가가 번뜩였다.

'…뭘까? 전에 비슷한 느낌을 받은 적이 있는데.'

바르사가 눈을 가늘게 떴다.

'맞아. 지탄 제사당으로 오라는 쪽지를 받았을 때다.'

일부러 탄다의 이름을 들먹이며 사람을 가지고 노는 수법에는 악의가 배어 있었다.

잠깐이었지만 대화를 나눈 적이 있는 스파루의 성품과는, 카이나가 말하듯이 수법이 다르다고 그때 생각했었다.

바르사는 잠자코 모자의 대화를 듣고 있었지만, 카이나와 타지루처럼 이 부근의 정보에 정통한 사람들조차도 결국 시원스러운 결론을 낼 수는 없었다.

그래도 찾아온 보람은 있었다. 경계해야 할 상대가 얼마나 대단한 존재인지를 어렴풋이나마 알게 되었기 때문이다. 적의 정체를 확실히 파악하는 것. 그것이 살아남을 길을 발견하기 위한 첫걸음이었다.

바르사는 품에서 지갑을 꺼내며 두 사람에게 물었다.

"실력 있고 성격도 좋은 호위무사로, 지금 일이 없는 사람이 어디 없을까?"

자신들이 표적이 되고 있다는 사실을 알게 된 이상, 나카 일행에게 폐를 끼칠 수는 없다. 나카 일행과는 여기서 헤어져야 할 것이다. 위약금을 지불하고 괜찮은 호위무사를 찾아야 한다.

타지루는 턱을 쓰다듬으면서 잠시 생각하더니,

"사하루가 좋을 거다. 장검을 쓰는 자다. 붙임성이 좋은 녀석이고."

라고 말하며, 그 남자의 거처를 가르쳐주었다.

바르사는 정보에 대한 대가를 치르고는 고맙다는 인사를 하고 일어섰다. 타지루가 가볍게 손을 들었다.

"뭘 이런 걸. 하지만 고맙다는 말은 안 해도 된다. 나는 이 정보를 팔 거니까."

타지루가 똑바로 바르사를 응시하며 주눅 들지도 않고 말했다. 바르사가 고개를 끄덕였다.

"최대한 비싼 값에 팔도록 해라. ⋯그걸로 카이나 씨에게 효도하고."

카이나가 빙긋이 웃으며 손을 흔들었다.

또 만나자는 말은 어느 쪽도 입에 담지 않았다. 타지루처럼 정보를 사고파는 사람도, 바르사 같은 호위무사도 미래를 약속하는 말은 입에 담지 않는다. 그런 말을 입에 담으면 운명의 비웃음을 살 것 같은 느낌이 들기 때문이다.

타지루의 가게에서 멀어지자, 바르사는 어슬렁어슬렁 걷

기 시작했다. 그러더니 구운 과자를 파는 자그마한 가게에
들러, 라를 듬뿍 이겨 넣은 구운 과자와 라코르카(우유 넣은 차)
2인분을 사서 건물 구석에 띄엄띄엄 긴 의자가 놓여 있는 휴
게소로 아스라를 데리고 갔다.

휴게소에는 사람은 보이지 않고, 일하는 사람들의 떠드는
소리만 희미하게 들려왔다.

구운 과자를 손에 든 채로, 아스라가 바르사를 올려다보며
걱정스러웠던 점을 물었다.

"…바르사, 그 사람들 정말로 우리에 대해 얘기해버리는
거야?"

바르사가 고개를 끄덕였다.

"물론이지. 오늘 중으로 얘기할 거다. 그것이 그 모자의 일
이니까."

입 안에 남아 있는 라야의 맛이 갑자기 씁쓸해지는 느낌이
들었다.

"예전부터 알던 사람의 목숨을 팔아 돈을 벌다니…, 어떻
게 그럴 수가 있지?"

바르사가 쓴웃음을 지었다. 아스라의 심정은 잘 안다. 소녀
시절, 바르사도 그렇게 생각했다.

"욕심도 많고 교활하고… 그래도 그 모자는 최대한 호의를

베풀어준 거야. 정보를 팔 곳을 가르쳐준다는 건 보통은 있을 수 없는 일이거든."

바르사는 라코르카가 든 그릇을 긴 의자에 놓더니, 아스라의 가녀린 어깨에 손을 얹었다.

"그들은 나에게 적의 모습을 슬쩍 보여주며 조심하라고 말해주었다. 그다음은 자기가 하기 나름이지."

어깨에 놓인 손에서 묵직함과 온기가 전해져 왔다.

"바르사는….."

저도 모르게 말이 튀어나왔다가, 아스라는 다음 말을 삼켰다. 바르사가 재촉하듯이 한쪽 눈썹을 찡긋했다. 아스라는 얼굴을 붉게 물들이며 빠른 속도로 말했다.

"바르사는 무척 자신감을 갖고 있네… 자기 자신에게. 나, 나도 그렇게 되고 싶다."

바르사가 조금 흠칫했다.

"자신감…이라는 것하고는 조금 다르다고 생각하는데."

그렇게 훌륭한 것이 아니라고 바르사는 속으로 생각했다.

커다란 나무처럼 자신을 지켜주던 지그로가 죽고 나서 오랫동안 혼자서 호위무사를 업으로 삼아왔다. 얇은 가죽 한장 너머에 항상 죽음이 숨어 있는 것 같은 생활 속에서 어느틈에 포기하는 것에 익숙해진 것이다.

혼자서 호위무사를 시작하고 얼마 지나지 않았을 무렵, 믿었던 사람에게 호되게 배신을 당한 적이 있다. 어떤 큰 규모 대상의 호위를 맡았던 동료였다. 도적이 습격해 왔을 때, 그 사내는 바르사를 속여 미끼로 써서 대상을 지켰다.

치명적인 중상을 입고 누워 있었을 때 바르사는 생각했다.

남에게 의지하면 마음에 틈이 생긴다. 괴로워서 약한 모습을 보이면 누군가가 그것을 이용할지도 모른다. 목숨은 자신의 몸과 머리로 지킬 수 있을 때 유지되는 것이다. 스스로 지킬 수 없을 때는 깨끗이 목숨을 포기하는 수밖에 없다.

죽는 것이 두려워서 약한 소리를 하고 싶어지는 자신을 지탱하기 위해서 어느 틈엔가 마음에 싹튼, 인생을 어딘가에서 포기하는 심정.

자신을 위해 인생을 잃은 많은 사람들에 대한 죄의식 역시 그런 생각을 더욱 확고하게 했다. 그들 생각을 하면 자신이 즐거운 인생을 살아서는 안 될 것 같았기 때문이다.

그런 죄의식이 가벼워진 지금도 자신의 마음에는 그런 심정이 습성이 되어 깊이 뿌리를 내린 것처럼 느껴졌다.

이런 심정이랄까 마음가짐은 중요한 순간에 결단을 내리기 쉽게 해주었다. 이런 심정으로 살아오지 않았다면 지금까지 살아남을 수 없었을 것이다.

하지만 그것은 결코 아스라가 뺨을 붉히며 동경할 만한 것은 아니다.

목숨을 아끼지 않고 아스라를 구한 것을 카이나는 마음이 여리다고 했지만, 그런 것이 아니다. 자신은 인생을 소중히 여기는 마음에 아직 익숙지 않은 것이다.

탄다와 지낸 평온한 나날에 행복을 느끼면서도 어딘가에서 빚진 인생을 살고 있는 듯한 초조함이 있었다. 미래를 꿈꿀 수가 없었다.

어릴 적부터 피를 흘려온 마음의 상처는 고향 칸발의 '산왕'의 기슭에서 지그로를 비롯한 사람들의 영혼에 의해 치유되었다. 그런데도 이렇게 자신의 인생을 소중히 여기지 못하는 습성은 오랫동안 몸에 배어버려 쉬이 사라지지 않았다.

'…나는 아직 사는 법을 모르는 갓난아이인지도 몰라.'

문득 바르사는 그런 생각이 들었다. 깊은 어둠의 밑바닥에서 죽었다가 다시 태어난 갓난아이. 자신의 인생을 어떻게 꾸려가야 할지 모르는 갓난아이….

침묵하고 있는 바르사의 옆얼굴은 어둡고 불안해 보였다. 바르사가 그런 얼굴을 하고 있다는 사실이 아스라를 놀라게 했다.

지금까지 바르사는 무슨 일이 있어도 동요하는 일이 없는,

커다란 바위와도 같은 사람이라고 생각했다. 이토록 강해 뭐든지 할 수 있는 사람인데도 왜 이런 표정을 짓는 걸까…?

바르사는 식어버린 라코르카를 마셔서 잔을 비웠다.

"다 먹었으면 사하루라는 호위무사를 만나러 가자. 나카 씨 대상의 호위를 대신 맡아달라고 해야 하니까. 내가 호위를 그만둘 거라는 것은 타지루가 적에게 얘기해줄 테니까, 나카 씨 일행을 노리는 일은 없을 거다."

"…나카 씨 일행하고 여기서 헤어지는 거로구나."

쓸쓸해 보이는 표정을 지은 아스라에게 바르사가 고개를 끄덕였다.

"그들을 우리의 성가신 일에 끌어들이고 싶지 않겠지?"

"응."

여기서부터는 단둘이서 가는 거다. 적이 매복하고 있는 것을 알고 있는 길을. 미나를 비롯한 사람들의 얼굴이 떠올랐다. 두 번 다시 그녀들과 같이 여행할 일은 없을 것이다. 그렇게 생각하자 견딜 수 없는 외로움이 밀려왔다.

'하는 수 없지.'

아무리 쓸쓸해도 미나 일행이 자신들 때문에 상처를 입는 것보다는 훨씬 낫다.

'신령님이 계시니까.'

그렇게 생각하자 가슴속에서 힘이 솟구쳤다.

'괜찮아. 무슨 일이 있어도 나에게는 신령님이 곁에 계셔줄 거야.'

무척 강한 바르사와, 신령님의 보호를 받는 자신이 당할 리가 없다. 여자와 아이 단둘이라고 우습게 여기는 적은 틀림없이 놀랄 것이다. 아스라의 입술에 옅은 미소가 떠올랐다.

3
겨울의 호수 수면처럼

저녁을 먹은 후에 바르사한테서 호위무사 교체에 대한 이야기를 들은 나카의 얼굴이 흐려졌다.

"처음부터 뭔가 사정이 있을 거라고 생각했다."

나카가 불만스러운 듯이 나지막이 말했다.

"하지만 뭐, 우리도 그걸 알면서 고용한 거니까. 지금 와서 그런 말은 관두기로 하지."

얼굴을 찌푸리며 투덜거렸지만, 바르사가 새로운 호위무사 후보를 방으로 들어오게 하자 나카는 조금 기분이 좋아졌다. 타지루가 소개한 사하루는 겉보기에도 다부졌고, 쾌활해 보이는 눈을 가진 청년이었기 때문이다.

바르사는 위약금 대신에 사하루에게 줄 토르안까지의 호

위료를 나카에게 건넸다. 그 돈을 받더니, 나카는 복잡한 표정을 띤 눈으로 바르사를 봤다.

"솔직히 말해서 당신은 훌륭한 호위무사였다. 어떤 사정이 없었다면 계속 호위를 부탁하고 싶었다. 아스라도 착한 아이다. 틀림없이 미나가 쓸쓸해할 거다."

그렇게 말하더니 나카는 새로운 호위무사에게로 시선을 옮겼다.

사람과 만나 함께 여행을 하고 헤어지는 것이 대상의 삶이다. 그런 이별은 그들에게는 늘상 있는 일에 불과했다.

여인숙의 방으로 돌아오자, 아스라는 이미 담요를 머리까지 뒤집어쓰고 자고 있었다.

바르사는 침대에 앉아서 단창의 창날집을 벗기고 창끝을 살펴봤다. 저녁에 들른 칼갈이는 솜씨가 훌륭했다. 창끝은 난로 불빛을 받아 날카롭게 번뜩였다.

내일 출발하는 대상들에게 섞여서 여기를 나가자. 그리고 도중에 좁은 산길로 빠지는 거다. 짐마차와 동행하지 않는다면 가도나 고갯길이 아니라 험하고 좁은 산길을 선택할 수가 있다.

여기에는 적의 입김이 닿은 자가 몇 명이나 있을 테고, 정문은 감시당하고 있을 것이다. 하지만 어느 집단과 출발했는지를 알더라도, 바르사와 아스라가 수없이 많은 좁은 산길 중 어느 길을 택했는지는 모를 것이다.

그때 돌이 깔린 복도를 걸어오는 발소리가 들렸다. 잠시 후에 발소리가 방 앞에서 멈췄다.

"여인숙에서 일하는 사람인데요. 찾아온 사람이 있어서요…."

발소리와 기척으로 봐서 한 명인 것을 확인하고, 바르사는 단창을 쥔 채로 문을 열었다. 여인숙 종업원이 위협적인 단창의 창끝을 보고서 한 발짝 뒤로 물러섰다.

"누가 찾아왔다고요?"

바르사가 묻자 종업원이 찡그리며 대답했다.

"이름은 묻지 않았는데 타르족 여자였어요."

의외의 대답에 바르사는 잠시 생각에 잠겼다. 이 대화로 눈을 뜬 듯, 아스라가 침대에서 몸을 일으켰다.

종업원이 바르사의 얼굴을 들여다봤다.

"돌려보낼까요?"

"…아니, 안내해주세요."

종업원은 고개를 끄덕이고 물러나더니, 잠시 후에 두건을 깊숙이 눌러쓴 여성 하나를 데리고 돌아왔다. 그녀는 종업원이 방을 나가서 문을 닫을 때까지 두건을 벗지 않았다.

부드러운 손놀림으로 살며시 두건을 벗자 의외로 젊은 얼굴이 나타났다. 눈매가 또렷한 미인이었다.

"처음 뵙겠습니다. 저는 이아누라고 해요. 이런 야심한 시각에 불쑥 찾아와서 죄송해요."

바르사가 살짝 고개를 끄덕였다.

"무슨 용건이신가요?"

이아누라고 밝힌 여성은 바르사 뒤에 있는 아스라에게 눈길을 주었다.

"저는 동료들과 함께 모피를 교역시장에 팔러 와 있는데, 오늘 시장에서 당신들을 발견하고 숨이 멎을 정도로 놀랐어요. ⋯아스라, 너 아스라지?"

아스라는 놀라며 타르 여성을 올려다봤다.

"모르겠니? 우린 한 번 만난 적이 있는데. 그날 밤 어머니가 너를 우리한테 데리고 왔을 때."

갑자기 목 언저리에 통증이 느껴졌다. 아스라는 말끄러미 젊은 여성을 쳐다봤다. 확실히 본 기억이 있다. 그때 어두침침한 집회용 오두막 안에 있었다⋯.

"당신은 라마우(섬기는 자)⋯."

이아누가 고개를 끄덕였다. 그리고 갑자기 눈물을 글썽이며 떨리는 손으로 아스라의 어깨를 안았다.

"다행이다. 아아, 자비로우신 아파루, 감사합니다. 이 아이
가 살아 있었구나!"

목소리를 죽이고서 이아누가 울었다. 이아누의 옷에 밴 성
당의 향냄새를 맡은 순간, 가슴이 찔린 것처럼 아파서 아스
라는 신음을 했다.

엄마의 모습이 또렷이 뇌리에 떠올랐다. 지금의 이아누와
마찬가지로, 아스라를 안고서 기뻐서 목메어 울던 엄마의 냄
새가 되살아났다.

눈물이 쏟아졌다. 하지만 아스라의 손은 축 늘어진 채 이아
누를 안으려고 하지는 않았다. 이아누는 엄마가 아니다. 엄마
의 추억과 약간의 연관성은 있지만, 거의 모르는 사람이었기
때문이다.

이아누는 이윽고 아스라를 떼어놓더니 바르사를 올려다
봤다.

"당신이 이 아이를 구해주셨군요. …정말로 감사합니다."

바르사는 모호한 표정을 짓고서 적당히 응대를 했다.

"여하튼 앉으시지요. 너무나도 갑작스러운 일이어서 잘 모
르겠는데, 당신은 아스라와 어떤 관계인가요?"

이아누의 뺨이 붉어졌다.

"죄송합니다. 그렇지요, 찬찬히 설명해야 하겠지요."

이아누는 바르사가 시키는 대로 바르사의 침대에 앉았다. 그리고 바르사가 아스라 옆에 앉자, 입을 열어 천천히 이야기하기 시작했다.

자신은 아스라가 가족과 살았던, 여기서 별로 멀지 않은 사우 지방의 성역에 사는 라마우라는 것.

라마우란 보통 사람은 못 보는 신의 세계(노유크)의 기적을 느낄 수 있는 재능을 갖고 태어난 초능력자로, 어릴 적부터 성역에 모여 타르쿠마다(음지의 사제)가 되도록 교육을 받는다는 것.

아스라의 어머니 토리시아는 초능력자는 아니었지만, 종종 이아누를 비롯한 라마우들을 찾아와 신에 대해 배우고 대화를 나눴다는 것.

"아스라의 어머니 토리시아는 불운한 사람이었어요. 빼어나게 아름답고 마음이 깨끗한 사람이었는데 그런 최후를 맞이하다니⋯."

침대에 앉아 있는 아스라가 그 말에 멈칫하며 담요를 꼭 움켜쥐었다.

이아누가 바르사에게로 시선을 돌렸다.

"당신은 칸발인이죠?"

바르사가 고개를 끄덕이자 이아누가 말했다.

"그러면 아마도 이해 못 하시겠지만, 우리 타르족에게는 소중히 지켜온 신앙이 있어요. 그걸 모르면 토리시아의 몸에 무슨 일이 일어났는지 모르실 테니까 조금 길지만 들어주세요."

이아누는 그렇게 말하고 로타르발의 전설을 바르사에게 들려주었다.

귀에 친숙한 이야기를 듣다 보니, 아스라는 엄마가 하는 말을 듣는 것만 같았다.

아득한 로타르발. 타르하마야신이 몸에 깃든 사다 타르하마야에 의해 평화롭게 통치되던 나라.

'사다 타르하마야…'

그 이름을 들었을 때, 아스라의 등에 소름이 쫙 끼쳤다. 어둠 속에서부터 기억의 실이 풀려 나오듯이 뭔가가 어렴풋이 보였다. 누워 있는, 돌로 된 조각상 같은 모습… 그 가슴에서 나오는 희미한 빛….

이아누가 사다 타르하마야의 최후에 대해 이야기하는 것을 듣다가, 바르사가 몸을 앞으로 쑥 내밀었다.

"…그럼 카샤루(사냥개)라는 자들은 그렇게 오래전부터 로타 왕가와 관계를 맺어왔군요?"

이아누가 고개를 끄덕였다.

"우리 타르족과 카샤루 모두 과거에 조상이 사다 타르하마야를 섬겼어요. 하지만 카샤루는 로타 왕가를 지지해, 지금도 보이지 않는 곳에서 은밀히 그들을 지원하고 있지요.

그들은 우리가 금기를 깨뜨리면 벌할 책임도 지고 있는 왕가의 파수견이에요."

이아누가 작게 한숨을 쉬었다.

"…그날 밤, 토리시아는 아스라를 데리고 우리가 모인 곳으로 찾아왔어요. 노유크로부터 성스러운 강물이 마침내 이 세상으로 흘러왔다고 하면서. 그녀는 열에 들뜬 것 같은 눈을 하고서 신을 이 세상으로 불러와야만 한다고 했지요.

우리는 한밤중까지 대화를 나눴어요. 정말로 아스라가 노유크의 강물을 봤는지. 예전에 사다 타르하마야는 어떻게 해서 신을 자신의 몸으로 불러들인 것으로 전해오고 있는지…."

이아누는 아스라의 표정을 보면서 목소리를 낮추고 말을 이었다.

"우리는 그녀의 열렬한 신앙을 축복했어요. 반드시 사다 타르하마야의 묘소가 있는 성지로 가서 기도해야만 한다고 했지요.

하지만 설마 그녀가 금기를 깨고 사다 타르하마야의 묘소
에 들어가리라고는 생각지도 않았어요."

침통한 목소리로 이아누는 토리시아가 출입금지 구역에
침입한 죄로 타르쿠마다에게 붙잡혀 카샤루에게 넘겨졌다는
얘기를 했다.

아스라가 떨기 시작하는 것을 보고, 바르사는 팔을 돌려 아
스라의 어깨를 안았다.

"그러고 나서 무슨 일이 일어났는지 당신은 알고 있나요?"

바르사가 조용히 묻자 이아누가 고개를 끄덕였다.

"우리는 처형이 집행되는 날 성역으로 내려갔어요. '성스
러운 강'의 물에 젖은 이끼가 갑자기 온통 빨갛게 변해, 우리
는 그녀가 정말로 예전의 사다 타르하마야처럼 타르하마야
를 불러온 것을 알았지요."

그렇게 말하더니 이아누는 눈을 감았다.

"…타르하마야가 이 세상을 찾아온 것은 그것이 마지막으
로, 그녀의 죽음과 함께 신이 이 세상을 찾아오는 통로는 사
라져버렸지만."

아스라의 몸이 긴장으로 얼어붙었다.

숨 쉬기가 힘들었다. 어떻게 할까… 하고 아스라는 생각했다.

'엄마가 아니라 내가 챠마우(신을 불러오는 자)라고 말하는 편

이 나을까….'

　그때 어깨를 안고 있는 바르사의 손에 살짝 힘이 들어갔다.

　아스라는 깜짝 놀라며 바르사를 올려다봤다.

　말하면 안 된다고 바르사의 눈이 말하고 있었다. 아스라도 살짝 고개를 끄덕였다. 이아누는 같은 민족으로, 게다가 사정을 잘 아는 라마우지만, 자신이 타르하마야를 불러왔으며, 또 언제든지 불러올 수 있다고 말하는 것은… 왠지 무서웠기 때문이다.

　잠시 후에 이아누가 얼굴을 들었다.

　"신타단 감옥에서 일어난 일에 대해 들었을 때, 우리는 너하고 네 오빠 치키사도 함께 죽었다고 생각했다. 설마 이렇게 만날 수 있을 줄이야….

　아스라, 그때 무슨 일이 일어났니? 오빠는…?"

　"그 이야기를…."

하고 바르사가 말을 끊었다.

　"이 아이에게 시키는 것은 너무 가혹합니다."

　바르사는 아주 간략하게 아스라와 치키사가 요고에 온 이후부터 이제까지의 일을, 늑대 습격 이야기는 빼고서 설명했다. 이아누는 진지한 표정으로 잠자코 듣고 있었다.

　그리고 바르사가 말을 마치자 살며시 고개를 흔들었다.

"아스라, 참으로 힘든 여행을 했구나. 힘들었겠다.

나도 옛날에 삼촌을 따라서 남부에서 왔기 때문에 잘 안다."

고통스러운 과거를 떠올린 것이리라. 얼굴을 찡그리며 이아누가 그렇게 말했다.

"내 부모도 로타인에게 살해당했단다, 아스라. 나는 남부의 아루야 지방의 숲에서 태어났는데, 모피 시장에서 부모님과 로타인 모피상 사이에 시비가 붙었거든. 로타인 모피상은 마치 양이라도 죽이듯이 아무렇지도 않게 우리 부모님을 칼로 찔러 죽였지."

이아누의 눈에는 참기 힘든 분노와 슬픔이 드러나 있었다.

"그 모피상은 처벌도 받지 않았지. 타르족의 죽음 따위 아무도 관심도 없으니까. 삼촌은 나를 데리고 끔찍한 기억이 남은 곳을 떠나서 북부로 이주했어. 북부에는 로타인이 절대로 발을 들여놓지 않는 산 숲이 있기도 하니까."

거기까지 말하고 이아누는 흠칫 놀라며 바르사를 봤다.

"미안해요. 나도 모르게 그만 쓸데없는 옛날이야기를 하고 말았네요."

바르사가 조용히 고개를 저었다.

"…신경 쓰지 마세요."

이아누는 창백한 얼굴에 희미하게 미소를 띠었지만, 곧바로 표정을 가다듬었다.

"아스라가 왜 쫓기고 있는지 나는 알 것 같아.

노유크로부터 성스러운 강이 흘러오는 지금, 타르족이 타르하마야신의 부활을 원하면 로타 왕국이 위태로워지거든. 그래서 토리시아가 타르하마야를 부르기 위한 의식을 치르는 것을 아스라가 봤기 때문에, 카샤루가 아스라를 쫓고 있는 걸 거야."

바르사는 목 언저리가 싸늘해져 오는 것을 느꼈다.

그럴지도 모른다. 아스라가 무시무시한 신을 불러오는 능력을 갖고 있다는 것은 로타 왕가에게는 너무나도 위험한 일이다.

그렇게 생각하자 스파루만이 아니라 왕의 동생 이한의 열광적인 지지자라고 하는 이곳의 씨족장 차남이 관여하는 이유도 어느 정도 알 것 같다.

이아누가 바르사를 응시했다.

"어떻게 하실 건가요? 그들은 무시무시한 추격자들이에요. 요령껏 도망쳐, 게다가 치키사를 구하다니… 당신들 둘만으로는…."

그렇게 말하고 그녀는 입을 다물더니 아스라를 응시했다.

잠시 가만히 뭔가를 생각하고 있다가, 이윽고 이아누는 마음을 정한 것처럼 단호하게 말했다.

"우리는 타르의 민족. 음지에 사는 자로서 왕가에 반항할 수는 없어요. 하지만 이대로 동족의 아이가 위험에 처한 것을 못 본 척할 수도 없지요.

큰 힘은 못 되지만, 함께 여기를 나가요. 타르족의 두건 달린 외투를 빌려드릴게요. 동료들에 섞여서 우르르 문을 나가면 적의 눈을 속일 수 있을지도 몰라요."

바르사가 고개를 저었다.

"그건 무리일 겁니다. 여기에는 적의 눈과 귀 역할을 하는 자들이 많아요. 이 여인숙도 당연히 감시를 받고 있을 테니까, 당신이 여기 온 것은 이미 알려졌을 거예요."

"그렇다 해도 우리와 함께 가는 편이 둘이서만 도망치는 것보다는 훨씬 낫지요. 우리는 로타인이 발을 들여놓지 않는, 깊은 숲속으로 이어지는 길을 꿰뚫고 있어요. 지탄 제사당에서 당신들의 힘이 될 수는 없지만, 거기까지 안전하게 데리고 가는 것 정도는 가능해요.

내일 아침에 다른 대상들이 출발할 때 우리도 함께 나가요. 도중에 좁은 길로 빠지면 틀림없이 도망칠 수 있어요."

그 계획은 바르사가 생각하던 것과 매우 비슷했다. 이아누의 말대로 타르족에 섞여서 그들에게 길 안내를 받으면 도망칠 수 있는 가능성이 조금은 많아질지도 모른다.

"…고맙습니다. 그럼 그렇게 하도록 하지요."

바르사가 말하자, 이아누는 내일 아침의 행동에 대해 상의하고 나서 불안과 흥분이 뒤섞인 표정을 지으며 돌아갔다.

아스라는 또다시 침대에 누워서 담요를 뒤집어썼지만, 흥분이 가라앉지 않아 전처럼 잠들 수가 없었다. 바르사가 짐을 다 꾸리고 옆에 단창을 두고서 잠이 들었어도 오랫동안 그 규칙적인 숨소리를 듣고 있었다.

낮 동안의 피로가 쏟아져 간신히 잠든 후에도 아스라는 계속 악몽을 꾸었다. 꿈속에서는 마음의 빗장이 풀리는 걸까? 낮에는 떠올릴 수 없는 일이, 안개 속에서 모습을 드러내는 나무들처럼 이상할 정도로 선명하게 되살아났다.

거대한 바위 사이에서 흔들리는, 희미한 인광과도 같은 빛. 습한 이끼 냄새.

엄마와 둘이서 강 속을 더듬어가다 나간 곳에는 달빛처럼 은은한 빛이 비치는 묘소가 있었다.

매끄러운 검은 돌 위에 누군가가 누워 있었다. 어두워서 그 모습은 그림자로밖에 보이지 않았지만, 성스러운 강물에 젖은 가슴팍에 희미하게 빛의 고리가 보였다.

'성스러운 기생나무의 고리….'

그렇게 중얼거리자 엄마가 놀라서 속삭였다.

'아스라, 너에게는 그게 보이니?'

아스라는 엄마에게는 아무것도 안 보인다는 사실을 알고서 놀랐다.

'보여, 엄마. 저기에 사다 타르하마야가 계셔. 성스러운 강에 들어가서 주무시고 계셔. 성스러운 기생나무의 고리가 저렇게 빛나는데도 정말로 엄마한테는 안 보여?'

엄마가 쓸쓸한 목소리로 말했다.

'안 보인다, 엄마한테는. 나한테는 성스러운 능력이 없단다.

하지만 신령님은 나의 소중한 딸에게 그런 능력을 내려주셨다.

자, 아스라, 운명을 받아들일 때가 왔다. 성스러운 기생나무의 고리를 집어라.'

아스라는 부르르 떨었다.

'무서워, 엄마….'

'괜찮아. 엄마가 있잖아.'

엄마는 성전 구절을 반복해서 중얼거리면서 아스라의 손을 잡아주었다. 아스라는 숨을 죽이고서 푸르스름한 빛 속으로 살며시 손을 뻗었다.

아스라의 손에 뭔가가 닿았다.

그것은 바람 같았다. 실체는 없는데도 손가락 끝에 뭔가가 느껴졌다. …그러자 약한 빛이 희미하게 켜졌다. 자신의 몸에서 그 빛의 고리를 향해 뭔가가 흘러나가는 느낌이 들더니, 빛이 서서히 강렬하고 또렷해졌다.

'아스라…!'

엄마가 숨을 멈췄다. 엄마는 아스라의 손을 잡고 그 빛의 고리를 살며시 아스라의 가슴 쪽으로 끌어당겼다.

그 순간 고리가 빨려 들듯이 아스라의 가슴팍에서 멈추더니 더욱 환하게 빛났다.

'아스라.'

몹시 감동한 목소리로 엄마가 나지막이 말하더니 아스라의 머리를 안고서 울기 시작했다.

'멋지구나. 너는 신의 선택을 받아 이 세상을 바꿀 아이.

머지않아 사다 타르하마야가 되어 사람의 생명을 초월해 이 세상을 통치할 자….

이제 우리에게는 아무것도 두려울 것이 없다…!'

엄마는 무릎을 꿇고서 아스라를 응시하며, 한마디 한마디에 힘을 주어 말했다.

'기품 있게 행동해라, 아스라. 그 누구보다도 기품 있게.

냉정해지도록 해라. 아무리 마음이 흐트러져도 얼굴에 드러내서는 안 된다.

항상 겨울의 호수 수면처럼 냉정해지도록 해라.

강해져라. 위대한 신과 하나가 되어 사람들을 이끌 수 있도록.

예전에 사다 타르하마야는 그런 사람이었다. 너도 그렇게 되는 거야.'

엄마의 말은 돌에 비문이 새겨지듯이 아스라의 마음에 새겨져 있었다.

꿈은 장면을 바꿔 점점 무시무시한 기억을 되살아나게 했다.

몇 번이나 꾸었던, 그 신타단 감옥에서의 악몽이 또다시 시작되었다.

죽어가는 사람들. 오빠의 슬퍼 보이는 절망에 찬 눈동자….

"오빠… 아니야! 내가 잘못한 게 아니야…!"

소리치며 벌떡 일어나더니, 아스라는 거친 숨을 쉬며 잠시 침대 위에서 떨고 있었다. 난로의 불은 한참 전에 잉걸불로 변해 방은 어두침침했다.

건너편 침대에서 바르사가 벌떡 일어났다.

"괜찮니?"

아스라는 땀에 젖은 얼굴로 바르사를 응시했다.

"오빠가…."

아스라는 거친 숨을 쉬며 나지막이 말했다.

"나를 야단쳐. 꿈속에서 늘 무척 슬픈 얼굴로…."

아스라는 필사적으로 표정을 일그러뜨리지 않으려고 했지만, 입술이 떨리는 것을 막을 수가 없었다. 아스라가 양손으로 얼굴을 감쌌다.

"내, 내가 죽인 게 아닌데도. 내가 아니라 신령님이 그 녀석들을 벌해주셨는데도…."

아스라는 얼굴을 손으로 덮은 채로 계속 횡설수설했다. 아직 반쯤 꿈을 꾸고 있는 것 같았다.

어두침침하던 묘소. 빛나던 성스러운 고리. 엄마의 말. 엄마의 처형. 그리고….

아스라는 손을 내리고 눈물에 젖은 얼굴로 바르사를 올려다봤다.

겨울의 호수 수면처럼 냉정해져라…라고 했던 엄마의 말이 귓전에 울렸지만, 가슴속에서 솟구치는 생각이 결국 얼어

붉은 호수의 수면을 깨뜨리고 말았다.

"난… 미웠어! 그 사람들이 정말 미웠어! 엄마가 처형당하려고 하는데… 웃고 떠들고… 어… 어떻게 웃을 수가…."

바르사는 일어서서 아스라 앞에 서더니, 아스라의 머리를 살며시 배로 안았다.

아스라는 양손을 바르사의 몸에 두르고서 꽉 힘주어 끌어안더니 소리 내어 울기 시작했다. 처음으로 엄마를 위해 목이 터질 정도로 큰 소리로 울었다.

바르사는 배로 전해져 오는 울음소리가 바닷물이 빠지듯이 서서히 멎을 때까지 잠자코 아스라를 안고 있었다.

잠시 후에 아스라가 팔에서 힘을 뺐을 때, 바르사는 몸을 뗐다. 그리고 땀에 젖은 아스라의 머리를 쓰다듬었다.

"…아스라, 네 오빠는 착하고 성실한 아이로구나."

퉁퉁 부은 눈으로 아스라가 바르사를 올려다봤다.

"그러니까 꿈속에서 네 생각을 이야기해주는 거란다."

"내, 내 생각이라고?"

바르사는 느린 동작으로 자신의 침대에 앉았다. 잠시 잠자코 있더니 이윽고 낮은 목소리로 말하기 시작했다.

"나도 무척 사람을 미워한 적이 있다. 너만 할 때는 그 녀석을 죽이기 위해 죽기 살기로 무술수련에 매달렸단다. 몸속에 있는 끈적끈적하고 뜨거운 증오 때문에, 창을 휘두르고 뭔가를 주먹으로 치지 않으면 내 몸이 터져버릴 것만 같았지."

바르사는 자신의 과거를 띄엄띄엄 이야기했다. 칸발 왕의 추잡한 음모에 희생된 아버지에 대해. 자신의 인생을 버리고 바르사를 구해준 지그로에 대해. 기나긴 떠돌이 생활에 대해.

"빨리 강해지고 싶었다. 그 누구보다도 강해지고 싶었어. …강해지면 구원을 받을 거라고 생각했지."

아스라가 고개를 끄덕였다. 약하고 어려서 엄마를 구할 수 없었던 자신. 아무에게나 걷어차이는 돌멩이가 된 것 같은 그 무력감.

누구보다도 강해지면 두 번 다시 그런 일은 당하지 않아도 된다.

"하지만 말이다…."

바르사가 쉰 목소리로 말했다.

"강해져도 나는 구원받지 못했단다."

아스라가 의아해하는 눈으로 바르사를 올려다봤다.

"강해진 무술 실력이나 경험은 내 생명을 몇 번이나 구해주었으며, 이 강력한 팔 힘 덕분에 자존심도 지킬 수 있었다. 하지만 말이다…."

바르사는 단어를 골랐다. 가슴에 꿈틀거리는 생각을 어떻게 말로 표현해야 좋을지 몰랐다.

"미운 녀석을 죽인다고 모든 게 해결되는 것은 아니다. 그 녀석을 죽이면 후련해지고… 그런 것이 아니란다."

단창 자루에 이마를 대고서 바르사가 나지막이 말했다.

"정신을 차리고 보니, 많은 것이 돌이킬 수 없을 정도로 변해버렸더구나."

바르사가 아스라를 응시했다.

"가장 변한 것은 나 자신이야. 자신이 어떤 심정으로 사람을 죽이고 싶어 했는지 아무도 몰라도 자신만은 아니까. … 상상해보니 견딜 수 없이 역겨워지더구나. 증오심에 남을 죽이고 싶어 하고 남의 죽음에 한순간이라도 쾌감을 느꼈을 때, 나는 어떤 얼굴을 하고 있었을까?"

목덜미가 서늘해지며 뻣뻣해지는 것을 느끼면서 아스라는 몸을 경직시켰다.

눈을 내리뜨고서 아스라가 나지막이 말했다.

"…하지만 그게 나쁜 짓이었다면 신령님이 기도를 들어주시지 않았을 거야."

자신에게 타이르듯이 그렇게 말하면서 아스라는 내리뜬 눈을 들지 않았다.

바르사가 살짝 고개를 가로저었다.

"나는 신이 어떤 존재인지 모른다. 어릴 적에 아버지한테서 번개신 요라무가 어떤 식으로 이 세상을 창조해갔는지 배웠고, 이상한 정령들과 몇 번인가 마주칠 기회가 있었지만.

구름을 만들어 비를 내리게 하는 정령의 알도 봤고, 사람의 꿈을 품는 꽃도 봤어. 사람의 생각을 푸른빛이 나는 돌로 바꾸는, 투명한 뱀처럼 생긴 산왕을 만나기도 했고. 하지만….."

바르사는 중얼거리듯이 말했다.

"좋은 사람을 구해주고 나쁜 사람을 벌해주는 신은 아직한 번도 만난 적이 없다."

아스라가 눈을 들었다. 바르사의 눈에는 아스라를 나무라는 빛은 없었다. 그 눈에 떠오른 것은 깊은 슬픔뿐이었다.

"나쁜 사람을 처단해주는 그런 신이 있다면 이 세상에 이토록 많은 불행이 있을 리가 없다. …그렇게 생각하지 않니?"

이명이 들렸다. 마음속에서 뭔가가 방울을 흔들고 있다. 미처 깨닫지 못한 것을 깨닫게 하려고. 타르하마야신을 믿는마음을 흔들리게 하는 뭔가를.

엄마의 말은 역시 어딘가 이상하다는 것을 깨닫게 하는 뭔가를….

아스라는 필사적으로 이명을 무시하며 살짝 고개를 가로
저었다.

"타르하마야는 위대한 신이야. 나쁜 사람을 벌해주는 진정
한 신령님이라고.

사다 타르하마야는 신의 위대한 힘과 하나가 되어서 악을
처단한 분이었다고 엄마가 말했었어."

아스라는 열을 올리며 열심히 주장했다.

"있잖아, 타르쿠마다가 가르치는 성스러운 전설이 아니라
진실을 엄마는 알고 있었어. 그래서 우리에게 사다 타르하마
야가 실제로 어떤 사람이었는지 가르쳐주었어.

로타르발은 풍요롭고 매우 평화로운 세계였대. 이렇게 불
공평한 세상이 된 것은 키란이 사다 타르하마야를 죽여버렸
기 때문이야."

바르사가 아스라를 응시한 채로 조용히 말했다.

"…너는 그 사다 타르하마야가 될 생각이니?"

아스라가 굳은 얼굴로 바르사를 응시했다.

'너는 신의 선택을 받아 이 세상을 바꿀 아이.

머지않아 사다 타르하마야가 되어 사람의 생명을 초월해
이 세상을 통치할 자….'

엄마의 목소리가 귓전에서 되살아났다.

'나에게는 정말로 신령님을 불러오는 능력이 있어. 엄마가 바랐던 것처럼.'

아스라는 얼마 전에 늑대를 죽였을 때의 기분을 떠올리려고 했다. 하늘로 퍼져가는 듯한 그 기분을.

하지만 지금 이렇게 침대에 앉아 있으니 도저히 사다 타르하마야가 될 수 있을 것 같지 않았다. 이 세상의 불행을 없애는, 위대한 신의 화신이 된다는 것은 엄청난 일로만 여겨졌다.

'왜 신령님은 나 같은 사람을 선택하신 걸까? 좀 더 마음이 강하고 머리가 좋은 사람을 선택하셨으면 좋았을 텐데.'

아스라가 얼굴을 찡그렸다.

"나… 나는…."

아스라는 꺼질 듯한 목소리로 말했다. 눈물이 북받쳤다.

"어떻게 하지, 바르사…? 엄마는 이 세상을 좋은 세상으로 만들기 위해, 사다 타르하마야가 되어서 다시 한 번 정말로 행복한 세상을 만들기 위해 목숨까지 버렸는데, 나는… 난 사다 타르하마야가 될 수 있을 것 같지 않아…."

눈물이 하염없이 뺨을 타고 흘러내렸다.

바르사가 낮은 목소리로 말했다.

"나는 타르의 신앙은 모른다. 타르하마야가 어떤 신인지도 모른다.

하지만 말이다, 생명이 있는 것을 맘대로 죽일 수 있는 신이 되는 것이 행복한 일이라고는 난 생각할 수 없다. …그런 신이 이 세상을 행복하게 만든다고도 생각하지 않는다."

눈물을 흘리면서 아스라가 바르사를 응시했다.

"그런 존재가 되지 않았으면 해, 아스라. …늑대를 죽였을 때의 네 얼굴은 무척 무서웠어."

얼음처럼 차가운 손이 가슴에 닿은 듯한 기분이 들어 아스라는 눈을 크게 떴다.

"목욕을 마치고 사라유 같은 색깔의 옷을 걸치고 나왔을 때의 너는 무척 아름다웠다. …바라보던 나까지 행복해질 정도로."

꽃향기가 문득 콧속에서 되살아났다. 그 향기를 아스라는 필사적으로 떨쳐냈다.

바르사는 로타인이 아니다. 타르하마야에 대해 전혀 모르는 칸발인이다.

바르사가 하는 말에 마음이 흔들려서는 안 된다. 신령님을 믿는다면 이런 것에 마음이 흔들려서는 안 된다.

'겨울의 호수 수면처럼….'

눈을 꼭 감고서 마음속으로 아스라는 중얼거렸다.

살얼음이 얼듯이 아스라의 얼굴이 창백해지며 무표정해지는 것을 보면서, 바르사는 그 이상 아무 말도 할 수가 없었다.

4
함정에 빠지다

하늘의 밑바닥이 희미하게 밝아 오기 시작했다.

교역역참의 정문에는 많은 사람들이 모여 출발할 때를 기다리고 있었다. 대기는 얼음처럼 차가워, 따분한 듯이 계속 제자리걸음을 하고 있는 말들과, 짐마차를 점검하는 사람들의 몸에서 하얀 김이 피어올랐다.

바르사와 아스라는 타르족들과 함께 출발을 기다리는 대상들의 대열 끝에 조용히 서 있었다.

타르족의 검은 옷과 두건을 푹 뒤집어쓰고, 두건 아래도 코까지 슈마(바람막이용 천)로 덮고 있었지만, 그래도 혹독한 추위가 옷 속으로 파고들었다. 바르사는 손바닥을 말의 목에 대고서 덥혀주고 있었다. 다른 사냥꾼들과 마찬가지로 단창의 물미는 안장에, 자루는 어깨에 얹고 있었다.

아스라는 차츰 밝아져가는 지평선을 말없이 바라봤다. 푸른 설원에 대상의 짐마차가 남긴 바큇자국이 저 멀리까지 뻗어 있었다.

종이 울리기 시작했다. 정문 옆의 높은 종루에서 울리는 새벽 종소리였다. 마치 바로 옆에서 울리는 것처럼 큰 종소리에 아스라는 깜짝 놀라 몸을 움츠렸다.

대상들은 일제히 말이나 짐마차에 올라타 고삐를 잡고 출발할 태세를 갖췄다.

선두에 선 대상의 대장이 크게 숨을 들이쉬더니 힘차게 뿔피리를 불었다.

출발할 때가 왔다. 사람과 말의 무리가 천천히 정문을 나가서 움직이기 시작했다.

아스라는 저도 모르게 뒤쪽을, 아직 푸른빛에 가라앉아 있는 대상들의 숙소를 돌아봤다. 작별인사조차 못 한 미나와 대상 모두에게 마음속으로 작별 인사를 중얼거리며.

길은 대부분 단단히 얼었지만 군데군데 질퍽거리는 곳도 있어, 대상들은 천천히 전진했다. 처음에는 한 덩어리가 되어 질서정연하게 줄지어서 움직였지만, 얼마 있으니 실처럼 축 늘어져 대상과 대상 사이의 간격이 벌어졌다.

한낮을 넘기자 설원은 구릉지대로 변해, 길 양옆으로 울창한 숲과 깎아지른 절벽이 나타나기 시작했다.

샤하루의 산길이 멀리 보이기 시작했을 무렵, 바르사 옆에서 말을 몰던 타르족 이아누가 말을 가까이 붙이고서 속삭였다.

"바르사 씨, 이제 슬슬 길에서 벗어날 거예요. 말의 속도를 늦춰주세요."

바르사가 고개를 끄덕이고, 고삐를 살짝 잡아당겨 말에게 의사를 전했다.

타르족들은 천천히 대상의 행렬에서 뒤처져 이윽고 울창한 숲으로 이어지는 좁은 길로 빠져나갔지만, 앞서 가는 사람들은 뒤돌아보지도 않았으며 눈치챈 것 같지도 않았다.

"아스라는 내 뒤를 따라와라. 바르사 씨, 맨 뒤를 지켜주시지 않을래요?"

이아누의 말에 바르사는 고개를 끄덕이고 단창을 오른손에 들었다. 왼손으로 고삐를 쥐고 있으면 꿰맨 상처에서 살짝 통증이 되살아났다.

숲의 좁은 길에는 눈이 적었고, 바람이 차단되는 만큼 따뜻하게 느껴졌다. 눈에 젖은 나무들로부터 은은한 향기가 감돌았다. 작은 새의 지저귐도 들리지 않는 정적 속을 타르족 사람들은 말없이 그림자처럼 이동했다.

눈발이 조금씩 흩날리기 시작했다.

길은 차츰 오르막이 되어 지면에서 뿔처럼 튀어나온 이끼 낀 바위가 눈에 띄었다. 말들은 하얀 입김을 내뱉으며 능숙하게 산길을 올라갔다.

앞쪽에서 물 흐르는 소리가 들리기 시작했다. 계곡이 있는 것이리라.

이아누가 뒤돌아서 큰 소리로 바르사에게 말했다.

"이제 곧 사이강이에요. 출렁다리를 건너면 샨 숲의 영역이라 로타인은 들어올 수가 없어요. 출렁다리를 건너면 잠시 쉬기로 해요."

바르사는 알았다는 표시로 단창을 살짝 흔들어 보였지만, 이아누의 큰 소리에 눈살을 찌푸렸다.

조금 전부터 바르사는 뭔가를 느꼈다. 소리는 전혀 들리지 않았지만 목덜미에 찌르르 전율이 흘렀다. 그 정체를 찾으려고 한 순간, 이아누가 큰 소리를 내서 집중력이 흐트러지고 말았다.

숲이 끝나고 깎아지른 절벽이 나타났다. 폭은 얼마 안 돼 힘 좋은 산양이라면 뛰어넘을 수 있을 정도였지만, 깎아지른 절벽에 이아누의 말대로 출렁다리가 매달려 있었다.

출렁다리가 보였기에 마음이 놓인 탓일까? 이아누는 자꾸만 뒤돌아서는 바르사에게 말을 걸어왔다.

"이 출렁다리예요! 바르사 씨, 이제 다 왔어요."

바르사는 대답하지 않았다.

등에 소름이 돋았다. 살기가 콕콕 살갗을 찔렀다. 틀림없다. 누군가가 매복하고 있다….

바르사는 단창을 한 번 휘둘러 아스라가 탄 말의 엉덩이를 쳤다.

"아스라, 달려라! 함정이다…!"

바르사의 목소리가 끝나기도 전에 화살이 바르사의 등을 공격했다.

바르사는 몸을 틀어 화살을 피하더니, 고삐를 난폭하게 잡아당겨 말의 방향을 바꿨다.

나무 사이에서 여러 명의 무장한 남자들이 벌떡 일어섰다.

"…바르사!"

아스라가 비명처럼 소리를 질렀다.

"달려라! 출렁다리를 건너라!"

이아누가 아스라가 탄 말의 재갈을 잡더니 앞으로 세게 잡아당겼다. 이미 대부분의 타르족은 짧은 출렁다리를 다 건너,

건너편에서 불안한 듯이 이쪽을 보고 있었다. 아스라의 말이 출렁다리를 건너는 것을 뒤쫓듯이 이아누도 말로 좁은 출렁다리를 건너갔다.

바르사는 그 모습을 지켜보더니 단창을 번뜩이며, 많은 사람이 건너려고 하면 출렁다리가 끊어지도록 출렁다리를 매달고 있는 밧줄을 하나만 잘랐다.

남자들은 천천히 포위망을 좁혀 왔다.

왜 활을 쏘지 않는 걸까?

출렁다리를 등지고 화살을 막을 생각으로 방어태세를 취하고 있던 바르사는 묘한 위화감을 느꼈다.

이렇게 많은 남자들이 화살을 퍼붓는다면 아무리 바르사라 해도 전부 막을 수는 없다. 출렁다리를 다 건너기 전에 아스라를 죽일 수도 있었을 것이다.

하지만 남자들은 바르사를 겨냥한 한 발 이외에는 활을 쏘려고 하지 않았다. 마치 아스라 일행이 다 건너기를 기다리기라도 하듯이, 남자들은 공격해 오려고도 하지 않고 헛되이 뜸을 들이고 있었다.

아주 잠시 뒤를 돌아본 바르사는 아스라를 등으로 막은 이아누의 눈에 안심한 듯한 미소가 떠오른 것을 봤다.

무인들은 쫓아온 것이 아니다. 처음부터 여기서 매복하고 있었던 것이다. 그 사실을 깨달은 순간 온몸이 확 달아올랐다.

'속았구나…!'

타오르는 듯한 초조감과 분노가 목구멍으로 치밀었다.

이아누가 바르사를 함정에 빠뜨린 것이다. 아스라와 바르사를 떼어놓고 바르사만 여기서 죽이기 위해서….

아스라가 출렁다리를 건너자마자 그 모습을 지켜보던 남자들이 일제히 덤벼들었다.

바르사는 말 등으로 올라가 안장을 발로 차며 뛰어올랐다.

예상 밖의 움직임에 어안이 벙벙해진 남자들의 머리를 공중제비를 돌면서 뛰어넘어, 고양이처럼 몸을 말아 남자들 뒤쪽으로 내려서더니 바로 옆에서 달렸다.

고함을 지르며 남자들이 쫓아왔지만, 나무들과 잡초를 피하며 달리다 보니 속도가 느린 자는 뒤처지기 시작했다.

바르사가 홱 뒤돌아서 나무뿌리를 차며 선두의 남자에게 덤벼들었다.

장검으로 막을 새도 없이 나가떨어져 땅바닥으로 내동댕이쳐진 남자의 머리를 밟고 뛰어올라서, 바르사는 두 번째 남자 옆을 빠져나가자마자 단창으로 오른쪽 팔을 찔렀다.

지금 바르사는 아무 생각도 하지 않았다. 타는 듯한 분노가 온몸을 불태워, 몸의 움직임에만 맡긴 채 오로지 싸움을 계속할 따름이었다.

숲의 나무들만이 믿을 만한 아군이었다. 나무들에 가로막혀서 화살도 못 쓰고 포위도 못 하는 남자들을 바르사는 하나씩 하나씩 쓰러트려갔다.

하지만 적은 너무나도 많았다. 무거운 외투를 걸친 채로 계속 움직이고 달리다 보니, 폐가 타오르듯이 아프기 시작하고, 땀이 눈으로 들어가 시계를 흐렸다.

눈이 본격적으로 퍼붓고 있었다.

옆으로 강하게 공격해 온 장검을 단창으로 막아낸 순간, 뒤에서 비스듬히 등을 찔렸다. 목덜미는 모직 두건과 두툼한 슈마의 보호를 받고 있었지만, 그래도 어깨 끝에서부터 겨드랑이까지 얕지만 긴 상처가 났다. 바르사는 자세를 바꾸면서 단창을 앞뒤로 흔들어 두 남자를 쓰러트렸지만, 이제 그리 오래 버티지는 못하리라는 것을 깨달았다.

하얀 입김을 내뱉으면서 바르사는 달렸다. 상처 입은 짐승처럼 엄청난 속도로 숲을 빠져나갔다. 출렁다리가 있는 곳으로 나왔을 때 옆구리에 극심한 통증이 일었다. 화살이 옆구리를 찢고 간 것이다.

신음하면서 바르사는 흐려진 눈으로 출렁다리를 매달고

있는 밧줄을 올려다보더니, 단창 끝으로 밧줄을 끊었다.

툭 하고 소리를 내며 튀어 오르는 밧줄 뒤를 쫓듯이, 바르사는 출렁다리 위를 뛰기 시작했다. 남자들이 쫓아왔다. 출렁다리는 힘없이 좌우로 출렁여, 누군가가 떨어지며 지르는 비명이 들렸다.

발밑이 갑자기 힘을 잃고 낙하하기 시작했다. 바르사는 생각할 틈도 없이 단창을 다리 바닥에 내리꽂았다. 몸이 휘청하면서 크게 흔들려, 양손으로 단창을 쥔 채로 바르사는 나무판자째로 벼랑에 내동댕이쳐졌다.

온몸의 상처에 극심한 통증이 일고, 왼손이 단창에서 미끄러지며 단창을 놓쳤다. 핑 하고 귀를 스치고 벼랑에 화살이 꽂혔다. 이대로는 표적이 되고 만다.

흘끗 아래를 보니, 날리는 눈발이 빨려 들어가는 짙은 녹색의 깊은 못이 보였다.

그 순간 바르사는 마음을 정했다.

온몸을 잔뜩 웅크리더니 양발로 벼랑을 찼다. 단창이 뽑히는 소리와 함께, 바르사는 머리를 아래로 하고 낙하했다.

눈을 꽉 감은 순간, 두건을 쓴 정수리에 판자로 얻어맞은 듯한 충격이 오고, 어둠 속으로 모든 것이 사라졌다.

남자들은 잿빛 하늘과 땅을 잇는 듯이 퍼붓는 눈 속에서 벼랑에서 몸을 내밀고 깊은 못을 내려다봤다. 물방울을 튀기며 초록빛 물로 빠져든 바르사의 몸이 떠올라서 천천히 흘러갔다. 두건과 두꺼운 옷이 부풀어 비스듬히 떠 있는 몸을 물결이 나뭇가지처럼 떠내려 보냈다.

"…아래로 내려가서 사체의 목을 벨까?"

남자 하나가 나지막이 말하자 다른 남자들이 고개를 저었다.

"무슨 말을 하는 거야. 눈보라로 바뀌기 전에 부상당한 녀석들을 메고 '향'으로 돌아가지 않으면 우리가 동사하고 말걸."

남자들은 흘러가는 바르사의 몸을 마지막으로 한 번 더 보고 나서 숲에 쓰러져 있는 동료 곁으로 돌아갔다.

﹥﹥✦﹤

아스라는 바르사가 남자들의 머리 위를 뛰어넘어 숲으로 사라질 때까지만 지켜볼 수 있었다. 이아누가 감히 저항할 수 없는 힘으로 아스라가 탄 말의 재갈을 붙잡아 억지로 앞으로 달리게 했기 때문이다.

"바르사… 바르사를 구해야 해!"

아스라가 몸을 비틀며 소리치자 이아누가 엄한 어조로 소리쳤다.

"무리입니다. 모르겠습니까? 우리는 무인이 아닙니다. 저렇게 많은 수의 도적들과 맞서 싸우는 것은 불가능합니다. 도망쳐야 합니다. 그녀가 목숨 걸고 지켜준 생명을 헛되이 할 생각입니까!"

아스라는 눈물을 흘리면서 이를 꽉 물었다. 이아누가 자신에게 존댓말을 쓰고 있는 것을 깨달을 여유조차 없었다.

바르사가 걱정되어 미칠 것만 같았다.

"내 말 좀 들어봐, 이아누! 나는 타르하마야를 부를 수 있단 말이야! 나라면 저 도적들을 쓰러뜨리고 바르사를 구할 수가 있어!"

하지만 이아누 일행은 아스라를 둘러싸듯이 하고서 강제로 말을 달리게 했다. 아무리 발버둥 쳐도, 무슨 말을 해도 들으려고 하지 않았다.

그 후의 일에 대한 기억은 악몽에서처럼 색깔을 잃었다. 어디를 어떻게 달려갔는지, 이아누 일행의 재촉을 받으며 깊은 숲속의 비탈을 오르내리면서 그저 하염없이 달렸다.

날리는 눈발이 점점 거세져, 그들이 말을 멈췄을 때는 말들이 지쳐서 입가에서 풀빛의 거품을 내뿜었다.

주위는 어둑어둑했고, 눈이 내리는데도 묘하게 따뜻했다.

아스라는 눈앞이 반짝반짝 빛나는 것 같아 깜짝 놀라 숨을 들이마셨다. 은은히 빛나는 '강'이 보였다. 저 성스러운 '강'이 여기에도 가느다란 지류가 되어 졸졸 흘러오는 것이다.

원숭이들이 뭐라고 소리치면서 머리 위를 날아다녔다.

거대한 바위 세 개와 이끼 긴 거목. 그 앞에 눕혀져 있는, 잘 다듬어진 평평하고 거대한 검은 돌.

아스라는 자신이 어디 있는지를 깨닫고 떨기 시작했다.

'이건 신전이구나.'

어머니와 몰래 들어갔던, 사다 타르하마야의 묘소와 비슷한 신전이 눈앞에 있었다.

검은 옷을 걸친 많은 그림자가 은밀히 주위를 둘러싸듯이 서 있었다.

그 안에서부터 어깨에 원숭이를 얹은 아담한 체구의 사람이 걸어 나와서 아스라에게 다가왔다. 그 사람은 아스라가 탄 말의 재갈을 손에 잡더니 우아한 동작으로 두건을 들어 올렸다.

두건 아래에서 나타난, 가녀린 하얀 얼굴을 보고서 아스라가 목소리를 높였다.

"…시하나?"

시하나는 잠시 살피듯이 아스라의 얼굴을 보고 있다가, 그 얼굴에 순수하게 놀라는 표정만이 떠오른 것을 보고서 빙긋이 미소 지었다.

"다행이다, 아스라. 다치지는 않은 것 같구나. …무서웠지? 하지만 이제 괜찮아."

아스라는 영문을 모르는 채로 그저 멍하니 시하나를 응시하고 있었다. 시하나의 어깨에 얹혀 있던 원숭이가 기쁜 듯이 아스라의 어깨로 옮겨 왔다. 아스라는 따뜻한 원숭이를 끌어안고 뺨을 비볐다.

철이 들었을 때부터 아스라가 숲속에서 혼자 있을 때만 나타나서 놀아준 자그마한 원숭이와 자그마한 여성.

'원숭이들은 신의 사자야. 나는 원숭이의 말을 아니까 나도 신의 사자지.'

그런 시하나의 말이 귓전에서 되살아났다.

시하나는 아스라의 엄마 앞에도 모습을 드러냈다. 처음 시하나를 봤을 때 엄마는 새파랗게 질렸다. 그렇게 파랗게 질린 엄마를 본 것은 그때가 처음이었다.

하지만 시하나와 작은 소리로 무슨 이야기를 주고받더니 이윽고 엄마는 시하나를 받아들였고, 그러다가 시하나는 엄마의 소중한 친구가 되었다.

시하나에 대해서는 누구에게도, 아버지나 오빠 치키사에게도 절대로 이야기해서는 안 된다고 엄마가 신신당부했다.

엄마는 그 이유는 가르쳐주지 않았다.

시하나는 이따금 바람처럼 나타났다가, 또다시 바람처럼 사라져버리는 묘한 사람이었다.

아스라는 바르사가 이야기하던 스파루가 시하나의 아버지라는 사실을 몰랐으며, 시하나가 자신을 업어서 데려가려고 했을 때도 수면제를 먹은 상태여서 전혀 기억을 못 했다.

다만 바르사가 공격당해 필사적으로 도망쳐 온 곳에서 시하나가 기다리고 있었던 것에 대해 어렴풋이 기묘한 느낌을 받았을 뿐이다.

"여기는 성역이야. 주위의 숲은 얼어붙은 것처럼 추운데도 여기는 따뜻하지? 평소에도 그렇지만 이번 겨울에는 특히 더 따뜻해."

시하나의 말에 아스라가 툭 던지듯이 대답했다.

"…성스러운 '강'이 흘러왔으니까."

시하나의 눈이 반짝였다.

"너한테는 보이니? 저 이끼의 빛 이외에도 성스러운 '강'의 흐름이?"

아스라가 고개를 끄덕였다. 신의 사자라면 당연히 보일 거라고 생각했는데, 시하나에게도 이 은은한 빛을 발하는 '강'은 안 보이는 것 같았다.

시하나가 정중하게 아스라의 손을 잡아 말에서 내려주었다.

"환영한다, 성스러운 아이여. 챠마우(신을 불러오는 자)이자, 이윽고 사다 타르하마야가 될 아이여."

시하나의 속삭임에 아스라는 온몸이 얼어붙었다.

"안심해라. 나는 모든 것을 알고 있다. 네 어머니 토리시아와 너희에게 무슨 일이 났는지를. 네가 어떤 존재인지를."

아스라는 굳은 얼굴로 여우처럼 몸집이 작은 시하나를 응시했다. 어릴 적부터 알고 지냈지만, 이름밖에 모르는 이 묘한 여성이 아스라는 문득 두려워졌다.

미래를 보는 예언자처럼 이 사람은 보통 사람은 모르는 것을 꿰뚫어 보는 능력을 갖고 있는 걸까?

"…모든 것을 알고 있다면 바르사에 대해서도 알아?"

나지막이 말하자 시하나가 무표정한 채로 고개를 끄덕였다.

"그렇다면 부탁이야, 시하나, 바르사를 구해줘! 출렁다리 부근에서 많은 남자들에게 공격을 당했어. 하지만 바르사라면 아직 틀림없이 살아 있을 거야. 중상을 입고서 구해주기를 기다리고 있을지도 몰라. 부탁이야, 시하나, 누군가를 거기로 보내서…."

시하나가 아스라의 팔을 붙잡으며 걸으라고 재촉했다.

"알고 있어. 원숭이들이 알려 와서 이미 사람을 보냈어. 괜찮아."

아스라는 놀라서 팔 안에 있는 원숭이를 봤다. 원숭이의 눈동자는 확실히 짐승이라기보다는 사람에 가까운 지성의 빛을 띠고서 자신을 올려다보고 있었다.

시하나는 정말로 원숭이와 대화를 할 수 있는 걸까? …그럴지도 모른다. 이 기묘한 사람은 머리 위를 달리고 있는 많은 원숭이들한테서 수많은 이야기를 듣는지도 모른다.

누군가가 숲의 좁은 길에 서서 휴대용 등불로 길을 비추고 있었다. 시하나가 아스라와 함께 걷기 시작한 것을 지켜보더니 그 사람의 형체는 길안내를 하듯이 등불을 들고서 걷기 시작했다.

푸른 어둠 속에서 흔들거리며 앞서 가는 등불을 뒤쫓으면서, 아스라는 꿈속에 있는 듯한 심정으로 시하나에게 물었다.

"시하나는 정말로 모든 것을 알고 있어?"

시하나가 살짝 미소를 지었다.

"모든 것은 아니야. 하지만 많은 것을 알고 있지. 뭐가 알고 싶은데?"

아스라가 속삭였다.

"오빠가 지금 어떻게 지내고 있는지 알아?"

시하나의 미소가 깊어졌다.

"네 오빠는 무사해. 이제 곧 만나게 해줄게."

뜻밖의 대답에 아스라는 놀라며 시하나를 봤다.

"시하나가 구해주었어?"

"응. 모든 걸 이야기해주겠지만, 우선 집에 들어가서 식사를 하고 몸 좀 녹이자."

해가 저문 어둠 속에 이윽고 연기 냄새가 감돌기 시작하더니, 전방에 몇 개인가의 화톳불이 보였다. 늑대의 접근을 막기 위한 것일까? 마치 방벽처럼 여기저기 화톳불이 피워져 있었고, 무장한 사람들이 그 주위에 서 있었다.

화톳불 옆을 지나가자, 체구가 작은 무장한 남자들과 타르족들이 시하나와 아스라에게 고개를 숙였다. 자신을 보는 그들의 눈에 두려움과도 비슷한 빛이 떠오른 것이 아스라를 불안하게 했다.

화톳불 안쪽에 눈으로 둘러싸인 집 몇 채가 나타났다. 성역 옆에서 사는 라마우(섬기는 자)들의 집이었다. 시하나는 그중 한 채로 아스라를 들어가게 했다.

꽤 넓은 집인데도 사람이라곤 전혀 없었다.

대리석 바닥에 향기가 좋은 마우풀로 짠 깔개가 깔려 있었고, 난로에는 불이 활활 타오르고 있었다.

커다란 식탁에는, 두툼하게 자른 갓 구운 바무(발효시키지 않은 빵)에 뚝뚝 떨어질 정도로 라(버터)를 듬뿍 바르고 그 위에 꿀을 얹은 것과, 김이 모락모락 나는 라루(젖으로 채소와 고기를 푹 끓인 스튜), 설탕에 절인 산딸기 등이 늘어서 있었다.

바르사가 걱정스러워 가슴이 쿡쿡 쑤실 정도로 아픈데도 음식 냄새를 맡은 순간, 오늘은 아침밖에 먹지 않은 아스라 는 갑자기 시장기를 느꼈다.

두꺼운 타르족의 두건과 외투를 벗겨주고, 시하나는 아스 라를 식탁 의자로 데려가 다정하게 속삭였다.

"먼저 먹어. 배부터 따뜻해지면 마음이 안정될 거야."

아스라는 시하나가 권하는 대로 뜨겁고 달콤한 라코르카 (우유 넣은 차)를 마시고, 라와 꿀이 걸쭉하게 녹아 있는 바무를 덥석 베어 물었다.

음식이 들어가자 몸이 후끈해지며, 바르사를 걱정하는 나 머지 딱딱하게 얼어붙은 것 같던 기분이 조금씩 풀렸다.

시하나의 원숭이가 기쁜 듯이 설탕에 절인 산딸기를 볼이 미어지게 먹고 있었다. 시하나는 식사를 하는 아스라와 원숭 이를 만족스러운 표정으로 바라보고 있었다.

아스라가 식사를 마쳤을 무렵, 누군가가 문을 두드리는 소 리가 들려왔다. 시하나가 일어서서 가서 문을 조금만 열고 바깥의 누군가와 이야기를 하더니 잠시 후에 문을 닫고 돌아왔다.

시하나는 식탁 의자에 앉더니 어두운 얼굴로 아스라를 응시했다.

"…무슨 일이야?"

아스라는 물으면서 자신의 목소리가 묘하게 멀리서 들리는 느낌을 받았다.

"유감스러운 소식이야. 바르사는… 죽었다는구나."

시간이 멈춘 듯해 아스라는 잠시 아무 생각도 할 수가 없었다. 이윽고 얇은 막 같은 것을 거쳐서 천천히 그 말이 가슴 밑바닥으로 떨어지더니, 바늘 끝으로 찔린 듯이 날카로운 통증이 전해져 와… 아스라는 눈물을 흘리기 시작했다.

하염없이 눈물이 뺨을 타고 흘렀지만 울음소리는 나오지 않았다.

시하나가 다정하게 어깨를 안아주었다.

"…나, 나 때문이야."

아스라는 부어오른 목에서 목소리를 짜냈다.

"나를 만나지 않았다면 바르사는 그런…"

숨을 쉬려고 하자 목에서 휘 하고 피리 소리가 났다. 그러고는 말이 나오지 않았다. 아스라는 이를 악물고서 눈을 꽉 감고 몸을 웅크렸다. 가슴이 찢어지는 듯한 슬픔을 억누르기 위해서.

그런 아스라의 등을 쓰다듬으면서 시하나가 말했다.

"네 탓이 아니야. 네가 구해달라고 한 것이 아니잖아?

그 사람은 자진해서 너에게 손을 내밀었어. 그때 자신의 운명을 선택한 거지."

그 목소리는 메아리처럼 기묘한 반향과 함께 들려왔다. 시하나의 목소리가 점점 멀어져갔다. 아스라는 알 도리가 없었지만, 시하나가 음식에 수면을 유도하는 약을 섞은 것이다. 뺨에 눈물 자국이 난 채로, 아스라는 깊은 수면의 어둠으로 끌려들어 갔다.

5

신을 받들어 모시는 자

쿵 하고 바퀴가 돌을 뛰어넘는 진동에 아스라는 눈을 떴다.

몽롱한 머리로 잠시 나카 씨 대상의 마차를 타고 있나 했지만, 어둡고 텅 빈 마차 안은 나카 씨의 마차하고는 전혀 달랐다.

측면에 뚫린 창문으로 밖을 바라보고 있는 사람의 형체를 발견하고, 아스라는 몸을 일으켰다.

"…깨어났니?"

시하나가 뒤돌아서 이쪽을 봤다. 그리고 또다시 창문 쪽으로 돌아앉았더니 밖에 있는 누군가에게 말을 걸었다.

마차의 움직임이 느려졌다고 생각했을 때, 마차 뒷문이 삐걱거리며 열리고, 이아누가 물통과 먹을 것을 넣은 바구니를 갖고 올라왔다.

이아누를 본 순간 바르사 생각이 가슴에서 되살아나 아스라는 고개를 숙였다. 시키는 대로 얼굴을 씻고 물을 마셨지만, 아무리 권해도 식사할 마음은 들지 않았다.

입 안에는 기분 나쁜 쓴맛이 남아 있어, 일전에 약을 탄 음식을 연상시켰다. 저녁을 먹은 후의 그 부자연스러운 졸음이 약 탓이 아닐까 하는 의심이 생겼다.

약을 먹이고 마차에 태워서… 어떻게 할 생각일까?

"…어디로 가는 거야?"

"지탄. 제사당과 이한 전하의 성이 있는 곳."

그 태연자약한 어조가 아스라의 비위를 상하게 했다.

'수면제를 먹이고, 제멋대로 마차에 태우고. 제멋대로….'

계속 그랬다. 마치 놀이판의 말처럼 사람들은 아스라를 마음대로 움직인다.

"…수면제를 넣다니."

내뱉듯이 중얼거린 아스라에게 시하나가 조용한 어조로 대답했다.

"미안하다. 약을 넣어서. 하지만 시간이 없었어."

아스라가 눈살을 찌푸렸다.

"무슨 시간?"

주눅 들리고 억눌려 있던 분노가 마침내 폭발했다.

"뭐가 어떻게 된 거야? 왜 지탄으로 가는 거지? 시간이 없다니, 왜지? …도대체 왜, 무엇을…?"

그다음에는 말을 잇지 못했다. 눈물이 쏟아졌다.

도대체 왜 자신은 쫓기고 있는 걸까? 왜 시하나는 자신을 데리고 지탄으로 가는 걸까? 도대체 무슨 일이 일어나고 있는 걸까? 아무도, 아무것도 자신에게 가르쳐주지 않다니 너무한다.

'모두 나를 어린아이 취급하고….'

불같은 분노가 치밀어 올라왔다. 그것을 민감하게 감지하고, 목 부근의 고리가 뜨겁게 달아오르기 시작하는 것을 아스라는 느꼈다. 점점 퍼져가는 구름처럼 온몸에 힘이 충만해 갔다.

아스라가 눈을 번뜩이며 소리쳤다.

"마음대로 갖고 놀지 마! 나는 갓난아이가 아니야! 나는 마음만 먹으면 신령님을 불러서 너희들을 얼마든지 죽일 수가 있으니까!"

이아누가 창백해지며 뒷걸음질을 쳤다.

이제까지의 연약하고 다정한 소녀의 모습은 자취를 감추고, 늑대처럼 난폭한 눈빛이 희번덕거리고 있었다.

시하나가 속삭이듯이 말했다.

"진정해라, 아스라. 우리는 너를 어린아이로 생각하지 않아. 약을 준 것은 너를 얕잡아봐서 그런 것이 아니란다.

어제 너는 힘든 일을 겪었으니까 흥분해서 못 잘 거라고 생각했어. 그래서 잠을 잘 자게 하는 약을 넣었을 뿐이야.

우리가 지탄으로 가는 이유도 자세히 설명할 생각이었어."

시하나의 어조는 낮고 온화했다.

아스라는 말없이 가만히 시하나를 응시하고 있었지만, 시하나는 표정을 바꾸지 않고 솔직한 어조로 말했다.

"이제부터 모든 것을 이야기할 테니까 제발 마음을 가라앉히고 들어주기 바란다."

그 진지한 어조는 아스라의 분노를 조금씩 누그러뜨렸다.

아스라가 고개를 살짝 끄덕여 보였다.

시하나는 우선 자신이 머나먼 옛날 로타르발 왕국 시대에 사다 타르하마야를 모시던 스루 카샤루(죽음의 사냥개)의 자손임을 아스라에게 밝혔다. 왕가의 눈과 귀로서 활동하면서, 한편으로 타르족 사제들과 깊은 관계를 맺어왔다는 것을.

"그렇지, 이아누?"

시하나가 돌아보자, 이아누가 아직 핏기가 돌아오지 않은 얼굴로 고개를 끄덕였다.

"네. 그저께 밤 그 여인숙에서 조금 이야기했지만, 카샤루는 우리를 감시하는 사람들이었어요. 로타 왕가를 위해 우리 타르족이 두 번 다시 무시무시한 힘을 가진 신 타르하마야를 불러오는 일이 없도록 감시하는….."

"하지만 말이야."

하고 시하나가 그 뒤를 이었다.

"나는 너희와 접촉하는 사이에 차츰 생각이 바뀌었어.

선조가 범한 과오 때문에 왜 현재를 살아가는 너희가 학대를 받아야만 하지?

뭔가 잘못되었다. 어느 틈엔가 나는 그렇게 생각하게 되었지."

숲에서 놀아준 시하나의 모습이 아스라의 가슴에서 되살아났다.

"하지만 우리 아버지는 왕가에 충성을 맹세하는 완고한 카샤루라서 이런 마음을 상의할 수는 없었어. 그런데 운명이란 묘한 것이어서 길이 자연스럽게 열리기 시작했지."

시하나는 자신이 소녀 시절부터 로타 왕의 동생이신 이한 전하를 모셔왔다는 이야기를 하고, 이한 전하가 타르족 여성과 진지한 사랑에 빠졌던 이야기를 하기 시작했다.

"이한 전하는 순수한 마음을 지니신 분이어서, 그 아가씨가 타르족이라도 결혼하려고 마음먹었지. 나는 당시 아직 열여섯의 어린 처녀였지만, 이한 전하가 얼마나 진지한 사랑을 하셨는지 똑똑히 기억하고 있어. …두 사람이 만나서 사랑을 키우는 것을 카샤루로서 뒤에서 지켜보고 있었으니까."

시하나가 마치 친구에게 속마음을 털어놓듯이 이야기해, 아스라는 어느 틈엔가 완전히 끌려들어 갔다.

"하지만 결혼이 허용될 리가 없었지. 이한 전하가 무리를 해서 결혼을 강행하려고 하면, 로타 왕가는 로타의 모든 씨족으로부터 신뢰를 잃고 말거든.

타르족 여성은 현명한 사람이라서 그것을 알고 있었지. 그래서 이한 전하가 청혼했을 때 전하를 구하기 위해 스스로 자취를 감추고 말았어. 가족도 친족도 버리고. 그 타르족 여성이 네 어머니 토리시아야."

아스라는 깜짝 놀라며 시하나를 응시했다.

엄마가 뭔가 사정이 있어서 성역의 숲으로 도망쳐 왔다는 것은 알고 있었다. 하지만 설마 로타 왕의 동생과 사랑에 빠졌다니….

엄마가 어떤 심정으로 도망쳤는지, 그것을 이해하기에는 아스라는 아직 너무 어렸다. 하지만 로타인을 두려워하며 숨던 엄마의 얼굴을 떠올리자, 슬픔으로 가슴이 먹먹해져 왔다.

"이한 전하는 미친 듯이 그녀를 찾아 헤맸지. 그녀를 뒤쫓으라고 나에게 명령했어. 나는 몇 년간 찾아 헤매다가 마침내 그녀를 발견했지.

기억하니? 나하고 처음 만났을 때의 일을?"

아스라가 고개를 끄덕였다.

"너하고 놀면서 나는 토리시아가 나름대로 행복하다는 것을 알았어. 그래서 그대로 놔두면 좋겠다고 하는 그녀의 소망을 듣고서 결국 이한 전하께는 알리지 않았지.

두 사람이 재회하는 것은 어느 쪽에도 좋은 일이 아니라고 생각했기 때문이야."

이윽고 시하나는 이한이 왕가 사람이면서도 타르족을 어려운 처지에서 구하기 위해 노력하고 있다는 이야기로 교묘하게 화제를 옮겨 갔다.

"…하지만 말이야, 탐욕스러운 남부의 대영주들은 그 사실을 알자, 이한 전하가 타르족을 좋아해서 로타의 씨족을 소홀히 한다는 소문을 퍼뜨리기 시작했어.

그들은 본래 이한 전하를 싫어했거든. 자신들의 특권을 이한 전하가 계속 개혁하려고 하니까. 틈만 있으면 암살하려고 한다는 이야기마저 나는 들었단다."

시하나의 눈동자에는 강렬한 빛이 담겨 있었다.

"남부는 풍요로워서 대영주들은 왕가를 전혀 두려워하지 않을 정도의 재력과 권력을 갖고 있단다. 언제 그들이 반란을 일으켜도 이상하지 않지.

요사무 왕은 훌륭한 군주지만 건강이 별로 좋지 않아. 요사무 왕이 돌아가시게 되면 이한 전하가 왕위를 계승하시지만… 이한 전하는 제후들에게 미움을 받고 있으니까 틀림없이 그 기회를 틈타 대영주들이 반란을 일으킬 거야.

욕심으로 가득 찬 그 대영주들이 로타 왕국을 지배하게 되면, 타르족은 지금보다도 더욱 학대당하고 고통스러운 삶을 살게 되겠지."

시하나의 입에서 나온 말은 아스라가 그때까지 생각해본 적도 없었던, 로타라는 나라의 내부 사정을 가르쳐주었다. 타르족의 생활이 로타라는 커다란 나라의 내부 사정에 좌우된다는 것도 시하나의 말을 듣고서야 비로소 이해했다.

아스라는 시하나의 말에 완전히 끌려들어 갔다.

"이한 전하를 지키고, 로타도 카샤루도 타르도 풍요롭게 살아갈 수 있는 길이 어디 없을지 나는 계속 고민해왔어."

시하나는 얼굴을 아스라에게 가까이 대고서 목소리를 낮췄다.

"그때 기적이 일어났단다."

시하나의 입술에는 희미한 미소가 떠올라 있었다.

"우선 전조현상이 나타났다. 알고 있지? 3년 전에 피쿠야 (신의 이끼)에 노란 꽃이 핀 것을?"

아스라가 고개를 끄덕였다. 머지않아 '성스러운 강'이 흘러올 전조라는 소문이 나돌았었다.

"그때는 아무 일도 일어나지 않은 채 반년이 흘러 소문도 잠잠해지고 말았지.

하지만 재작년 겨울, 이번에는 여름에 피는 와우루 꽃이 가을이 되어도 마르지 않고 계속 꽃을 피우고 있다는 소문이 돌았지."

아스라도 그때의 일을 떠올렸다.

"그렇지? 전조현상이 하나둘 반복해서 일어날 때마다 나는 정말로 '성스러운 강'이 흘러올 때가 다가온 것이 아닐까 하고 생각하게 되었어.

타르쿠마다(음지의 사제)가 전하던 이야기가 사실이라면, 그것은 은총을 받는 때이면서 한편으로는 무시무시한 신이 이 세상에 나타날지도 모르는 위험한 때이기도 하지. 우리 카샤루가 가장 긴장해야 하는 때인 셈이야.

하지만 말이야, 아스라, 나는 전조현상이 하나씩 현실이 되는 것을 보면서 아버지하고는 전혀 다른 생각을 갖게 되었어."

시하나가 지그시 아스라를 응시했다.

"오랫동안 권력을 가진 로타인들의 추한 이면을 지켜봐온 나로서는 타르하마야를 잔혹한 신이라고 하고, 타르족을 '음지'에 사는 민족으로 만들어버린 전설을 그대로 믿을 수가 없게 된 거야.

타르쿠마다가 전하는 말이 옳다는 증거는 어디에도 없어. 오랜 세월이 흐르는 동안 로타인에게 유리하도록 조작되지 않았다고 누가 말할 수 있겠니?"

'그렇지?' 하고 말하듯이 시하나는 눈썹 한쪽을 치켜올려 보였다.

"타르하마야신이 무시무시한 힘을 가진 신이라면, 나쁜 마음을 가진 사람이 그 힘을 이용하면 확실히 끔찍한 일이 일어나겠지.

하지만 아스라, 생각해봐라. 나쁜 마음을 가진 사람이 아니라 마음이 깨끗한 사람이 사다 타르하마야가 되면, 타르하마야신의 힘은 사람들에게 행복을 가져다줄 수도 있지 않을까?"

아스라는 엉겁결에 고개를 끄덕였다. 그것을 보고 시하나가 기쁜 듯이 미소를 지었다.

"그렇지? 너도 그렇게 생각하지? 그렇다면 이런 식으로 생각할 수도 있겠지? 그 절대적인 힘을 타르족 누군가 마음이 깨끗한 사람이 갖게 되어 로타 왕국 전체를 행복하게 하면, 타르족만이 아니라 말이야, 로타인도 모두 행복하게 하면 로타인은 타르족에게 감사하게 되겠지?

그렇게 되면 타르족은 지금처럼 숨어 살지 않아도 돼. 그리고 로타 왕국은 지금보다도 훨씬 더, 훨씬 더 좋은 나라가 될 거야."

열의에 찬 어조로 시하나가 말했다.

"나는 이 이야기를 네 어머니와 이아누 등에게 전했어. 그랬더니 모두가 무척 기뻐했지. …그렇지, 이아누?"

이아누가 깊숙이 고개를 끄덕였다.

"우리를 감시해온 카샤루인 시하나가 그런 생각을 전해주었다는 것이 우리에게는 신의 목소리처럼 여겨졌지요.

그때까지 음지에 숨어서 숨죽이고 있으라고 꽉 누르던 손에서 갑자기 벗어난 것만 같았습니다. 빛이 비친 느낌이었죠.

아아, 우리가 빛 속에서 살아갈 수 있는 길이 있구나 하고 생각한 거지요.

잘못된 가르침으로 인해 두려워하던 타르하마야신이 풍요롭고 아름다운 나라를 만들 힘을 우리에게 주는 신이라면…!"

이아누의 눈동자가 희망으로 빛났다.

"사다 타르하마야만 마음이 깨끗하고 다정한 사람이라면, 타르하마야신은 절대로 잔혹한 신으로 이 세상에 나타나는 것이 아니다. 오히려 타르하마야가 찾아오면 우리는 다시 빛 속으로 돌아갈 수 있다… 그런 생각이 든 거지요!

그러자 머지않아 '성스러운 강'이 흘러올 거라는 전조도 전혀 두렵지 않아졌습니다. 오히려 빨리 흘러오기를 고대할 정도였죠."

시하나도 미소를 띠고서 아스라를 응시하며 이제까지와는 전혀 다른 조용한 어조로 말했다.

"그리고 마침내 '성스러운 강'이 흘러왔지. …이 나라의 어두운 구름을 거두고, 빛으로 충만한 신이 저세상에서 찾아와 한 소녀에게 깃든 거야. 이것을 기적이라고 하지 않고 뭐라고 하겠니?"

갑자기 얼음처럼 차가운 것이 아스라의 등줄기에 흘렀다.

"아스라, 너는 운명의 아이. 위대한 능력을 갖고 이 나라를 빛으로 가득 채울 신이 깃든 아이.

얕잡아보기는커녕, 아스라, 나도 이아누도, 동지들은 모두 너를 두려움을 갖고 숭배하며 너에게 커다란 희망을 걸고 있단다."

주문처럼 시하나가 속삭이자 이아누가 조용히 바닥에 엎드렸다. 신에게 머리를 조아리는 자세였다. 어젯밤에 화톳불을 피우던 사람들의 눈에 떠오른 외경심을 떠올리고, 아스라는 살갗이 저리는 듯한 묘한 심정이 되었다.

'아스라…!'

엄마의 목소리와 머리를 안아주던 포근함이 문득 되살아났다.

'멋지구나. 너는 신의 선택을 받아 이 세상을 바꿀 아이.

머지않아 사다 타르하마야가 되어 사람의 생명을 초월해 이 세상을 통치할 자….

이제 우리에게는 아무것도 두려울 것이 없다…!'

솟구치는 자부심이 가슴을 부풀게 했다. 하지만 동시에 하늘에 혼자서 붕 떠 있는 듯한 불안감으로 발밑이 서늘해지는 느낌이 들었다.

'엄마….'

아스라는 마음속으로 생각했다.

'엄마가 곁에 있었다면 무섭지 않았을 텐데.'

마치 그런 아스라의 마음의 소리를 듣기라도 한 듯이 시하나가 낮은 목소리로 고백을 시작했다.

"…너에게 머리를 조아리고 기도하기 전에 나는 죄를 고백해야만 해. 아스라. 나는 네 손에 죽어도 어쩔 수 없는 죄를 범했단다."

아스라는 떨면서 시하나의 하얀 얼굴을 응시했다.

"토리시아, 네 어머니한테서 '성스러운 강'이 또다시 이 세상으로 흘러왔다는 것, 그 강물을 네가 볼 수 있다는 말을 들었을 때, 나는 믿지 않았어.

이아누를 비롯한 초능력자 중 아무도 아직 강을 본 적이 없는데, 라마우도 아니고 고작 열두 살인 네가 한 말을 믿을 마음이 들지 않았던 거지.

그래서 아버지가, 금기를 깬 토리시아를 처형한다고 했을 때, 나는 말리지 않았어."

고동이 빨라져 아스라는 가쁘게 숨을 쉬면서 몸을 경직시켰다.

"솔직히 말할게. 그때 나는 토리시아를 미워했어. 이런 때 성급하게 왜 그런 위험한 짓을 했나 싶었지. 타르족이 무시무시한 신을 불러와 반란을 도모하고 있다는 소문이 흘러 나가기라도 했다가는 큰일이라고 생각했거든."

시하나는 담담하게 고백을 이어갔다.

"하지만 신타단 감옥의 참사를 봤을 때, 나는 벼락이라도 맞은 것처럼 순간 깨달았지. 네 어머니가 한 말이 사실이었다는 것을.

누가 타르하마야신을 불러왔는지 나는 금세 알았어. 아스라, '성스러운 강'이 오고 있다는 사실을 누구보다도 일찍 알아차린 네가 바로 진정한 챠마우(신을 불러오는 자)라는 사실을.

그런데도 어리석은 나는 토리시아의 말을 믿지 않고 그녀를 죽게 놔두고 말았구나."

시하나의 매서운 눈에 눈물이 떠오르는 것을 보고 아스라의 마음이 움직였다.

"아버지가 개의 눈에 새겨진 광경을 주술로 되살렸을 때 나는 생각했어. 아스라… 성스러운 아이, 네가 살아 있는 한 구원받을 길은 있다고."

목구멍을 통해 가슴으로 뜨거운 판자가 들어온 것처럼, 아스라는 꼼짝도 못 한 채 시하나를 바라보고 있었다.

"스루 카샤루의 규율을 철석같이 믿는 아버지 스파루는 너를 무시무시한 신을 불러오는 자라고 생각해서 뒤쫓기 시작했어.

나는 아버지를 따라갔지. 아버지가 너를 발견하면 어떻게든 아버지의 손으로부터 너를 구해내 지키기 위해서."

아스라는 조금씩 실이 풀려가는 것을 보고 있는 느낌이 들었다. 바르사가 한 말과, 시하나의 말이 갑자기 여기서 연결이 되었기 때문이다.

"우리는 신요고 황국의 여인숙에서 마침내 너희를 따라잡았지.

하지만 아버지가 너희를 죽이려고 하는 것을 알아차린, 바르사라는 그 호위무사가 불쑥 나타나서 너를 채 가버렸지."

시하나가 입을 다물자 침묵이 주위를 뒤덮었다. 얼어붙은 대지를 달리는 마차 소리만이 조용히 울렸다. 이윽고 작게 한숨을 쉬고서 시하나가 고개를 가로저었다.

"그 사람은 선의로 너를 구한 것이겠지만, 나는 두 번 다시 너를 못 만나는 게 아닐까 해서 불안했어…."

시하나가 얼굴을 들고서 아스라를 봤다.

"탄다라는 사람에게 사정을 설명하고, 마침내 바르사가 들를 만한 곳을 알아냈지만, 그녀의 습성으로 봐서 무슨 짓을 하든 함정으로 받아들일 거라고 생각했어.

그래서 지탄으로 오라는 편지를 남기고, 그녀가 엉뚱한 방향으로 너를 데리고 가버리지 않도록 한 거야. 그리고 지탄으로 가는 길 요소요소에 사람을 배치해 정보를 알아내도록 부탁해두었지."

'아아, 그래서….'

교역시장에서 정보를 파는 타지루한테서 들은 이야기에는 이런 속사정이 있었구나 하고 아스라는 납득했다.

탄다에게 사정을 이야기해서 알게 되었다는 시하나의 말이 새빨간 거짓말인 것을 아스라는 알 리가 없었다.

"그럼, 이아누를 비롯한 사람들도…?"

"그래. 어떻게든 너를 지켜서 우리 곁으로 데리고 와달라고 부탁해두었지. 여기 도착하기 직전에 너희가 산적의 습격을 받은 것은 재난이었지만, 이때만은 바르사가 있어주어서 다행이었다. 그녀는 목숨을 던져서 너를 지켜주었지."

바르사가 죽었다는 말을 아스라는 아직 믿을 수가 없었다. 어딘가에 살아 있다고 생각하지 않을 수 없었다.

하지만 아스라가 바르사의 죽음에 대해 자세히 물으려고 했을 때 시하나가 입을 열었다.

"무척 먼 길을 돌아왔지만, 아스라, 우리는 마침내 만나게 되었구나."

그 목소리에는 거짓이 없는 감정이 담겨 있었다.

시하나는 정좌를 하더니 천천히 머리를 바닥에 대고서 신에게 머리를 조아리는 자세를 취했다. 그 자세 그대로 우물거리는 목소리로 시하나가 말했다.

"성스러운 아스라. 위대한 신을 불러오는 운명의 아이에게 아뢰옵니다.

부디 저희를 지켜주시기 바랍니다. 저희와 함께 싸워, 이 나라에 빛을 가져다주는 힘이 되어주시기 바랍니다."

얼음을 뒤집어쓴 것처럼 온몸이 싸늘해졌다.

"이것은 저희만의 소망이 아닙니다. 당신의 어머니이신 토리시아도 살아 계셨으면 틀림없이 똑같은 것을 당신에게 바라셨을 겁니다."

약하게 떨면서, 아스라는 자신에게 머리를 조아리고 있는 시하나와 이아누를 응시하고 있었다.

제3장

사다
타르하마야

1
소동에 대한 예감

곧 눈이 쏟아질 듯한 잿빛 하늘을 올려다보며 탄다는 하얀 입김을 내뱉었다.

스파루의 도움으로 탈출한 날로부터 며칠이 지났을까? 탄다는 스파루에게 이끌려서 로타 왕국 전체에 카샤루(사냥개)가 쳐놓은 그물망과도 같은 길을 말로 달려왔다.

그 길은 보통 사람들이 지나가는 길인 경우도 있었지만, 로타인이 모르는 숲길이나 계곡에 면한 샛길, 동굴이나 폭포속을 빠져나가는 통로에도 연결되어 있었다.

수많은 카샤루들이 이 길을 이용해서 이동하며, 휴식을 취하거나 숨거나 하는 숙소도 여기저기에 마련되어 있었다. 그런 숙소는 카샤루끼리 서로 정보를 교환하는 장소이기도 했다.

지탄 성채를 향해 길을 재촉하는 동안, 스파루는 마로매 샤우를 날려 보내, 근처의 숙소에 어떤 카샤루가 묵고 있는지를 확인하게 했다. 시하나의 입김이 닿았을 만한 카샤루가 있는 숙소에 접근하지 않기 위해서였다.

그러는 한편으로 신뢰할 만한 동료를 만났을 때는 시하나의 움직임을 캐내기도 하고, 로타 왕국 전체에 대한 정보를 모으기도 하며 정력적으로 움직였다.

카샤루들에게는 전체를 통솔하는 대장에 해당하는 자가 없다. 단지 고향의 강줄기마다 장로 격의 사람이 있을 뿐이다. 스파루는 사무강 강줄기의 장로로, 많은 젊은이들에게 존경을 받았지만, 문제는 이 젊은이들이 또한 시하나의 능력을 존경하는 형제나 사촌들이기도 하다는 것이었다.

스파루는 시하나에게 붙잡혔을 때, 바로 손을 한 가지 써놨다. 예전에 바르사를 뒤쫓던 마크루라는 젊은이를 믿고, 시하나가 없는 틈을 타서 그에게 모든 사정을 털어놓고 바르사와 아스라를 뒤쫓으라고 명령한 것이다.

마크루는 말수가 적은 젊은이지만, 바르사를 추격하던 실력으로도, 그리고 성실한 인품으로도 뛰어난 카샤루였다. 그는 바르사와 아스라가 동행한 대상을 그야말로 사냥개처럼 조용히 뒤쫓아 갔다.

"바르사와 아스라의 행방은 마크루에게 맡기겠다. 정해진 날까지는 지탄으로 가겠지만, 그 전에 우리는 달리 할 일이 있다."

스파루에게서 그런 말을 들었을 때, 바르사가 걱정되어 견딜 수가 없는 탄다는 이의를 제기했다. 하지만 스파루의 생각을 듣고는 탄다도 그의 말을 따르기로 했다.

"시하나는 로타 왕국 전체를 생각하며 움직이고 있다. 그 아이는 아스라를 추격하기 위해서가 아니라 왕국 전체와 관련된 광대한 놀이판을 바라보며 말을 움직이고 있는 것이다.

시하나의 폭주를 막으려면 우리도 같은 높이에서 광대한 놀이판을 바라봐야만 한다."

그래서 스파루와 탄다는 로타 전체의 움직임에 귀를 기울이며 여행을 해온 것이었다.

스파루는 또다시 깊은 숲속 여기저기에 산재해 있는 타르족의 성역에도 가능하면 들렀다.

옛날부터 알고 지내는 몇 명의 타르쿠마다(음지의 사제)들과 이야기하다가, 스파루는 대부분의 사제들이 시하나의 계획을 눈치 못 채고 있는 것을 알았다.

다만 북쪽으로 향하는 중에, 땅속에 숨어 있던 물이 아지랑이가 되어 지상으로 올라오듯이, 이제까지 숨어 있던 것이 타르족들 사이에서 표면으로 부상하고 있는 것을 느낄 수가 있었다.

하사루 마 타르하마야(무시무시한 신이 흘러오는 강)가 또다시 이 땅으로 흘러오고 있는 지금, 오랜 세월을 거쳐 형성된 상반된 두 생각 사이에서 타르족은 흔들리고 있었다.

지금이야말로 자신들의 성실함이 시험을 받을 때라고 대부분의 타르쿠마다들은 생각하고 있는 듯했다.

그들은 왕국의 모든 성역에서 전문을 주고받아, 무시무시한 신 타르하마야를 또다시 불러오는 자가 나오지 않도록 엄하게 백성들의 마음을 다잡으려고 했다.

하지만 그들 사제의 훈계와는 정반대의 생각이 타르족을 흔들기 시작했다.

챠마우(신을 불러오는 자)가 이미 나타났다는 소문이 들불처럼 타르족 사이에서 퍼진 것이다.

신타단 감옥의 참극의 진상은, 타르족을 처형하려고 한 로타인에게 무시무시한 신 타르하마야의 분노가 내린 벌이라고 사람들은 수군댔다.

이윽고 챠마우가 사다 타르하마야(신과 하나가 된 자)가 되었을 때, 타르족은 오랜 세월의 고통으로부터 해방된다. 그런 소문에 로타인에게 멸시당하고 학대당하던 사람들의 마음이 흔들리기 시작했다.

누가 발신자인지 모르는 소문이 몇 가지나 타르족 사이에서 퍼지자, 어떤 타르쿠마다는 불안한 듯이 스파루에게 털어놨다.

예를 들어 사다 타르하마야를 압제자라고 하며, 그 죄를 계속 갚아나가라고 자신들에게 가르쳐온 전설은 로타인이 자신들을 지배하기 위해 꾸며낸 것이라는 소문이다.

이런 소문이 사람들의 마음을 크게 흔들고 있다고 사제가 말했다.

타르하마야는 위대한 신으로, 자신들의 선조는 로타인 따위는 발밑에도 미치지 못하는 위대한 민족이 아니었을까? 지금이야말로 타르(음지)라는 이름의 무거운 짐을 버리고 빛 속으로 나가야 한다.

오랫동안 짊어져온 어둠을 자신의 아이들에게는 짊어지게 하고 싶지 않다. 지금 아이들에게 밝은 미래를 줄 수 있느냐 없느냐 하는 갈림길에 서 있다는 생각이 타르족의 공감을 불러일으키고 있다는 것이다.

북부, 특히 지탄에 가까워짐에 따라 이런 소문이 퍼져 있는 것 같았다. 심지어 지탄에 가까운 성역에는, 라마우(섬기는 자)들이 무장하고서 타르쿠마다들을 한 건물에 가둬버린 곳이 있었다.

매를 날려 관찰하다가 스파루는 거기서 화톳불을 피우고 망을 보고 있는 라마우들 사이에 시하나에게 심취해 있는 젊은 카샤루가 섞여 있는 것을 알았다.

타르족의 반역을 막기 위해 존재하는 카샤루가 라마우들과 손을 잡은 것이다.

그것만이 아니다. 북부의 씨족들 사이에도 이상한 소문이 떠돌기 시작한 것을 스파루는 동료 카샤루들한테서 들었다. 이한 전하가 북부의 여러 씨족을 고난으로부터 구할 운명의 시기가 다가오고 있다…라는 소문이었다.

도대체 어떻게 구하는 것인지, 무엇이 운명의 시기인지, 구체적인 내용을 알 수 없는 기묘한 소문이었지만, 북부의 씨족들 사이에서는 조금이라도 이한 전하를 돕고자 젊은이들이 투지를 불태우고 있었다.

그러는 한편으로, 남부의 여러 씨족과 대영주를 감시하는 카샤루들도 수상쩍은 움직임을 포착하고 있었다.

샤사무(정월) 스무이틀에는 지탄 제사당에서 건국을 축하하는 식전이 열린다.

지탄 제사당은 과거에 로타르발의 수도였던 장소에 세워졌는데, 초대 로타 왕 키란이 사다 타르하마야를 쓰러뜨리고 로타 왕국의 건국을 선언한 날이 샤사무 스무이틀인 것이다. 이날에는 매해 남부와 북부의 모든 로타 씨족의 요인들이 지탄 제사당에 모여 성대한 식전을 개최한다.

이미 남부 사람들도 지탄으로 떠날 준비를 시작했는데, 대영주나 씨족장을 지키는 위병의 수가 예년의 갑절에 가깝다고 한다.

왕가에 제출한 위병 증가의 이유는 '북부의 여러 씨족 사이에서 기묘한 소문이 흘러나오고 있는 것을 경계해서'라는 것이었지만, 요사무 왕이 산갈 왕국의 식전에 참석하기 위해 부재중인 때인 만큼 로타 왕가 사람들은 주의할 필요가 있다고 카샤루들이 경고했다.

몇 가지의 복잡한 생각들이 뒤엉켜 커다란 소용돌이가 일기 시작한 것을 스파루와 탄다는 피부로 느꼈다.

탄다와 스파루는 숲속 자그마한 바위집에서 노숙을 위해 모닥불을 피웠다.

작은 감자를 나뭇가지에 꽂아 능숙하게 구우면서 탄다가 얼굴을 들었다.

"스파루."

"왜 그러나?"

"이제 시하나의 생각을 전부 읽었나요?"

스파루는 잠시 잠자코 마로매 샤우의 목을 쓰다듬다가, 이윽고 고개를 끄덕였다.

"…그런 셈이지. 지금 왕국 전체를 흔들고 있는 파도는 시하나가 일으킨 것은 아니다.

남부의 대영주들의 속셈, 북부 씨족의 속셈, 왕가의 속셈, 그리고 머나먼 다른 세계 노유크로부터 무시무시한 신을 데리고 강이 흘러온 점. 몇 가지의 파도가 서로 부딪치고 겹쳐져, 커다란 파도로 변해 왕국을 집어삼키려 하고 있지…."

샤우가 기분 좋은 듯이 눈을 가늘게 뜨고서 끽끽거리는 울음소리를 냈다.

"탄다, 우리는 로타르발의 전승만이 아니라 수많은 왕국의 역사를 전해왔네. 그런 역사를 들으면 이런 생각을 하게 되지. 사건이란 묘하게도 한꺼번에 몰려오는 법이로구나 하고. 강의 흐름도 마찬가지인데, 단조롭게 그냥 흐르기만 하지는 않지.

완만한 흐름이 강바닥의 돌이나 지형에 의해 갑자기 급류로 바뀌기도 하지.

역사도 마찬가지라네. 우연의 일치라고는 도저히 생각할 수 없는 일이 어느 순간 한 점으로 모여들어 갑자기 커다란 파도로 변하지."

스파루는 뭔가를 기억해내는 듯이 눈을 가늘게 떴다.

"시하나는 누구보다도 빨리 그런 파도가 올 것을 감지했던 셈이지.

그뿐만 아니라 언젠가 파도가 왔을 때, 그 큰 파도에 배를 언제든지 실을 수 있도록 준비를 갖춰놨다네.

딸아이가 조금씩 동지들을 모으고 있는 것은 어렴풋이 알고 있었네.

시하나에게는 사람을 따르게 하는 능력이 있거든. 뭐라고 할까… 그 아이는 항상 특별하지. 그 아이가 예상한 대로 모든 것이 움직이니까 모두가 따르게 되는 거라네. 젊은 카샤루만이 아니라 타르족 라마우들까지 그 아이를 따르게 된 것도 무리는 아니네."

스파루의 목소리에는 채 숨기지 못한 자랑스러움이 배어나 있었다. 그렇다는 걸 스스로도 알아차린 것이리라. 얼굴을 일그러뜨리며 헛기침을 하더니 스파루는 화제를 로타의 상황으로 되돌렸다.

"우리 카샤루는 언젠가 남부의 씨족들과 왕가가 충돌하지 않을까 하는 불안감을 죽 갖고 있었네.

특히 시하나는 남부의 대영주들이 요사무 폐하가 붕어하

시면 반드시 이한 전하를 공격해 살해하고 왕위를 빼앗을 거라고 말해왔지.

제1왕위계승권은 물론 이한 전하에게 있지만, 대영주들도 방계(傍系)이긴 해도 왕족의 피가 흐르거든.

요사무 왕의 인기는 절대적이니까, 그가 왕위에 있는 동안은 남부도 함부로 못 움직이지만, 이한 전하는 남부에서는 물론이고 북부에서도 노인들에게는 별로 지지를 못 받고 있다네."

탄다가 감자를 뒤집으면서 고개를 갸웃했다.

"하지만 요사무 왕은 잠시 나라를 비웠을 뿐, 돌아가신 건 아니잖아요? 지금 남부가 이한 전하를 공격할 리는 없을 텐데요."

"그렇지. 나도 그럴 리는 없다고 생각하네. 아마도 이번에 위병을 증가시킨 것은 위협일 거네. 이 정도의 군비를 우리는 갖추고 있다. 우리를 우습게 여기면 언제든지 공격할 수 있다는 의미로."

머리를 쓰다듬어주자 샤우가 만족스러운 듯이 눈을 가늘게 떴다.

"그렇다 해도 이런 때에 왜 요사무 왕은 산갈 왕국의 식전에 가신 거죠? 이한 전하를 대리로 보내면 좋았을 텐데."

탄다가 그렇게 말하자 스파루가 고개를 가로저었다.

"사실은 남쪽 대륙의 타르슈 제국이 로타에 손을 뻗치려 한다는 이야기가 나돌았네.

그래서 요사무 왕이 산갈에 간 거라네. 산갈은 로타에게 있어서 남쪽의 방어벽과 같은 존재니까. 산갈 왕가와 직접 이야기할 기회를 놓칠 수는 없었던 거지."

"나는 평민으로 태어나길 잘했네요."

그렇게 말하고 웃으면서 탄다가 스파루에게 감자를 건넸다.

"하지만 그 왕권 운운하는 이야기와 아스라가 어떤 관련이 있는 거죠?"

스파루는 탄다가 건네준 감자 꼬챙이를 손안에서 빙글빙글 돌렸다.

"…아마도 시하나는 아스라를 이한 전하를 위해 이용하려는 걸 거네."

탄다가 눈살을 찌푸렸다.

"아스라를 무기로 쓴다는 건가요?"

스파루가 어두운 표정으로 고개를 끄덕였다.

"사실은 요사무 왕의 몸에 좀 이상이 있거든."

탄다는 그런 중대한 말을 자신에게 해도 좋으냐는 표정으로 스파루를 봤지만, 스파루는 개의치 않는 듯이 말을 이었다.

"요사무 왕 측근에 있는 자라면 모두 알고 있는 일이네. 요
사무 왕은 최근 들어 열이 나는 일이 자주 있다네. 요사무 왕
의 부군께서 붕어하시기 전과 매우 비슷하지."

탄다가 눈을 깜빡였다.

"그래서…? 아스라가 타르하마야를 불러올 수 있다는 걸
알고, 요사무 왕에게 무슨 일이 있을 때 차기 왕이 될 이한 전
하에게 절대적인 힘을 주려는 생각을 했다고요?"

한숨을 쉬며 스파루가 고개를 끄덕였다.

"남부의 대영주 누군가가 왕위에 앉기라도 했다가는 로타
왕국은 대혼란에 빠지네. 틀림없이 북부와 남부 사이에 전쟁
이 일어날 거야. 피로 피를 씻는 싸움이 오래 이어질 게 틀림
없네."

탄다가 신음하며 고개를 갸웃했다.

"아니… 그건 알겠지만, 그래도 너무 위험한 도박이로군
요. 왜냐하면 아스라를 붙잡는 데 성공한다고 해도, 타르하마
야의 힘을 뜻한 대로 쓸 수 있으리라는 보장은 없죠. 아스라
의 의지라는 것이 있으니까."

고개를 숙여 그릇을 내려다보며 스파루가 엄한 표정으로
말했다.

"나도 그건 잘 모르네. 하지만 딸아이가 그렇게 승산이 없는 도박은 하지 않을 거네. 아스라하고 꽤 오래전부터 알고 지냈던 것 같기도 하고."

탄다는 조금 전에 스파루한테서 들은 이야기를 떠올렸다.

시하나는 행방을 감춘 연인을 찾으라는 이한 전하의 부탁을 받고 오랫동안 줄곧 찾아왔다고 한다.

시하나가 이한 전하의 연인, 치키사와 아스라의 어머니 토리시아의 거처를 찾아낸 것을 스파루는 전혀 몰랐다. 시하나는 토리시아의 거처를 알면서도 아무에게도, 심지어 이한 전하에게조차도 그 사실을 알리지 않았기 때문이다. 시하나는 스파루를 연금해서 설득할 때 처음으로 스파루에게 그 사실을 털어놨다.

이한 전하가 계속 찾던 여성을 발견했는데도 왜 시하나는 이한 전하에게 그 사실을 전하지 않았을까? 뭔가 속셈이 있는 걸까?

"시하나는 처음부터 타르하마야의 힘을 이용할 생각으로 토리시아에게 접근한 건가?"

탄다가 중얼거리는 소리를 듣고 스파루가 눈을 들어 고개를 저었다.

"그렇지는 않네. 토리시아의 딸이 장래 챠마우(신을 불러오는 자)가 될 것을 알 방법은 없었으니까."

그렇게 말하면서 스파루는 문득 예전에 시하나가 했던 말을 떠올리고, 등줄기가 서늘해지는 느낌에 사로잡혔다. 타아루즈(놀이판을 사용하는 경기)에서 반드시 이기기 위해서는 자신이 승리하는 형태를 먼저 상상해두고, 그대로 실현되도록 자신의 움직임으로 상대의 행동을 유도한다고 했던 말을.

'…설마. 아무리 그 아이라도 자신의 의지로 아스라를 챠마우로 만들 수는 없었을 거야.'

타르하마야를 불러오는 것은 사형에 해당하는 중죄다. 게다가 타르하마야의 잔혹함은 타르족의 마음에 각인되어 있을 터다. 아무리 교묘한 말로 토리시아를 설득했다고 해도 어머니가 딸의 목숨을 희생시키려 할 리는 없다.

스파루는 마음속에 떠오른 끔찍한 가능성을 떨쳐냈다.

"아마도 신타단 감옥에서 타르하마야의 무시무시한 능력을 목격했을 때, 이 계획이 떠올랐을 거네. 아스라와 친분이 있는 자신이라면 그 소녀를 조종할 수 있다고, 승산이 있는 도박이라고 생각했겠지."

탄다는 흠 하고 신음한 채로, 아무 말도 하지 않고 뜨거운 라코르카(우유 넣은 차)를 마셨다.

그런 탄다의 표정을 보고 스파루가 말을 이었다.

"카샤루로서는 말도 안 되는, 용납받지 못할 생각이지만, 그 아이의 마음속에서는 카샤루의 규율 따위는 이미 무의미한 것이 되었을 거네."

스파루의 얼굴에 그늘이 졌다.

"지금 생각하면 몇 가진가 마음에 짚이는 것들이 있네.

사다 타르하마야의 엄청난 힘에 시하나는 확실히 매료되었었네.

만약 사다 타르하마야 같은 절대적인 힘이 자신에게 있다면, 자신은 이 나라를 지금보다 천배는 좋은 나라로 만들어 보일 거라는 말을 하는 걸 들은 적이 있네.

무슨 말도 안 되는 소리냐고 나는 말했지. 사람의 지혜를 초월한 그런 능력을 갖게 되면, 어떤 인간이든 반드시 독선적인 폭군이 될 뿐이라고 하며. 사다 타르하마야가 그랬던 것처럼."

샤우가 끼끽거리며 울었다.

"시하나는 미소를 띤 채로 아무 대답도 하지 않았네.

그 아이는 자신감 덩어리와도 같은 아이네. 게다가 일단 마음먹으면 어떤 희생을 치러서라도 냉철하게 해내고야 말지…."

스파루는 입을 다물고 모닥불의 불꽃을 응시했다.

흔들리는 불빛에 이끌리듯이, 아내가 아직 살아 있을 때의 사소한 일들이 또렷이 스파루의 가슴에서 되살아났다.

어쩌다가 아내의 손에서 집 열쇠가 미끄러져서 튄 적이 있다. 우연히도 그 열쇠는 시하나의 꽃병 속으로 떨어지고 말았다. 그 꽃병은 이미 돌아가신 할아버지가 시하나에게 마음을 담아 만들어준 것이었는데, 꽃 한 송이를 꽂기 위한 것이어서 입구가 작아 아무리 흔들어도 열쇠가 나오지 않았다.

아내가 난처해하고 있는데 시하나가 밖에서 돌아왔다. 이야기를 듣고 몇 번인가 꽃병을 뒤집어서 흔들었지만 안 나오는 걸 알자, 느닷없이 꽃병을 바닥에 내동댕이쳐서 깨버렸다.

그리고 파편 속에서 열쇠를 주워 아내에게 건네더니 태연자약하게 청소를 시작했다.

스파루도 아내도 솔직히 간담이 서늘해지는 느낌이었다. 할아버지의 진심이 담긴 꽃병을, 스스로도 소중히 여기던 추억이 담긴 꽃병을 과감하게 깨트려버렸다. 그때의 시하나의 무표정한 눈을 지금도 스파루는 이따금 떠올리곤 한다.

스파루는 모닥불에서 눈을 돌려 감자를 집어 들었다. 소금을 뿌려 감자를 먹고, 라코르카를 마시고 나서 얼굴을 들어 탄다를 봤다.

"시하나는 행동을 할 때 망설이는 법이 없다네. 방해가 된다고 생각하면 아무리 부모라도 적으로 여기지."

그 말 속에 담긴 아픔을 감지하고 탄다가 나지막이 말했다.

"하지만 당신을 붙잡은 이후에 당신의 처리 방법에 있어서는 망설임이 있었다고 생각해요."

스파루가 눈을 깜빡였다.

"…비웃었을 뿐이겠지. 나는 제 자식을 다치게 할 수는 없을 거라며."

스파루는 시선을 돌려 꼬챙이에 고기를 꽂아 굽기 시작했다.

'그 말대로 스파루에게는 그건 불가능할지도 몰라.'

탄다는 마음속으로 생각했다. 지금은 스파루와 함께 이렇게 지내고 있지만, 언젠가 스파루와 각기 다른 길을 가야 할 때가 올지도 모른다.

스파루가 시하나를 위해 움직인다면, 자신도 바르사와 아스라를 위해 움직인다. 그때는 스파루와 적대적인 관계가 되는 것을 주저해서는 안 된다고 탄다는 자신에게 타일렀다.

'바르사…'

연기가 빨려 들어가는, 눈이 쏟아지는 어두운 하늘을 올려다보며 탄다는 생각했다.

'넌 지금 어디서 이 하늘을 보고 있니?'

"밥을 먹으면 일찌감치 자기로 하지. 앞으로 사흘 후면 지탄 성채에 도착하네. 여기서부터는 시하나가 쳐놓은 그물망이 점점 촘촘해질 거네. 피로를 풀고 대비를 해야지.”

스파루의 말에 탄다가 고개를 끄덕였다.

로타의 겨울밤은 무척 추워 모피로 둘러싸도 냉기가 파고든다. 꾸벅꾸벅 졸다가 잠이 든 탄다는 바르사 꿈을 꾸었다.

지금의 바르사가 아니라 아직 열두 살 정도의 말라깽이 소녀 시절의 바르사가 바위집 입구에 서 있는 것이었다. 온몸이 흠뻑 젖은 채 창백한 얼굴을 하고서 덜덜 떨고 있었다. 이가 딱딱 부딪치는 소리가 났다.

탄다는 황급히 일어서서 바르사를 끌어당겼다. 열심히 안아서 몸을 녹여주려고 했다. 하지만 팔 안의 바르사는 얼음처럼 차가웠고… 연기처럼 사라져버렸다.

탄다는 벌떡 일어났다. 마치 정말로 흠뻑 젖은 소녀를 안고 있었던 듯이 온몸이 식은땀으로 젖어 있었다.

‘바르사, 설마, 너….’

숨을 쉴 수 없을 정도의 공포가 탄다의 가슴을 죄어 왔다.

자신의 죽음을 알리러 온 영혼이었나? 머리에서부터 핏기가 사라졌다. 얼굴이 굳고 손이 떨리기 시작했다.

“…무슨 일인가?”

옆에서 스파루가 몸을 일으켰다. 탄다는 대답하지 않고 어둠을 응시하고서 떨고 있었다.

'초혼제'를 지내려고 해도 이미 바르사의 혼에 아무런 기척조차 없다.

"제발 단순한 꿈이기를….."

눈을 꽉 감은 탄다의 입에서 신음 소리와도 같은 말이 새어 나왔다.

미간을 모으고 있던 스파루는 문득 어떤 시선을 느끼고 바위집 입구를 봤다.

달빛 아래에 은백색으로 빛나는 짐승이 앉아 있었다. 늑대였다. 얼음 조각상처럼 아름다운 모습이었다.

그 눈동자를 봤을 때 스파루는 그 늑대가 신고 있는 혼을 발견하고서 살며시 손짓을 했다.

2
덫사냥꾼의 오두막에서

탄다가 무서운 꿈을 꾸기 바로 직전에 카샤루 마크루는 사이강에 인접한 타르족 덫사냥꾼의 오두막에 도착했다.

마크루에게 그날은 최악의 하루였다.

예리한 바르사가 눈치채지 못하도록 애를 쓰며 뒤를 밟아왔는데, 출렁다리 근처에서 엄청난 난투가 벌어져서 아스라를 놓치고 말았기 때문이다.

마크루의 임무는 어떤 일이 있어도 아스라를 뒤쫓는 것이었다. 하지만 출렁다리를 건너려면 난투가 벌어지고 있는 현장을 통과해야만 했기에 바로 뒤쫓아서 건너는 것은 도저히 불가능했다.

그뿐만 아니라 무장한 많은 남자들에게 발각되지 않고 도망치기 위해, 마크루는 겁에 질린 원숭이처럼 큰 나무로 기어 올라가 사태가 진정되기를 기다리는 수밖에 없었다.

바르사에게 가세할 마음은 없었다. 하나가 둘로 늘었다고 해서 이렇게 많은 수의 적을 상대할 수는 없기 때문이다.

나무 위에서 난투를 보고 있다가 마크루는 바르사의 신출귀몰함에 혀를 내둘렀다. 전에 바르사에게 당해 기절했는데, 많이 봐줘서 그 정도로 그쳤다는 것을 새삼 깨달았다.

중과부적이라고 사람 수에 눌려 수세에 몰려가는 바르사를 마크루는 가슴 아파하며 지켜보고 있었다.

이윽고 바르사가 출렁다리를 자르고 자신도 강으로 떨어졌을 때, 마크루는 눈을 감고 바르사가 무사하기를 빌었지만, 겨울에 강에 떨어져서 살아남을 가능성은 거의 생각할 수가 없었다.

남자들이 동료를 업고 물러간 후에, 마크루는 출렁다리의 잔해가 건너편 벼랑에 매달려 있는 것을 보고 한숨을 쉬었다. 산양이라면 날아서 건널 수도 있겠지만 자신에게는 무리였다.

짙은 초록빛의 강을 내려다보며 마크루는 몸을 떨었다. 바르사의 모습은 어디에도 보이지 않았다. 눈발이 흩날리는 이 추위에서는 비록 강기슭으로 올라갔다 해도 동사를 피할 도리가 없다.

"…지금 남 걱정을 할 때가 아니지."

마크루는 중얼거렸다.

아스라를 쫓아가려면 건너편으로 가야 하는데 이제 곧 해가 진다. 다리를 찾아 헤매고 다닐 여유가 없다. 일단 강으로 내려가야겠다고 마크루는 마음을 정했다.

벼랑을 내려가는 것은 의외로 시간이 걸렸다. 마침내 강가에 도착했을 때는 이미 주위가 어둑어둑해지기 시작했다.

하류를 향해 걸으면서 오늘 밤의 야영지를 찾으려고 했을 때, 마크루는 문득 연기 냄새를 맡았다.

이 주변은 샨 숲이 가까워서 로타인이 야영할 리도 없다. 누군가 있다면 그건 타르족 덫사냥꾼일 것이다. 연기 냄새를 따라 걷기 시작한 마크루는 잠시 후에 눈이 얇게 쌓인 지면에 생긴 지 얼마 안 된 발자국을 발견했다. 두 남자가 포획물인지 뭔가 묵직한 것을 들고 걸어간 흔적이었다.

그 흔적을 따라서 지금 마침내 덫사냥꾼들이 머무는 오두막에 도착한 것이다.

오두막 안에서 다투는 듯한 소리가 들려왔다. 뭔가 성가신일인 듯해 마크루는 잠시 망설였지만, 눈 속에서 노숙하는 것보다는 낫겠다는 생각에 결심을 하고 문을 두드렸다.

오두막 안이 조용해졌다. 꽤 오래 뜸을 들였다가 문이 빼꼼
히 열렸다.

"…누구신지요?"

남자의 쉰 목소리에 마크루는 정중하게 대답했다.

"저는 주술사 마크루라고 합니다. 눈 속에서 해가 저물어
버렸습니다. 죄송하지만, 오늘 하룻밤 묵게 해주실 수 없을까
요?"

'주술사라는데' 하고 쉰 목소리가 동료에게 이야기하는 목
소리가 들리고, '왜, 여기에?' 혹은 '아니, 해칠 생각이면 일부
러 말을 걸 리가 없지'라고 말하는 목소리 등이 들려왔다. 마
크루가 헛기침을 했다.

"해칠 생각은 없습니다. 믿어달라고 하는 수밖에 없지만,
그저 하룻밤 묵었으면 할 따름입니다."

잠시 후에 천천히 문이 열렸다. 눈을 찌르는 후끈한 연기와
짐승 가죽 냄새가 퍼져 왔다.

살며시 오두막 안으로 발을 들여놓자, 난로에 불이 타고 있
을 뿐인 어둑어둑한 방 안에 노인 셋이 우두커니 앉아 있었
다. 난로 옆에는 커다란 늑대 가죽이 깔려 있고, 그 위에 두
사람이 벌렁 드러누워 있었다.

"실례하겠습니다. 하룻밤 재워주셨으면 합니다."

그렇게 말하고 머리를 숙이자, 성가셔하는 눈빛이지만 그래도 노인들이 답례를 했다. 눈이 익숙해지자 노인들 중 두 사람은 덫사냥꾼이고, 나머지 한 사람은 타르쿠마다(음지의 사제)인 것을 알 수 있었다.

그다음에 축 늘어져 누워 있는 두 사람에게 시선을 돌리고서 마크루는 깜짝 놀라 숨을 멈췄다.

"…바르사?"

마크루는 황급히 옆에 무릎을 꿇었다. 난로 불빛에 비친 옆 얼굴에는 젖어서 엉클어진 검은 머리가 달라붙어 있었고, 하얀 눈처럼 핏기가 없었다. 코에 손을 갖다 대도 숨결이 느껴지지 않았다.

"자네 저 여자를 아는가?"

덫사냥꾼 하나가 말을 걸어왔다.

"강가로 흘러왔기에 데려왔는데. 성역에 가까운 강에 사체를 둘 수는 없으니까. …나는 죽었다고 생각했는데, 신자이도 타르쿠마다님도 아직 살아 있다고 하는군."

등 뒤로 그런 말을 들으면서, 마크루는 귀 아래에 손가락을 갖다 댔다. 얼어붙은 것처럼 차가운 살갗이었지만, 분명히 약하게 맥이 느껴졌다.

"…살아 있다! 살아 있어."

마크루는 기쁜 듯이 소리치며 노인들을 돌아봤다.

"몸을 따뜻하게 해야 합니다! 모피가 좀 더 없을까요?"

그렇게 말하면서 문득 바르사 옆에 있는, 역시 꼼짝도 하지 않고 누워 있는 남자를 보고서 마크루는 또다시 목소리를 높였다.

"아니, 아라무 숙부님 아냐!"

같은 사무강 줄기의 카샤루로, 먼 숙부뻘 되는 남자였다. 그러고 보니 아라무가 이 주변 숲의 감시를 맡고 있었다는 사실이 떠올랐다.

"만져서는 안 된다."

타르쿠마다가 당황하며 말을 걸어왔다.

"아라무님은 지금 혼을 늑대에게 실어 달리게 하고 있는 참이다."

마크루는 아아, 하고 고개를 끄덕였다. 아라무는 뛰어난 주술사로, 스파루나 시하나처럼 짐승에게 혼을 실을 수 있는, 몇 안 되는 카샤루 중 하나였다.

덫사냥꾼의 오두막에 왜 타르쿠마다가 있는 걸까? 아라무는 무슨 목적으로 늑대를 달리게 한 걸까? …생각할 수 있는 것은 한 가지밖에 없었다.

마크루는 천천히 고개를 돌려, 방구석의 의자에 앉아 있는 타르쿠마다를 올려다봤다. 그리고 불안을 가라앉히듯이 온화한 목소리로 말했다.

"당신은 성역에 있을 수 없게 되어서 여기 계시는 건가요?"

타르쿠마다는 복잡한 표정으로 가만히 마크루를 응시했다.

"그렇다. …그곳은 지금은 성역이 아니라 마치 병사의 야영지와도 같다. 조용히 신에게 기도하는 장소가 아니다."

마크루가 고개를 끄덕였다. 역시 그렇구나. 타르족들이 아스라를 데리고 사라졌을 때부터 그렇지 않을까 생각했는데, 이 숲의 성역은 시하나의 입김이 닿은 자들의 손아귀에 들어간 것이다.

아라무는 스파루에게 충실한 우직스러운 남자다. 틀림없이 스파루에게 그 상황을 알리려고 늑대에게 혼을 실어 카샤루들의 길을 달려갔을 것이다.

샤사무(정월) 스무이틀의 행사 날까지 지탄에 도착하려면 지금쯤 스파루도 이 부근에 와 있을 거다. 의외로 빨리 합류할 수 있을지도 모른다.

마크루는 바르사에게로 시선을 옮겼다. 여전히 깨어날 것 같지도 않고 호흡도 약하다. 이대로 젖은 옷을 입고 있으면 체온을 빼앗길 따름이다.

덫사냥꾼한테서 마른 모피 몇 장을 받더니, 최대한 보지 않으려 애를 쓰며 마크루가 바르사의 젖은 옷을 벗겼다. 엎드리게 했을 때 등에 길게 베인 상처를 발견하고 소리를 지를 뻔했다. 차가운 물속에 떨어진 덕분에 출혈이 거의 없었지만, 몸이 따뜻해지면 출혈이 시작될 것이다. 옆구리에도 가느다란 상처가 있었다.

마크루는 한숨을 쉬었다. 치료 기술이 뛰어난 편은 아니지만, 주술사로서 어느 정도는 몸에 익히고 있었다. 마크루가 노인들에게 말했다.

"…독한 술이 없을까요? 상처를 치료하고 싶은데요."

노인 하나가 단지에 든 과실주를 갖고 왔다.

"그 사람은 도대체 정체가 무엇이냐? 여자면서 단창 같은 걸 들고. 엄청난 힘으로 쥐고 있는 바람에 두 사람이 매달려서 간신히 창을 손에서 빼냈다."

"이 사람은 호위무사입니다."

마크루는 그것만 가르쳐주고서 진지한 표정으로 상처를 치료하기 시작했다.

늑대의 안내를 받아 스파루와 탄다가 그 오두막에 도착한 것은 다음 날 점심때가 되기 조금 전이었다. 얼음처럼 차가웠던 바르사가 갑자기 열이 나기 시작해 간밤에 거의 잠을 못 잔 마크루는 문 두드리는 소리에 졸다가 깨어났다.

문이 열리는 것과 거의 동시에 옆에서 아라무 숙부가 신음 소리를 내며 천천히 일어났다.

어디 갔는지 덫사냥꾼 노인들은 없었고, 타르쿠마다만 여전히 방구석의 의자에 앉아 묵상하고 있었다.

문을 열고 들어온 스파루는 마크루를 발견하고서 눈이 휘둥그레졌다.

"아니… 마크루, 넌 왜 여기 있지?"

마크루는 대답하려고 했지만, 스파루를 뒤따라서 들어온 남자가 이쪽을 보고 움찔하며 눈을 크게 뜨는가 싶더니, 갑자기 괴성을 지르며 덤벼들 듯한 기세로 돌진해 와서 황급히 옆으로 몸을 피했다.

"바르사…!"

남자는 마크루에게도 아라무에게도 전혀 눈길을 주지 않고 떨리는 손으로 바르사의 이마를 만졌다. 그리고 눈꺼풀을 살짝 벌려 동공의 수축 상태를 보고 맥을 짚기 시작했다.

탄다라는 남자가 분명하다고 생각했지만, 마크루는 당겨진 활시위처럼 금방이라도 튀어 나갈 듯이 절박한 탄다의 모습에 말도 걸 수 없었다.

늑대에서 혼이 빠져나온 지 얼마 안 돼, 아라무는 몽롱한 표정으로 갑작스러운 소동을 바라보고 있었다. 바르사가 이송되어 오고 마크루가 온 것은 그의 혼이 부재중인 상태에서 일어난 일이었기에, 영문을 모르는 채로 그저 눈만 깜빡일 수밖에 없었다.

스파루가 탄다를 배려한 작은 목소리로 마크루와 아라무에게 물어, 두 사람한테서 차례대로 그동안 일어난 일을 듣기 시작했다.

마크루는 바르사와 아스라가 출렁다리 근처에서 잠복해 있던 사람들을 만난 사실, 그리고 아스라가 어떤 식으로 타르족에게 끌려갔는지를 이야기했다.

"성역으로 가볼까 했지만, 아라무 숙부도 그렇게 오래 늑대에게 혼을 싣고 있을 수는 없을 테니까, 아라무 숙부가 깨어날 때까지 기다려서 상의해야 한다고 생각을 바꿨습니다.

성역은 병사의 야영지와 같다고 타르쿠마다님이 말씀하시기도 했고, 사정도 모르는 채로 함부로 다가가지 않는 편이 좋겠다고 생각했지요.

게다가 스파루 님과 합류할 수 있다면, 지금 합류하는 편이 좋겠다고 생각해서요."

스파루가 고개를 끄덕였다.

"올바른 판단이었다, 마크루. …아라무, 성역의 상황을 가르쳐주게나."

아라무는 잠시 머리를 흔들어 늑대의 감각을 떨쳐내려고 하더니, 이윽고 한 번 심호흡을 하고는 스파루를 봤다.

"닷새 전에 갑자기 라와루계의 패거리 여럿이 성역으로 들어와서 저를 붙잡았습니다. 그리고 라마우(섬기는 자)들을 지도하여 그곳을 야영지처럼 바꿔갔지요.

그저께 밤에 시하나가 도착해 동료들을 집합시켰을 때, 얼른 그 틈을 타서 저는 간신히 도망쳐 왔습니다.

시하나의 움직임을 보고하라는 스파루 님의 말씀을 전달받았기에, 여기까지 도망치고 나서 늑대에게 혼을 실었습니다만…."

아라무가 얼굴을 찡그렸다.

"도대체 무슨 일이 일어나고 있는 겁니까? 카샤루와 타르가 손을 잡고 뭘 하려는 거죠?"

어디선가 나무 부딪치는 소리가 났다. 쉰 목소리가 방구석에서 들려왔다.

"무시무시한 시대를 불러오려는 것이다. 잔혹한 타르하마야를 또다시 이 땅으로 불러오려는 것이지."

눈살을 찌푸리며 자신을 본 아라무를 스파루는 검은 눈동자로 가만히 응시했다.

⊱✸⊰

불꽃이 탁탁 튀는 소리와 흔들리는 불빛을 느끼고, 바르사가 살며시 눈을 떴다.

몸이 제 것이 아닌 양 맥이 없고, 투명한 껍질이 된 것만 같았다. 자신이 어디 있는지, 뭘 하고 있는지 모르는 채로, 바르사는 오랫동안 비몽사몽 상태였다.

뺨에 따뜻하고 부드러운 천이 닿았다. 몸은 힘들었지만 친숙한 냄새에 둘러싸여 마음은 평온했다. 주위는 어두침침하고 조용했으며, 잠든 사람의 숨소리나 코고는 소리가 들려왔다. 몸을 조금 움직이자, 뺨을 대고 있던 몸이 갑자기 움직였다.

"…바르사, 정신이 드니?"

귀에 익은 속삭임에 바르사는 마침내 확실히 눈을 떴다.

"탄다?"

자신이 탄다에게 안겨서 자고 있었다는 것을 알고, 바르사는 눈을 깜빡였다. 아직 꿈을 꾸고 있는 걸까…?

탄다가 안심한 듯이 미소를 지었다.

"다행이다. …기다려, 지금 물 갖고 올게."

조심스럽게 바르사한테서 몸을 떼어 일어서더니, 탄다는 다른 사람을 깨우지 않도록 살그머니 물단지에서 물을 그릇에 떠서 돌아왔다.

물은 열로 부어오른 목구멍에 차갑고 달콤하게 흘러내려 갔다.

"여기는 타르족 덫사냥꾼들이 머무는 오두막이야. 무슨 일이 일어났는지 이제 곧 이야기해줄 테니까 우선 이걸 먹어."

입에 넣어준 작은 환약을 바르사는 얼굴을 찡그리며 먹었다.

"내 오두막이라면 얼마든지 약이 있을 텐데. 지금은 허리띠에 넣어두었던 이런 것밖에 없구나. 하지만 없는 것보다는 낫지. 몸이 상처와 싸우는 것을 도와줄 거야."

탄다는 또다시 바르사에게 달라붙듯이 하고서 눕더니, 어린 시절 종종 그랬듯이 소리를 거의 내지 않고 이야기하기 시작했다.

"너는 정말로 운이 좋구나, 바르사. 거의 시체 같았던 너를 봤을 때는 이제 틀렸다고 생각했는데…."

혼잣말처럼 탄다는 계속 속삭였다. 바르사는 반쯤 눈을 감고서 그 목소리를 듣고 있었다.

이제까지 있었던 이야기를 하나씩 듣는 사이에, 머릿속의 안개가 걷히며 자신이 왜 여기 있는지 알게 되었다. 시하나와 스파루가 다른 의도를 갖고 움직이고 있었다는 것을 알고 많은 수수께끼가 풀렸다. 그리고 엉킨 실을 풀어 매듭을 짓도록, 탄다와 이렇게 만날 수 있게 한 그 행운이 믿어지지가 않았다.

하지만 많은 것들이 분명해짐에 따라서 가슴에 얼얼한 통증과 후회가 밀려왔다.

아스라…. 타르족이라는 이유만으로 이아누를 쉽게 믿은 탓에 감쪽같이 아스라를 빼앗기고 말았다.

탄다가 말해주는, 아스라를 둘러싼 엄청난 이야기를 바르사는 잠자코 듣고 있었다.

이야기가 어느 정도 끝나자 바르사가 눈을 떴다.

"…여기에는 이제 스파루 일행은 없는 거지?"

잠자는 사람들의 숨소리로 자신들 이외에는 세 사람밖에 없는 것을 바르사는 알아차린 것이다.

"응. 스파루 일행은 저물기 전에 시하나 일행을 뒤쫓아서 지탄으로 향했어."

바르사는 한숨을 쉬었다. 열이 있어서 말하기 힘들었지만 말하지 않고는 배길 수가 없었다.

"…샤사무 스무날, 아침 종이 울리기 전에…라.

시하나는 단 이틀이면 아스라를 자기 맘대로 움직일 수 있다고 생각했구나."

"오빠도, 그리고 어머니에 대한 추억도 이용할 수 있으니까."

꿈속에서 오빠가 슬픈 눈을 하고서 자신을 본다며 울던 아스라를 떠올리고, 바르사는 눈을 감았다.

다음 날 아침, 바르사가 눈을 떴을 때는 덫사냥꾼들은 덫을 돌아보러 나가서, 방구석에서 묵수기도를 올리고 있는 타르쿠마다밖에 없었다.

탄다에게 안겨 있었던 것은 꿈이었나 하고 순간 생각했지만, 곧바로 문이 열리고 탄다가 물단지를 들고 들어왔다.

"아, 깼구나."

평소와 같은 어조로 말하고, 탄다가 바르사의 이마에 손을 갖다 댔다.

"…아무리 생각해도 네 체력은 참 대단해. 이제 미열조차 없네. 마크루라는 녀석, 상처 꿰매는 건 서툴렀지만, 기본적인 처치는 제대로 한 것 같군.

어쨌든 운이 좋았다. 겨울에 강에 빠져서 동사하지 않고, 게다가 질식사도 하지 않은 것은 입고 있던 옷 덕분일 거라고 마크루가 말했어. 넌 기름칠한 모직 옷과 두건, 그리고 목에는 슈마(바람막이용 천)를 꽉 매고 있었다더구나. 그것이 얼음처럼 차가운 물로부터 너를 지켜준 거야. 게다가 가슴에 안고 있었다는 단창과 두건 덕분에 머리가 떠서 호흡이 가능했을 테고.”

탄다는 난로 위에 있는 검은색 냄비 속에서 뭔가를 사발에 떠서, 식탁에 놓여 있던 단지의 꿀을 사발 속에 넣더니 숟가락을 챙겨 돌아왔다.

“보리죽이야. 우유를 잔뜩 넣었어. 꽤 맛있을 거야.”

바르사가 한 입씩 죽을 먹는 것을 탄다는 만족스러운 얼굴로 바라보고 있었다. 바르사는 이따금 차를 홀짝이면서 그럭저럭 사발의 죽을 다 비웠다.

먹었으니 쉬게 하고 싶었지만 바르사는 등에 상처를 입었다. 먹자마자 엎드리게 할 수도 없다.

탄다는 턱을 쓰다듬으면서 고민을 하다가, 마침내 난로 옆 벽에 기대듯이 하고 앉더니, 살며시 바르사의 몸을 끌어당겨 자신의 몸에 기대게 했다.

바르사는 탄다가 하는 대로 가만히 있었다. 마침내 등의 상

처가 눌리지 않는 자세를 발견하자 저도 모르게 한숨이 새어
나왔다.

"…내가 하루를 꼬박 잠들어 있었다고 했지?"

"응."

"그럼 오늘은 샤사무(정월)… 열이레인가?"

탄다의 얼굴이 갑자기 흐려졌다.

"바르사…."

"여기서 지탄까지는 대략 말로 이틀. 내일까지는 제대로
움직일 수 있어야겠구나."

탄다는 잠시 대답하지 않았다. 꽤 오랫동안 두 사람은 조용
히 난로의 장작이 튀는 소리를 듣고 있다가, 이윽고 탄다가
나지막이 말했다.

"그래. 함께 가자. 그 아이들의 앞날을 지켜보러. …하지만
솔직히 말해서 나는 이제 그 아이들에게 뭔가 해줄 수 있을
거라고는 생각하지 않아."

바르사는 잠자코 탄다의 말을 듣고 있었다.

"이 일은 로타 왕국 전체의 문제로까지 확대되고 말았어.
아스라와 치키사는 이미 이한 전하 곁에 가 있을 거야."

탄다의 목소리에는 씁쓸함이 섞여 있었다.

"사정을 알게 되면, 치키사도 바르사도 과거에 어머니가

사랑했던 사람이고, 게다가 타르족을 구해주었다고 하는 이 한 전하를 돕고 싶어 할 거야. 시하나의 계획과 상관없이 그 아이들 스스로가 아마 그렇게 하고 싶어 하지 않을까."

타르하마야는 나쁜 사람을 벌해 이 세상을 구하는 신이라고 말하던 아스라의 완고한 표정을 바르사는 떠올렸다.

타르족이라는 이유로 차별받고 연인과 함께할 수 없었던 어머니는, 타르하마야가 잔혹한 신이라는 전설은 타르족을 깎아내리기 위한 거짓말이고, 사실은 이 세상을 바꾸는 성스러운 신이었다고 딸에게 가르쳤다.

아스라는 그 말을 믿고 있다. …그래서 아스라는 틀림없이 어머니의 가르침을 믿고 타르하마야를 자신의 의지로 부를 것이다.

늑대떼를 물리쳤을 때의 압도적인 힘을 휘두르는 쾌감에 취해 번뜩이던 아스라의 눈동자가 마음속에서 되살아났다.

사람들을 앞에 두고서 신을 불러왔을 때, 아스라는 무시무시한 신인(神人)이 된다. 번개를 품어 몸을 부풀려 천공을 뒤덮어가는 먹구름처럼, 그때부터 아스라는 아무도 건드릴 수 없는 신이 되는 것이다. 그것이 그 아이의 앞날일 것이다.

하지만….

"아스라는 아직 열두 살이야."

바르사가 나지막이 말했다.

오빠가 꿈속에서 나를 야단쳐, 하고 말하며 울던 아스라.

그 아이는 마음속으로 의식하고 있다. 증오심으로 사람들을 죽였다는 사실을. 그리고 늑대를 죽임으로써 자신의 능력을 실감하고, 그 능력에 취해 있는 무분별한 자신의 역겨운 이면도.

바르사는 눈을 감고 열두 살 무렵의 자신을 생각했다.

마음속에 꿈틀거리는 폭력적인 싸움에 대한 욕망에 눈뜨기 시작한 그 무렵. 자신을 들개 취급하며 놀린 소년을 힘껏 후려갈겼을 때의 몸이 떨리는 듯한 쾌감.

자신의 내면에 자리하고 있는 그런 무분별한 욕망이 고개를 들려고 할 때마다 그런 욕망을 불행한 처지 탓으로 돌리려고 애써왔다.

자신의 마음 밑바닥에 있는 추악한 면을 아는 것은 끔찍하다.

하지만 그것을 보지 않으려고 눈을 감고 산 후에 기다리고 있는 나날은… 더욱더 끔찍하다.

'…나는 왜 그 아이를 만났을까?'

들에 피는 사라유와도 같은 불그스름한 옷을 걸치고서 뺨을 물들이며 행복한 듯이 미소 짓던 아스라. 자신과는 전혀 다른 다정한 아이. 하지만 너무나도 친숙하면서 추악한 욕망을 품게 된 그 아이를….

"탄다, 네가 어젯밤에 말했지?"

바르사가 나지막이 말했다.

"시하나는 아주 높은 곳에서 커다란 놀이판을 바라보고 있다고. 로타 왕국 전체의 권력 다툼, 왕가의 존망, 타르족의 해방, 그런 커다란 구도를 바라보고 있다고."

"응."

바르사는 잠시 눈을 감았다.

"나는 커다란 놀이판 같은 것에는 아무 관심 없어. 신도, 왕가도 어떻게 되든 상관없어."

눈을 뜨고서 바르사는 난로 불빛에 흔들리는 의자 그림자를 보면서 말했다.

"다만 도저히 용서할 수 없는 것은, 시하나, 게다가 아스라의 어머니까지 가세해서 그 아이에게 살인을 부추기고 있다는 점이야."

목소리가 쉬어 있었다.

"누군가가 알려줘야 해… 그 아이에게 사람을 죽이는 것이 얼마나 끔찍한 일인지를…."

아무 말도 하지 않고 있는 탄다의 팔을 바르사가 잡았다.

"마음 편히 평온한 나날을 보낼 수 없는 어두운 미래가 기다리고 있다는 것을…."

고개를 숙이고 탄다의 어깨에 이마를 얹고 있는 바르사에게는 보이지 않았지만, 탄다의 눈에서는 눈물이 떨어졌다. 눈물을 닦으려고도 하지 않고, 아무 말도 하지 않고 탄다는 그저 가만히 허름한 선반이 있는 벽을 응시하고 있었다.

3
지탄에서의 재회

초원이 산 숲으로 이어지는 경계 부분에 지탄 제사당이 있다.

제사당 뒤로 완만한 언덕이 시작되고, 그 위에 깊고 광대한 숲이 펼쳐져 있다. 그렇기 때문에 초원에서 제사당을 바라보면 깊은 숲이 언덕 위에 얹혀 있는 것처럼 보였다.

제사당 주위에는 외곽의 벽이 둘러싸고 있어, 두 개의 자그마한 첨탑이 서 있는 남쪽의 정문과 북쪽의 후문, 이렇게 두 곳으로만 출입이 가능하다. 외곽의 안쪽에는 낮은 내곽의 벽이 있고, 그 벽으로 둘러싸인 공간이 제사의식을 거행하는 장소다.

제사당의 남문을 나가면, 남서 방향으로 돌이 깔린 길이 뻗어 있어, 초원에 봉긋 솟아오른 완만한 언덕으로 이어진다.

이한이 거처하는 성이 있는 지탄 성채는 그 낮은 언덕 위에 있다.

건국축전 날이 다가오기 때문에, 성채의 언덕 기슭에 늘어 선 평민들의 상점도 활기에 차 있었다. 왕국 각지에서 오는 여행객들을 겨냥해 광대들도 모이고, 형형색색의 깃발이 바람에 나부껴 겨울의 찌뿌둥한 하늘을 화려하게 장식하고 있었다.

그러나 성벽의 바깥쪽 해자에 놓인 도개교를 건너서 성채 안으로 발을 들여놓으면 대기는 완전히 바뀐다.

지탄 성채는 왕도와 마찬가지로 마을 하나가 통째로 들어가 있을 정도로 거대하지만, 깊숙한 곳에 우뚝 서 있는, 이한이 거처하는 성의 앞뜰에는 이미 왕국 각지의 씨족들이 속속 모여들어 무인들이 야영을 시작했다.

대영주나 씨족장과 같이 지위가 높은 사람들은 제각기 성 내의 호화로운 객사를 숙사로 배정받았지만, 일반 무인들은 두툼한 모직물로 만들어진 야영천막에서 숙박을 한다.

북부 씨족용 천막과 남부 씨족용 천막은 앞뜰의 동과 서로 나뉘어 설치되어 있었는데, 마주 보고 있는 천막을 바라보는 남자들의 시선은 가시를 품고 있어, 그것이 성채 안의 대기를 무겁게 만들었다.

아스라를 태운 마차는 성채로 들어가지 않고 제사당 북쪽에 자리한 숲으로 들어갔다.

제사당 뒤의 숲으로 다가가기 전부터 아스라는 다른 세계로부터 흘러오는 강물을 느꼈다. 반짝이는 잔물결과 함께 흘러오는 몇 줄기나 되는 작은 강이 차츰 굵은 강물로 바뀐다. 밀려오는 그 강물을 시하나가 못 느끼는 것이 참으로 이상했다.

아스라는 눈을 가늘게 뜨고 온몸으로 강물의 흐름을 느끼고 있었다. 이아누도 어렴풋이 보이는지 초조한 듯이 눈을 깜빡였다.

'우리는 강물의 수원지로 향하고 있구나…'

마음속에 옛날에 엄마가 반복해서 들려주던 성전의 한 구절이 떠올랐다.

저편에 눈 덮인 봉우리가 있네.

신들이 거처하시는 땅에 기나긴 봄이 찾아올 때,

눈 덮인 봉우리는 맑은 물을 흘러넘치게 하여, 이 세상에 많은 강이 흘러왔도다.

까마득한 옛날 신들의 세상에서 흘러온 강은 이 세상을 적셔, 신의 이끼가 기쁨으로 빛나도다.

가장 깊은 강은
성스러운 샘으로부터 이 땅으로 콸콸 흘러넘쳐,
대지를 적시도다.

성스러운 샘에는
영원한 나무가 자라네.
옛날에 한 처녀가 이 샘에 들어가,
영원한 나무에 붙어서 사는, 기생나무의 고리를 따서 목에 걸
었도다.

기생나무의 고리는 무시무시한 신의 문.
샘에 소용돌이치는 무시무시한 타르하마야,
위대하신 아파루의 자식,
신의 문을 거쳐, 이 세상으로 오시네.
성스러운 샘의 나무에 깃들어
신의 문이 되는 자는 영원한 삶을 얻고,
무시무시한 신의 목소리를 이 세상에 떨치고, 신의 위광으로
뒤덮으리라.
…하지만 무시무시한 신의 목소리를 거부하는 자는 영원히
침묵하게 되리라.

"…성스러운 샘이 가까워졌나 보네."

아스라가 나지막이 말하자 시하나가 뒤돌아봤다.

"너한테는 보이니? 성전의 시에 나오는 것 같은, 신의 강물이?"

아스라가 고개를 끄덕이자 시하나가 기쁜 듯이 미소 지었다.

"이 숲에서부터 제사당, 그리고 성채 근처까지가 머나먼 옛날에 로타르발의 성도였던 곳이야. 이 주변의 숲은 평소에 사람의 출입이 금지되어 있어.

저기 봐라, 사다 타르하마야의 궁전이 있었던 곳이 저 근처였다고 한다."

하고 시하나가 마부의 어깨 너머로 가리켰다. 거기에는 한층 더 녹음이 짙은 나무들이 무성해, 그 나뭇가지 틈새로 제사당 북문의 첨탑이 언뜻 보였다. 원숭이떼가 조급한 듯이 소리를 지르며 나뭇가지를 이리저리 옮겨 다녔다.

아스라는 숨을 멈췄다. 두 경치가 겹쳐 보였다.

녹음 진 나무들이 울창한 숲과 겹쳐서 투명한 수면이 반짝였다.

그 수면으로부터… 아아, 어떻게 저렇게 큰 나무가 있을까! 성의 탑 정도 굵기의 줄기에서부터 머나먼 하늘을 향해 가지를 펼친 거목이 우뚝 서 있었다. 그 줄기에도, 그리고 가지에도 피쿠야(신의 이끼)가 자라나 반짝반짝 빛났다.

거목의 밑동에는 돌로 지은 궁전의 잔해가 환영처럼 어렴풋이 보였다. 모든 것이 다른 세계의 투명한 물에 잠겨 있었고, 물이 콸콸 솟아 나오는 샘 밑바닥은 훨씬 더 어두워서 어디까지 이어져 있는지 전혀 보이지 않았다.

시하나에게는 안 보이는 걸까? 지금 마차가, 깊은 샘으로부터 물이 넘쳐흘러 호수처럼 펼쳐진 곳으로 들어서려고 하는데도….

"마차를 세워!"

아스라가 소리쳤다.

몸의 떨림이 멈추지 않는다. 이 샘으로 발을 들여놓으면 무슨 일이 일어난다. 가슴에 건 고리가 번쩍이며 타르하마야가 꿈틀거리는 것을 느끼고 아스라가 시하나의 손을 잡았다.

"여기서 세워. 여기서 더 들어가면 안 돼!"

마부가 황급히 마차를 세웠다. 아스라는 마차에서 땅바닥으로 내려서더니, 샘에서 흘러나온 물이 강이 된 곳을 피해서 선 채, 떨리는 양손을 꽉 쥐고서 눈앞에 펼쳐지는 장대한 광경을 응시했다.

숲속에서 폭포를 만났을 때 느끼는 향기와 비슷한, 맑은 향기가 온몸에 퍼져 왔다.

'엄마, 난, 마침내 여기까지 왔어….'

아스라는 마음속으로 중얼거렸다.

"뭐가 보이지, 아스라?"

시하나의 목소리에 뒤돌아보지도 않고, 아스라는 보이는 것을 묘사해갔다.

"여기는 신의 세상과 이 세상이 서로 만나는 곳이야. 들어가서는 안 돼."

마지막에 그렇게 속삭이자 시하나가 고개를 끄덕였다.

"아스라, 우리를 안내해주시지요. 당신의 인도를 받아 지나가도 되는 길을 가도록 하겠습니다. 우리는 저 첨탑 아래, 제사당의 외곽 바로 옆에 천막을 쳐놨습니다. 이제 걸어서도 갈 수 있는 거리지요."

아스라에게 말할 때 시하나의 말투가 이제는 완전히 존댓말로 바뀌어 있었다.

뒤따라가는 타르족들, 신의 기척을 느낄 수 있는 능력을 갖고 태어난 라마우(섬기는 자)들은 아스라만큼 똑똑히 다른 세계의 풍경을 볼 수는 없었지만, 그래도 온몸으로 스며드는 듯한 향기를 느꼈고, 나뭇잎 사이로 비치는 햇빛과도 같은 빛의 난무를 봤다.

아스라는 마차에서 내린 사람들이, 신전을 바라볼 때와도 같은, 외경심으로 가득 찬 눈길로 자신을 바라보는 것을 묘한 기분으로 쳐다봤다. 아스라가 걷기 시작하자 그들은 소리도 없이 아스라를 뒤따라왔다.

이윽고 숲이 끊기고, 지탄 제사당이 내려다보이는 비탈로 나왔다. 그들은 비탈을 내려가, 북문과는 꽤 떨어진, 숲과 외곽 사이에 설치된 천막으로 다가갔다.

천막은 다섯 개 있었다. 시하나는 아스라의 손을 잡고 가장 큰 천막으로 안내했다. 그리고 입구 앞에 서더니 머리를 숙이고 속삭였다.

"…들어가시지요, 아스라. 오라버니께서 기다리고 계십니다."

두툼한 천을 들어 올리자, 안에서 누군가가 일어서는 것이 언뜻 보였다.

천막의 중앙에는 난로가 활활 타오르고 있었고, 그 옆에 치키사가 서 있었다.

"아스라!"

숨을 쉴 새도 없이 아스라는 오빠의 팔 안으로 뛰어들었다. 서로 꽉 끌어안고서 그 온기를 느끼며, 그리운 오빠의 냄새를 가슴 가득히 들이마셨다.

아스라가 울음을 터뜨렸다. 도저히 멈출 수가 없었다.

"오빠, 오빠, 오빠···."

치키사도 울고 있었다. 그저 여동생을 끌어안고서 소리를 죽이고 울었다.

시하나는 조용히 어깨에서 원숭이를 내려놔 천막 구석에 앉히고, 자신은 밖으로 나갔다.

아스라와 치키사는 난롯가 의자에 앉아, 시간 가는 줄 모르고 서로의 여행에 대해 이야기했다. 두 사람은 오랜 여행을 하고 온 것 같은 기분이 들었다. 어머니의 처형으로부터 채 두 달도 지나지 않았다고는 도저히 믿을 수가 없었다.

왜일까? 가까스로 둘이 함께하게 되었는데도, 이렇게 있으면 바르사와 탄다를 만나기 전과 같은 불안감이 가슴에서 되살아난다.

"오빠. 이제부터 어떻게 될까···?"

치키사가 나지막이 말했다.

"몰라. 하지만 우리 스스로 결정해야지···."

아스라는 오빠의 말에 고개를 끄덕였다. 그렇다. 이제부터 어떻게 할지는 둘이서 결정해야 한다.

시하나 이아누가 바라는 것은 알고 있다. 그 사람들은 아스라가 사다 타르하마야가 되기를 오로지 바라고 있다.

어떻게 하면 사다 타르하마야가 될 수 있는지 아스라는 알고 있었다. 저 샘에 들어가 저 성스러운 거목으로 올라가면 아마도 목에 걸려 있는 기생나무의 고리가 신의 문으로 바뀔 것이다.

'하지만 그때 나는 더 이상 사람이 아니게 된다.'

이렇게 오빠와 만났는데도, 사다 타르하마야가 되면 이제 두 번 다시 예전처럼 살 수가 없다.

"…뭔가 기나긴 꿈을 꾸고 있는 것 같아."

아스라가 튀어 오르는 불꽃을 바라보며 나지막이 말했다.

"내가 사다 타르하마야가 될 운명이었다니."

"응. 꿈만 같지. 엄청 비비 꼬인 기분 나쁜 꿈이야."

아스라가 눈을 들어 오빠를 봤다.

"오빠… 이한 전하를 벌써 만나 뵀어?"

치키사가 고개를 저었다.

"네가 도착한 다음에 뵙기로 되어 있다는 말을 들었어."

치키사는 멍하니 불꽃을 보면서 말했다.

"시하나라는 사람한테서 어머니와 이한 전하 얘기를 듣고서, 어머니가 왜 로타인 만나기를 그토록 두려워했는지 마침내 알았지. 하지만 믿을 수가 없어. 이한 전하를 만나고 싶은지, 만나고 싶지 않은지 나도 잘 모르겠어."

치키사는 눈물이 나오려는 것을 참는 듯이 얼굴을 일그러뜨렸다.

"어떤 얼굴로 만나야 할까? 뭐라고 말하면 되지? 당신 때문에 어머니는 험한 꼴을 당했다고 원망스럽게 말하면 안 되는 거지?"

어머니의 온갖 표정과 말이 되살아나서, 둘은 소리도 없이 떨고 있었다.

"차라리 전부 거짓이라면 좋겠어. 그 시하나라는 사람이 만들어낸 터무니없는 거짓이라면."

이윽고 치키사는 그렇게 말하더니 양팔에 얼굴을 묻고서 어린아이처럼 울었다.

둘의 대화를 원숭이의 눈과 귀를 통해 듣고 있던 시하나는 거기까지 듣더니 살며시 천막을 떠났다.

빈틈없는 눈으로 천막 주위가 제대로 지켜지고 있는지를 확인하면서, 시하나는 이한의 성으로 발걸음을 옮겼다.

시하나는 사람의 왕래가 많은 거리를 빠져나가는 것이 아니라 제사당과 성채를 지하로 잇는 비밀통로를 이용해서 성으로 향했다.

강가의 제방에 구멍을 뚫고 생활하는 민족인 시하나의 선조가 머나먼 옛날 로타르발 시대에, 스루 카샤루(죽음의 사냥개)

로 활동하던 무렵에 여기저기 파놓은 지하통로는 지금도 여전히 이렇게 그 자손들에 의해 이용되었다.

축축한 습기가 차 있고, 살갗이 얼어붙을 정도로 추운 통로는 오랜 세월을 거쳤어도 튼튼했다. 예전에 초대 로타 왕 키란이 스루 카샤루의 안내를 받아 사다 타르하마야를 암살하러 갔던 통로도 아직 남아 있다.

그도 틀림없이 냉기에 떨면서 하얀 입김을 내뱉으며 이 길을 열심히 달렸을 것이다.

지하통로는 성 내부만이 아니라 제사당의 내곽 안쪽과 같이 의외의 곳으로도 통한다.

이윽고 시하나는 성의 지하로 나오자, 카샤루만 이용하는, 성 내부로 통하는 비밀문으로 걸어갔다. 그때 옆에 자그마한 등불이 켜 있는 비밀문이 삐걱거리며 열리고, 성채 안의 상황을 살피고 돌아온 라와루계의 카파무가 나타났다.

시하나를 발견하고서 카파무가 속삭였다.

"…이한 전하를 뵈러 가는 것이냐?"

시하나가 고개를 끄덕였다. 카파무의 얼굴에 긴장을 품은 미소가 떠올랐다.

"이제 때가 왔구나."

시하나는 오랫동안 함께 계획을 진행시켜온 동지의 눈을

응시했다.

이따금 날카로운 독설을 내뱉어 동료들에게는 두려움의 대상이었지만, 머리가 좋은 카파무는 시하나에게는 몇 안 되는, 속 깊은 대화를 나눌 수 있는 상대였다.

열네댓 살 무렵부터 시하나는 카파무와 함께 이 로타 왕국은 뿌리가 약한 나무가 아닐까 하는 불안감에 대해 대화를 나눴다.

시하나는 '사냥개'로서 사람들의 어두운 생각을 뒤쫓아왔기에 이 나라의 밑바닥에 온갖 불만이 꿈틀거리고 있는 것을 볼 수가 있었다.

남부 영주들의 불만. 북부 젊은이들의 불만. 그리고 좀 더 깊은 곳에 숨어 있는, 로타 백성들의 불만. 그것들이 뒤엉키고 꼬여 있다.

언뜻 보면 훌륭한 왕의 지배하에 평화로워 보이지만, 그 내부에서는 위태롭게 흔들려 무너지기 직전인 로타 왕국. 요사무 왕은 현명한 분이지만, 절대로 커다란 도끼를 휘둘러 왕국을 변화시키지는 않을 왕이다. 그야말로 로타 왕가의 왕답게, 옛날부터 이어져온 형태를 지켜 평화를 유지하려고 한다.

하지만 그런 방식으로는 억누를 수 없을 때가 반드시 오게 마련이다. 뒤엉켜 있는 수많은 불만은 나무의 뿌리를 서서히 죽여가, 결국 로타라고 하는 커다란 나무는 비명을 지르며 갈라지고 쓰러질 것이다.

시하나는 오랫동안 가슴 밑바닥에 조바심을 갖고 살아왔다.

자신에게는 보이는 이토록 분명한 '미래'가 왜 다른 사람에게는 보이지 않는 걸까?

술책을 부려 왕을 조종할 수 있는 것이 카샤루의 강점일 것이다. 왕이 움직이지 않는다면 제대로 움직이도록 하는 것이 카샤루의 의무일 텐데.

언젠가 그런 말을 한 시하나에게 카파무가 내뱉듯이 대답했다.

"그건 무리야. 우리 아버지 연배의 사람들도 모두 왕가와 마찬가지로 진부한 머리를 갖고 있거든. 땅속에서 꿈틀거리고 있는 불만을, 지면을 다져 밖으로 표출되지 않게 해서 억누를 수 있다고 생각하다니."

이것은 카파무가 늘 하는 불평이었다. 자신이 예리한 말을 한다고 생각하는 것이리라. 시하나를 상대로 그런 말을 내뱉는 것만으로 만족하는 것 같았다.

시하나는 어두침침한 자신의 방 안에서 차가운 벽에 등을 기대고 있었다. 그런 자신의 모습이 방 한구석에 놓인 거울에 비쳤다.

그때 시하나는 문득 카파무와 함께 불평만 늘어놓고 있는 자신에게 구역질이 났다.

뭔가 차갑고 단단한 것이 가슴 밑바닥에 자리하게 된 것은 그 순간부터였을 것이다.

바꿔볼까, 하고 시하나는 생각했다. 바꿔볼까, 이 손으로.

자신이라면 틀림없이 복잡하게 뒤엉켜 있는 실을 풀어 이 나라를 바꿀 수 있다.

그렇게 생각한 순간 온몸을 들볶던 조바심이 스윽 사라지며, 타아루즈(놀이판을 사용하는 경기)에서 해볼 만한 상황에 직면했을 때와도 같은, 기분 좋은 긴장감과 짜릿한 의욕이 솟구쳤다.

'하지만 첫수를 두기에는 아직 뭔가가 부족해.'

그런 생각이 들었다.

타아루즈를 둘 때처럼 '승리의 구도'가 떠오르기만 하면 첫수가 보일 텐데, 뭔가가 부족해 아직 '승리의 구도'가 보이지 않았다.

그런 다음 시하나는 이 나라의 이상적인 모습을 찾기 시작했다.

왕의 동생 이한을 모시다가 시하나는, 이한이라고 하는 젊고 변혁을 두려워하지 않는 남자에게서 약간의 희망의 씨앗을 발견했다.

이 나라가 크게 바뀐다면 이한이 왕이 되었을 때일 거라는 생각이 들었다.

하지만 이한이 왕이 되려면 극복해야 하는 커다란 위험이 있다. 요사무 왕이 붕어하시면, 남부의 대영주들이 봉기해서 이한을 죽이고 왕위를 빼앗으려고 할 게 틀림없기 때문이다.

이한이 의지할 수 있는 전력이라면 북부의 씨족들인데, 그들은 가난해서 정면으로 부딪치면 절대로 남부를 이길 수가 없다.

이한을 위해 사람을 모아야겠다고 시하나는 생각했다. 유사시에 뜻밖의 전력의 되어 이한을 도울 만한 사람들을 규합하는 것. 바로 그것이 먼저 두어야 하는 첫수임에 틀림없다.

신중하게, 신중하게, 시하나는 손을 쓰기 시작했다. 우선은 젊은 카샤루 중에서 쓸모가 있을 만한 몇 사람의 마음을 붙잡는 것부터 시작했다.

시하나의 아버지 스파루와 같은 연배의 세대로부터 반항적이라는 말을 들을 것 같은, 불만을 품고 있는 젊은이 중에는 해볼 가치가 있는 목표를 주면 잠에서 깨어난 사람처럼 생기 있게 움직일 사람들이 있다. 시하나는 그런 젊은이들의 마음을 교묘히 붙잡은 것이다.

카샤루의 진가는 음지에 있을 때 발휘된다. 시하나는 아버지 세대마저 속이며, 더욱 깊은 음지의 사냥개들을 만들어갔다.

물론 이한 전하에게는 때가 무르익을 때까지 전혀 알릴 생각이 없었다.

다행히 이한은, 왕국 각지의 내부 사정에 밝고 게다가 무척 머리가 좋은 시하나를 신뢰해, 시하나의 말을 존중해주었다. 이한을 왕에 앉히고 뒤에서 이끌어감으로써 언젠가 나라를 바꾼다고 하는 장대한 꿈이 차츰 형태를 갖추어갔다.

하지만 이한을 잘 이끌어 나라를 바꾸게 하려면 한 가지 커다란 문제가 있다는 것을 시하나는 이윽고 깨달았다.

이한이 가장 신뢰하는 사람은 형 요사무 왕이었다.

평화를 선호하는 요사무 왕이, 비록 남부의 대영주가 왕위를 빼앗는다 해도 로타인들끼리 피로 물들이는 전쟁을 해서는 안 된다는 유언이라도 하게 되면, 이한은 절대로 그 유언을 거스르지 않을 것이다.

시하나는 이한의 마음을 움직일 힘이 필요했다. 무엇보다도 우선 자신을 신뢰하게 할 힘이 필요했다.

그런 때 시하나는 뜻밖의 행운의 열쇠를 손에 쥐었다.

이한의 연인 토리시아를 발견하는 데 성공한 것이다. 언젠가 이한을 움직이기 위해 사용할 수 있는 말이 손으로 뛰어들었다고 시하나는 생각했다.

이한은 그녀를 생각하는 마음에서 로타인들의 반발을 사면서도 타르족의 처우 개선을 위해 노력하고 있다. 토리시아에 대한 마음이 그 정도로 이한을 움직이는 힘을 갖고 있다면, 토리시아가 시하나의 생각의 대변자가 되면 그를 움직이기가 쉬워진다.

하지만 로타인에게 발각될 것을 두려워해서 숨어 지내는 토리시아가 시하나를 전적으로 믿을 리도 없다. 시하나는 어떻게 해서 토리시아의 환심을 살지, 아스라에게 접근하기도 하고 원숭이를 이용하기도 하며 그 방법을 계속 모색해왔다.

토리시아는 아름답지만 어딘가 그늘이 있는 여성이었다. 불운을 저주하는 마음을 가슴속에 억누르고 있는 듯한 안타까운 심정이 문득 표정에 나타나곤 한다.

이거다, 하고 시하나는 생각했다. 이 불만에 분출구를 마련해주면 반드시 토리시아의 마음을 사로잡아 아군으로 만들 수 있을 것이다.

그렇게 확신하고, 시하나는 과감하게 토리시아 앞에 모습을 드러냈다.

겁에 질려 경계심을 드러내며 자신을 노려보는 토리시아

에게 시하나는 자신이 타르족을 감시하는 임무를 맡은 카샤루임을 알렸다.

"하지만 걱정하지 않아도 돼. 나는 당신 편이니까. 나는 카샤루로서 절대로 깨서는 안 되는 금기를 범하며 당신과 이렇게 이야기하는 거야.

만약 나를 의심한다면, 타르쿠마다에게 내가 당신에게 카샤루의 신분을 밝히며 접근했다고 고자질하면 돼. 사제가 다른 카샤루에게 이 이야기를 전하면, 나는 카샤루의 규율을 깬 자로서 체포당할 거야."

토리시아의 눈동자가 흔들렸을 때 시하나는 곧바로 이렇게 말했다.

"이한 전하는 지금도 당신을 사랑하고 있어. 진심으로."

그 말을 들은 순간, 보기에도 애처로울 정도로 토리시아는 떨기 시작했다.

"괜찮아. 당신이 전하 곁에서 모습을 감춘 심정은 충분히 이해해. 당신에 대해 전하에게 말씀드리지 않을 테니까 안심해. 나는 계속 당신을 지켜봐왔어. 가엾게도. 힘들었지…?"

토리시아의 커다란 눈동자에서 눈물이 쏟아져 나왔다.

토리시아가 시하나를 신뢰해 속마음을 털어놓기까지는 그리 오랜 시간이 걸리지 않았다. 시하나는 토리시아에게 있어서 아무에게도 할 수 없었던 말을 털어놓을 수 있는 유일한 사람이었기 때문이다.

타르족으로 산다는 것이 얼마나 불행한 일인가. 왜 그런 일을 겪어야만 하는가.

그런 이야기를 나누다가 어느 날 시하나가 한 말이, 지금 생각하면 토리시아와 아스라의 운명을 크게 바꾸는 계기가 되었다.

"…있잖아, 당신은 타르족을 탄생시킨 전설 자체가 잘못된 것일지도 모른다는 생각을 해본 적 없어?

로타인은 로타르발을 잔혹한 신이 지배했다고 하지만, 그것은 초대 로타 왕 키란이 왕위를 빼앗은 것을 정당화하기 위해 지어낸 이야기라고도 생각할 수 있지.

몰살당할 것을 두려워한 당신의 선조들은 타르(음지)에 살겠다고 맹세함으로써 새로운 지배자의 검을 피할 수 있었어.

어느 틈엔가 그것이 정통 신앙으로 자리 잡았지. 타르쿠마다들은 그것을 곧이곧대로 믿어서 오랫동안 동료의 머리를 조아리게 해온 어리석은 자들의 집합이야."

그 말이 토리시아에게 준 충격은 시하나의 예상을 훨씬 뛰어넘었다.

토리시아는 그 말에 혹했다. 혹했을 뿐만 아니라 그녀가 오히려 훨씬 더 열심히 그 말을 믿어, 타르하마야에 대한 신앙에 의해 로타 왕국이 변해가는 꿈을 꾸게 되었다.

"나는 계속… 무척 불행했어."

어느 순간 창백한 얼굴로 토리시아가 시하나에게 말했다.

"타르족으로 태어났기 때문에 진심으로 사랑한 사람과 헤어져야만 했지. 그뿐만 아니라 가족이나 친족과도 연을 끊고 오로지 도망치고 숨으며 겁에 질려 살아왔어. 마침내 가족을 갖게 되었나 했더니, 그 남편 역시 늑대에게 죽임을 당하고 말았지.

게다가 지금 나는 병을 앓고 있어. 가슴이 안쪽에서부터 타들어가는 듯이 아파. …아마 이제 얼마 못 살 거야."

그 말은 아마도 사실이었을 거다. 그녀는 비정상적일 정도로 야위어 있었다.

"아스라가 초능력을 보이기 시작했어. 하지만 절대로 라마우 따위로 만들고 싶지 않아.

결혼도 못 하고 조용히 숨어 살다니 그런 인생을 살게 하고 싶지 않아."

토리시아는 이상하게 빛나는 눈으로 한 점을 응시하며 신음하듯이 말했다.

"나는 돌멩이처럼 운명에 농락당해왔어. 하지만 아이들에게는 절대로 그런 인생을 살게 하고 싶지 않아. 내가 죽으면 저 아이들이 어떻게 될지 그 생각을 하면 밤에도 잠이 안 와. …시하나는 정말로 우리 편이 되어주는 거지? 내가 죽은 후에도 계속?"

금방이라도 부서질 것처럼 가녀린 여성이었지만, 토리시아의 눈에는 마음먹으면 무슨 짓을 할지 모르는 빛이 서려 있었다.

시하나는 당시를 회상하며 마음속으로 중얼거렸다.

'그녀는 자신의 목숨을 희생시켜 딸에게 누구보다도 강한 신의 능력을 주는 데 성공한 거야. 그런 생각까지 하리라고는 그 당시에는 미처 눈치채지 못했는데….'

휘어진 가지는 기회만 있으면 세게 튀려고 하는 법이다.

시하나는 그녀의 열정적인 의욕을 보면서, 타르족도 자신의 아군으로 포섭하려는 생각을 하게 되었다. 젊은 라마우(섬기는 자)는 의외로 쉽게 시하나의 사상에 공감했다. 그들 역시 휘어진 가지였기 때문이다.

그런 불만이 커다란 힘이 될 수 있음을 시하나는 민감하게 감지했다.

그 어두운 힘을 어떻게 쓸 것인가…? 갑자기 자신의 손안으로 흘러들어 온 커다란 힘에 시하나는 긴장했다.

타르족은 확실히 쓸모가 있다. 강한 전력은 못 되지만, 아무도 예상도 못 하는 만큼 유사시에 복병으로 쓸 수 있다. 이한 전하의 아군으로 만들 수 있을지도 모른다. 다행히 이한 전하는 타르족을 편애한다. 그 사실을 타르족도 알고 있으니까.

타아루즈의 판세가 불리해졌을 때는 반대 방향에서 바라보면 생각지도 않은 길이 보이는 법이다.

그 길이 보인 순간, 자신도 역시 진부한 사고에 갇혀 있었다는 것을 시하나는 문득 깨달았다.

근본부터 로타 왕국을 바꾸려면 이한 전하를 왕위에 앉힐 뿐만 아니라 로타인의 마음도 바꿔야 한다.

타르족이 학대받는 민족이 된 원인. 그 근원이 되는 신화를 완전히 뒤집어엎는 것이다. 바로 그것이 '승리의 구도'로 이어지는 길이라는 예감이 들었다.

하지만 그래도 여전히 시하나는 타르하마야신앙이라고 하는 모호한 것을 로타 왕국의 변혁을 위한 힘으로 바꾸어가기 위해서 뭘 하면 좋을지 알 수가 없었다.

전조현상이 하나둘 나타남에 따라서 라마우들의 기대는 고조되어갔지만, 시하나는 그런 불확실한 것에 기대를 걸 마음은 들지 않았다.

어느 날 토리시아가 이상하게 눈을 반짝이며, 머나먼 다른 세상으로부터 드디어 정말로 신의 강이 흘러왔다고 알려왔을 때도 시하나는 믿지 않았다.

열심히 꿈꾸어왔기에 토리시아가 환영을 본 걸 거라고 성가시게 여겼을 따름이다.

하지만 시하나에게 심취해 있는 라마우 이아누가, 정말로 노유크로부터 강이 흘러온 증거가 있다고 하며 신전의 피쿠야(신의 이끼)가 반짝이는 광경을 보여주었을 때, 시하나는 온몸에 소름이 확 돋는 것을 느꼈다.

커다란 운명이 자신을 위해 길을 닦아주고 있다. 번개처럼 그런 예감이 머리끝에서부터 발끝까지 스쳐 간 순간이었다.

역사가 움직이고 있다. 여러 갈래의 물결이 하나로 모여 커다란 물결이 되려고 한다. 그 물결을 자신의 손으로 한 방향으로 움직일 수 있으면 이 왕국은 변한다.

'승리의 구도'가 불현듯 너무나도 선명한 형태가 되어 시하나의 머리에 떠올랐다. 거기에 이르기까지의 복잡한 '수(手)'가 점점 머릿속에서 짜여갔다.

전율할 정도의 쾌감이 시하나의 온몸을 감쌌다.

타르하마야다. 바로 그것이 '승리의 구도'를 단단히 굳히는 마지막 수다.

신보다 더 절대적인 권력이 있을까?

타르하마야를 불러오기 위해 출입금지 구역인 사다 타르하마야의 묘소로 토리시아와 아스라가 들어갔다는 말을 들었을 때, 시하나의 가슴에 매우 잔혹한 계획이 떠올랐다.

사다 타르하마야가 위험에 처해 분노를 폭발시켰을 때 찾아온다고 하는 무시무시한 신 타르하마야. …모녀 중 어느 쪽이 정말로 신을 불러오는 능력을 갖게 되었는지를 알고 싶으면 그녀들을 죽음에 직면하게 하면 된다.

잘만 하면 단숨에 꿈을 실현시킬 패를 손에 넣을 수가 있다.

신타단 감옥에서의 끔찍한 살육 소식은 시하나에게는 꿈의 실현이 가까워졌음을 알리는 멋진 희소식이었다.

뜻밖의 훼방꾼이 끼어들어 우회를 하고 말았지만, 머릿속에 그려오던 장대한 그림도 마침내 완성을 향해 다가가고 있다. 게다가 고맙게도 지금 요사무 왕은 나라를 비웠다. 지금이야말로 그토록 바라던 최후의 일격을 가할 기회였다.

하지만 마지막까지 긴장을 늦춰서는 안 된다. 몇 수를 앞서읽어 손을 써놔야만 한다.

"카파무, 이한 전하의 태도 여하에 따라 그다음 방법을 쓸거야. 준비는 되어 있겠지?"

카파무가 고개를 깊이 끄덕였다.

☞⋇☜

시하나의 방문을 알리는 자그마한 방울 소리가 울리자, 이
한의 아들 사한이 얼굴을 번쩍 들었다.

성의 서재에서 글을 쓰면서, 이한은 아들이 발밑에서 노는
모습을 이따금 눈을 가늘게 뜨고 바라봤다. 아내와 딸은 진
귀한 옷을 잔뜩 가진 행상이 왔다며 조금 전에 무척 기뻐하
며 성 뒤뜰로 나가고, 다섯 살짜리 아들 사한만 아버지 옆에
남아 있었다.

"아버지, 방울이 울렸어."

사한이 얼굴을 잔뜩 찌푸렸다. 사한은 방울 소리를 싫어했
다. 이 방울이 울리면 항상 하녀가 아이 방으로 자신을 데리
고 가버리기 때문이다.

이한은 의자에서 일어서더니 아들을 안아 올렸다.

"사한, 언젠가 너도 저 방울 소리의 의미를 알 때가 올 거
다. 너는 왕족의 피를 이어받았으니까."

그렇게 말하고 수염이 짙은 뺨을 아들에게 문지르더니 방
으로 들어온 하녀에게 사한을 맡겼다.

혼자가 되자 이한이 불렀다.

"시하나, 들어와도 된다."

발소리도 내지 않고 들어온 시하나를 이한이 긴장한 얼굴로 응시했다.

"데려왔느냐?"

"네, 전하."

시하나는 키가 훤칠한 이한을 올려다봤다.

이한의 눈이 예리하게 빛났다.

"…시하나, 정말로 토리시아의 딸이 챠마우(신을 불러오는 자)라는 거지?"

시하나가 고개를 끄덕였다. 이한도 그렇게 물으면서도 이미 그 사실을 의심하지는 않았다.

왕도에서 시하나에게서 기나긴 이야기를 들은 후에, 곧바로 신타단 감옥으로 가서 처형된 여성의 무덤을 손보며, 너무나도 변해버린 옛 연인의 모습을 발견했기 때문이다.

추위 덕분에, 두려워했던 만큼 사체가 상하지는 않았지만, 그래도 핏기 없는 토리시아의 얼굴은 지금도 종종 꿈에 나타난다.

"전하, 그 아이의 능력은 확실합니다. 그 아이는 정말로 타르하마야를 불러옵니다.

신요고에서 여기로 오는 동안 그 아이는 라크루 지방을 거쳐 왔는데, 토르아 마을 옆에서도 늑대떼를 물리쳐서 대상 일행을 구했습니다."

확인을 위해 동료에게 늑대의 사체를 살펴보게 했다고 시하나가 설명했다.

"늑대들은 전부 신타단 감옥의 사체와 똑같은 상태였습니다."

그렇게 말하고 시하나는 반짝이는 눈동자로 이한을 봤다.

"전하, 제 제안을 생각해보셨습니까?"

숨을 크게 들이쉬고 이한은 자그마한 체구의 시하나의 강인한 얼굴을 내려다봤다. 그리고 조용히 말했다.

"천만 군대를 능가하는, 무시무시한 타르하마야의 압도적인 능력을 나에게 주겠다는 이야기인가?"

시하나가 고개를 끄덕였다. 순간 이한의 눈에 예리한 칼날처럼 날카로운 빛이 번뜩였다.

"왜 형님이 안 계실 때를 노려서 나에게 그런 이야기를 털어놓은 거지, 시하나?

나에게 왕위를 빼앗으라고 부추기는 건가?"

시하나는 잠시 입을 다물었다. 잘못 대답했다가는 극형에 처해질지도 모른다. 그런 분위기가 이한의 몸 전체에서 감돌았다.

시하나가 이한을 응시했다.

"제가 그럴 사람이라고 생각하십니까?"

그 목소리는 조용했으며 약간의 흔들림도 없었다.

"제 소원은 단 한 가지입니다. 요사무 폐하의 통치가 오래 도록 지속되는 것이지요.

하지만 전하, 카샤루인 저는 요사무 폐하의 건강에 염려스러운 점이 있는 것도, 남부의 대영주가 어떤 움직임을 보이고 있는지도 전부 알고 있습니다. 왕가가 어떤 위기에 처해 있는지 잘 알고 있는 것이지요."

시하나의 눈에 매서운 빛이 깃들었다.

"외람되지만, 타르하마야와 관련된 사항인지라 오래전의 서약의 권리를 갖고 있는 카샤루로서 아룁니다.

요사무 폐하께 무슨 일이 일어나, 남부의 대영주들이 반란을 일으킨 후에는 이미 늦습니다. 지금 이한 전하께 천만 병사를 능가하는 압도적인 힘이 있으면 반란을 미연에 막을 수가 있습니다."

불꽃같은 열의가 시하나의 눈길에 번뜩였다.

"왜 지금이냐고 물으셨지요? 전하, 바로 그것이 제가 여쭙고 싶은 것입니다.

왜 지금 하사루 마 타르하마야(무시무시한 신이 흘러오는 강)가 로타로 흘러왔을까요?

그리고 왜 하필이면 전하가 사랑하신 분의 딸이 타르하마야를 불러오는 능력을 가진 걸까요? 바로 이것이 사람의 지혜를 초월한 신의 의지라고 생각하지 않으십니까?"

이한의 눈동자가 충격을 받은 듯이 흔들렸다. 그런 마음의 동요를 억누르려는 듯이, 이한이 나지막이 말했다.

"…카샤루인 네가 그것을 신의 의지라고 말하는 건가? 사다 타르하마야의 부활을 막는 것을 사명으로 삼고 살아온 카샤루가?"

시하나가 도발적으로 고개를 끄덕였다.

"네. 감히 그렇게 말씀드리겠습니다. 저는 아버지 세대처럼 고루한 생각에 사로잡히지 않고 타르하마야의 재앙을 복으로 바꾸고자 하는 겁니다."

망설임이 없는 어조로 시하나가 말했다.

"전하, 이미 챠마우(신을 불러오는 자)는 나타나고 말았습니다. 이 나라를 살리는 것도 멸망시키는 것도 가능한 절대적인 능력을 지닌 자가.

그 아이를 방치하시겠습니까? 아니면 처형하시겠습니까? 신타단 감옥의 참극과 같은 일이 반복될 위험을 무릅쓰고…?"

이한은 대답하지 않았다.

시하나는 목소리를 확 낮췄다.

"생각해보시기 바랍니다. 아스라는 고작 열두 살짜리 소녀입니다. 아직 어른이 하는 말을 순수하게 들을 나이인 거지요. 엄청난 힘을 가진 이 아이를 전하가 이끌어주시면…."

시하나가 약간 쉰 목소리로 말했다.

"그렇게 되면 이 나라는 바뀝니다. 요사무 폐하는 남부의 대영주들에게 시달리지 않고 선정을 베풀 수가 있게 될 겁니다. 그리고 이한 전하가 늘 바라셨듯이, 타르족 역시 행복해질 겁니다.

나라와 백성을 행복하게 하기 위한 정의의 칼을 부디 전하, 그 손에 쥐시기 바랍니다."

시하나가 입을 다물자 숨 막힐 듯한 침묵이 두 사람을 감쌌다.

이한의 얼굴은 가슴속을 맴돌고 있는 망설임을 드러내며 창백해졌고, 이마에는 땀방울이 흠뻑 맺혀 있었다.

오랜 침묵 끝에 이한이 마침내 입을 열었다.

"그래… 나도 몇 번이나 생각했다. 절대적인 힘이 나에게 있다면, 남부의 그 썩어빠진 대영주들에게 아무 소리 못 하게 하고 모든 것을 확 바꿀 수가 있지.

흔들리는 왕국을 필사적으로 지키고 있는 형님의 무거운

짐도 덜어드릴 수 있다."

이한의 입가가 일그러졌다.

"하지만 말이다, 시하나. 그것은 로타 왕가 사람이 결코 해서는 안 되는 일이다. 그것은 스스로 손을 더럽히며 사다 타르하마야를 암살하면서까지 새로운 나라를 세운 초대 키란 왕 이후로 우리 왕족이 해온 노력을 수포로 돌리는 일이다.

로타 왕은 씨족장들의 의견을 모아 하나로 만들어 이끌어 가는 자다. 절대적인 힘으로 백성을 억누르는 사다 타르하마야와 같은 압제자가 되어서는 안 된다."

이한은 커다란 손으로 얼굴을 문지르며 중얼거리듯이 말했다.

"…형님이라면 틀림없이 그렇게 말씀하실 것이다."

시하나의 얼굴에서 갑자기 표정이 사라졌다.

"그러면 그 아이들은 어떻게 하실 겁니까?"

이한은 깊은 고뇌가 담긴 눈으로 시하나를 봤다.

"형님이 돌아오시면 상의해서 정하겠다. …여하튼 만나게 해주었으면 한다."

고개를 끄덕이고 이한을 안내하며 걷기 시작하면서, 시하나는 마음속으로 카파무에게 다음 수를 쓰라고 해야겠다고 생각했다.

천막 밖에서 술렁이는 소리가 들려왔을 때, 아스라와 치키사는 무의식중에 서로의 손을 잡고 의자에서 일어섰다.

입구의 천이 들리더니, 신선하고 차가운 바람과 함께 키가 큰 무인이 들어왔다. 채찍처럼 유연한 몸집을 한 남자였다. 광대뼈가 튀어나왔고, 검은 머리를 짧게 깎은 사람이었다. 강인해 보이는 생김새였지만, 그 눈은 밝은 빛을 띠고 있었다.

무인은 난로 옆에 선 치키사와 아스라를 바라보며 우두커니 서 있었다.

아스라는 숨을 쉴 수 없을 정도로 긴장하고 있었다.

'이분이 이한 전하. 엄마가 사랑한 사람….'

이한도 너무 놀란 나머지 머릿속이 하얘지는 느낌이었다.

두 아이의 눈에서, 입가에서, 이한은 과거의 토리시아의 자취를 봤다. 특히 아스라의 눈길은 토리시아와 똑같았다.

"아아… 어떻게 이럴 수가."

쉰 목소리가 이한의 입에서 새어 나왔다.

"아니, 어떻게 이토록 토리시아를 닮았지…."

강인해 보이는 무인의 얼굴이 깊은 슬픔으로 일그러지는 것을 아스라와 치키사는 소리도 내지 않고 응시하고 있었다.

"의심할 여지가 없구나. …너희들은 토리시아를 빼다 박았구나."

이한은 한 발짝, 한 발짝 두 아이에게 다가갔다. 그리고 남매를 응시하더니 낮은 소리로 말했다.

"나는 지금 이렇게 너희들을 만날 수 있어서… 토리시아의 생명을 전하는 자들을 만날 수 있어서 이 몸이 뛰어오를 듯이 기쁘구나."

치키사와 아스라는 어떻게 해야 좋을지 몰랐다. 어떤 얼굴을 하고 이 사람을 보면 좋을지도 모르는 채, 그저 얼어붙은 듯이, 키가 큰 이한을 올려다보고 있었다.

"하지만 아마도 너희들은 나를 증오하고 있겠구나. …증오해도 좋다. 나도 증오하고 있으니까. 토리시아를 불행하게 만든 나 자신을."

호탕한 무인으로 보이는 이한의 목소리가 떨렸다.

"토리시아…."

이미 죽은 자에게 기도하듯이 이한이 중얼거렸다.

"내가 맹세하지. …반드시 이 아이들을 행복하게 하겠다고."

4
축전 전야

"엄청 번화하군."

탄다가 익숙지 않은 외투의 두건을 성가신 듯이 벗으며 말했다.

성벽 밖에 펼쳐진 마을의 외곽에 있는 어느 여인숙을 잡고, 바르사와 탄다는 지탄 성채로 들어가는 도개교를 건너고 있었다.

건국을 축하하는 샤사무(정월) 스무이틀은 내일로 다가와 있었다. 이 축전이 열리는 며칠 동안은 사람들이 자유롭게 지탄 성채의 외곽까지 들어갈 수가 있었다.

"탄다, 저기로 걸어가자."

바르사는 단짝의 어깨를 치며 성벽을 가리켰다. 성채 외곽

에 해당하는 성벽은 폭이 꽤 넓어, 많은 사람들이 신기한 듯
이 성채 안을 내려다보면서 걷고 있었다.

"…위험하군. 이 구멍은 뭐지?"

탄다가 성벽 옆에 뚫린 좁고 긴 구멍을 들여다봤다. 저 아
래로 해자의 짙은 초록빛 수면이 보였다.

"활을 쏘거나 끓는 물을 붓는 구멍이야. 각도를 잘 봐. 도개
교를 향하고 있잖아."

마음이 딴 데 가 있는 듯한 투로 바르사가 대답했다.

넓은 앞뜰 주위를 둘러싸듯이 천막이 쳐져 있었고, 무인들
이 단창을 번뜩이며 모여 있었다. 다양한 색깔의 씨족 깃발
이 벽을 따라 세워져 있어 차가운 바람에 휘날렸다.

문득 바르사는 시선을 느끼고 하늘을 올려다봤다. 자그마
한 매가 머리 위를 날고 있었다.

"…스파루에게 들킨 것 같군."

바르사가 툭 내뱉었다. 탄다는 눈부신 듯이 눈을 가늘게 뜨
고 샤우가 어디론가 돌아가는 것을 눈으로 쫓았다.

"그를 만나는 게 낫잖아?"

"그렇지. 우리를 구속할 생각인 걸 알게 되면 도망치면 되
지."

그런 이야기를 하는 사이에 스파루의 자그마한 몸이 사람

들 사이를 헤치며 이쪽으로 걸어오는 것이 보였다.

"탄다! …바르사."

스파루가 옆에까지 와서 멈추더니 복잡한 표정으로 두 사람을 봤다.

"이제 움직일 수 있구나. 대단한 체력이로군."

바르사의 안색은 어두웠지만 눈에는 생기가 있었다.

"당신 제자에게 고맙다는 인사를 해야 하는데. 고마웠습니다."

"아니…."

스파루가 가볍게 손을 흔들었다. 그가 뭔가 말하려고 했을 때, 앞뜰 쪽에서 무시무시한 짐승들의 비명이 겹쳐서 들려왔다.

커다란 돼지와 양들이 우리에 갇히게 되어 우는 소리였다.

"뭐지, 저것은?"

탄다가 놀라며 중얼거리자 스파루가 어깨를 으쓱했다.

"식전에서 공물로 쓰일 돼지와 양이다. 각 씨족이 열 마리씩 식전을 위해 데려오지."

스파루는 멍하니 돼지와 양의 우리 쪽을 바라보면서 말했다.

"건국축전은 초대왕 키란이 사다 타르하마야를 죽이고 로타 왕국을 건국한 것을 축하하는 의식이다. 각 씨족이 바치는 가무 후에는 왕이 공물을 바치는 의식이 있다. 축하의식이 최고조에 이르는 때지.

키란이 사다 타르하마야의 목을 베었다고 하는 '해방의 장소'…."

스파루는 멀리 보이는 제사당을 가리켰다.

"외곽 안쪽에 낮은 내곽이 보이지?"

"네."

"저 내곽으로 둘러싸인 광장 중앙에 붉은 판석이 원형으로 깔린 곳이 있을 거다. 그곳이 바로 그 '해방의 장소'다.

내일 저기서 왕이 공물로 바치는 샤한(갈색 털의 양)의 목을 칼로 벨 것이다. 키란이 사다 타르하마야의 목을 벤 것을 흉내 내는 것이지. 올해는 요사무 폐하가 부재중이라서 이한 전하가 하실 거다."

스파루는 제사당을 바라보던 시선을 위로 올렸다.

"제사당 너머에 있는 야트막한 언덕 위로 숲이 보일 거다. 저것이 출입이 금지되어 있는 숲이다."

제사당 외곽 너머에는 완만한 언덕이 있었고, 그 위에 깊은 초록빛의 숲이 펼쳐져 있었다. 겨울인데도 눈이라고는 전혀 없는, 묘하게 생생한 활기가 느껴지는 숲이었다.

"…아."

탄다가 갑자기 목 안쪽에서 소리를 냈다. 눈을 모으고 가만히 그 숲을 바라보던 탄다의 얼굴이 점점 놀라움으로 굳어갔다.

"…빛이, 마치 햇빛에 강의 수면이 출렁이고 있는 것 같군."

어렴풋이 보이는 환영과도 같은 광경을 집어삼킬 듯이 응시하며, 탄다는 입 안에서 주문을 외워 혼의 힘을 고조시켰다.

주술의 힘으로 어렴풋이 보이던 광경에 탄다는 비틀거리며 세 발짝쯤 뒷걸음질 쳤다. 부딪힌 사람이 화난 표정으로 탄다를 봤지만, 탄다는 전혀 의식을 못 했다.

탄다는 천천히 시선을 숲에서 하늘로 옮겼다.

"나무다. …틀림없이 나무야. 하지만 참으로 거대한 나무로다…."

스파루가 눈을 반짝이며 탄다의 얼굴을 올려다봤다.

"보이나, 탄다? 역시 토로가이가 제자로 삼은 이유가 있군. 주술을 써도 나에게는 아지랑이가 아른거리는 거로밖에 안 보이는데."

바르사는 두 사람이 보고 있는 숲을 쳐다봤지만, 평범한 숲으로밖에 보이지 않았다. 탄다가 보인다고 하는, 하늘을 향해 우뚝 솟은 나무라고는 전혀 보이지 않았다.

"여기는 태곳적에 로타르발의 수도였던 곳이다. 도읍을 내려다보는 저 숲에는 노유크에서 솟아 나오는 강의 수원지에 해당하는 샘이 있어, 그 샘에서 거목이 생겨났다고 한다.

사다 타르하마야는 그 나무에 살며 타르하마야를 불러왔지. 사람들은 매일같이 양이나 돼지 여러 마리를 지금 제사당이 있는 근처로 데려와서 타르하마야에게 바쳤다고 한다.

성스러운 나무에 살던 사다 타르하마야의 목소리는 신기하게도 아주 멀리까지 들렸다고 한다.

나무 밑동에는 거대한 석조 궁전이 있었지만, 나무나 궁전을 볼 수 있는 자는 거의 없었다고 하지."

바르사는 두 사람이 보고 있는 것과는 전혀 다른 어떤 것을 발견했다.

"저 숲의 기슭에서 연기가 피어오르고 있네. 출입금지 구역 옆에 사람이 살고 있나?"

스파루가 천천히 바르사에게로 시선을 되돌렸다.

"…저기에 천막에 쳐져 있다."

바르사는 가늘게 피어오르는 연기를 응시했다.

"아스라와 치키사는 저기 있겠구나."

탄다가 스파루를 봤다.

"시하나하고는 얘기를 했습니까?"

스파루가 어깨를 으쓱했다.

"…얘기했다. 계획도 들었다. 이한 전하하고도 어젯밤 대화를 나눴고."

한숨을 쉬며 스파루도 멍하니 연기를 쳐다봤다.

"이한 전하는 남부를 위협하는 무기로 아스라를 이용할 생각은 없다고 분명히 말씀하셨다. 그분은 표리부동한 분이 아니다. 그 결심은 믿어도 좋다고 생각한다."

성벽의 돌에 팔꿈치를 대고서 스파루는 앞뜰에 모여 있는 씨족 남자들을 바라봤다.

"전하는 치키사와 아스라를 만나셨다고 한다. 두 아이의 장래는 요사무 폐하와 상의한 후에 정하겠지만, 반드시 두 아이의 행복을 최우선으로 생각하겠다고 말씀하셨다."

스파루가 고개를 틀어 바르사를 봤다.

"이한 전하는 정이 깊은 분이시다. 두 아이를 행복하게 해주고 싶은 마음은 진심에서 우러나온 것이야.

이렇게 되면 시하나도 터무니없는 짓은 못 할 것이다. 자칫하면 이한 전하의 노여움을 살 따름이니까."

바르사와 탄다는 잠자코 스파루를 응시했다.

"이것으로 모든 것이 끝났다는 건가요?"

탄다가 나지막이 말하자 스파루가 어깨를 으쓱했다.

"그렇다. 끝났다고 생각한다. 아스라가 사다 타르하마야가 되는 일이 없도록 어떻게 처리할지 요사무 폐하와 충분히 상의해야 하지만, 이한 전하가 영단을 내리신 덕분에 시하나의 계획은 일단 저지당했다고 할 수 있을 거다."

"시하나는 지금 어디 있죠?"

바르사가 물었다.

"성의 카샤루 전용 대기실에 있다."

"붙잡혀 있는 건가요?"

스파루의 미간에 주름이 졌다.

"감시받고 있기는 하다."

바르사와 탄다가 입을 다문 것을 보고, 스파루가 변명하듯이 말했다.

"이한 전하께서 시하나에 대한 조치는 부디 신중히 하라고 말씀하셨다. 그 아이가 한 일은 카샤루로서는 용서받지 못할 죄지만, 왕가에 대한 충성심에서 나온 행위니까. 축전이 끝나면 우리 장로회의에 출두시키겠지만, 처벌이 결정되기까지는 오랜 시간이 걸릴 것이다."

스파루가 한숨을 쉬었다.

"이한 전하께서 아스라의 능력을 이용할 것을 거부하신 이상, 시하나에게는 손쓸 방법이 없어졌으니 당분간은 불안해할 일이 없을 거다. 저기 모여 있는 씨족 남자들 사이에 묘한 기대감이 있는 것을 제외하면 말이다. 저 녀석들은 내일 한바탕 소동이 일어나기를 기대하고 창을 갈고 있다."

앞뜰을 바라보는 스파루의 옆얼굴에는 피로의 빛이 짙었다.

"스파루 씨."

바르사가 말했다.

"아군보다 적군의 성격을 더 깊이 아는 경우가 있죠. 목숨 건 싸움을 할 때는 싸우는 방법에서 그 사람의 인격이 드러나니까요."

바르사의 낮게 깔린 냉담한 목소리에 스파루가 얼굴을 찌푸렸다.

"시하나는 포기하기 않을 거라고 나는 생각해요. 사람이 뜻대로 움직이지 않으면 움직이도록 만들 겁니다. 무슨 수를 써서라도. …시하나는 그런 사람이라고 생각해요."

스파루의 눈에 침울한 빛이 깃들었다. 그것을 보고 스파루도 마음속으로는 그렇게 생각하고 있었다는 것을 탄다는 알았다.

날갯짓 소리가 들렸다. 하늘에서 날아 내려온 샤우를 팔을 쭉 뻗어 앉히더니 스파루가 나지막이 말했다.

"나도 샤우도 눈을 부릅뜨고 있을 생각이다. 내일 하루가 끝날 때까지."

ꕥ

축전을 내일로 앞둔 날 밤, 아스라와 치키사는 예전처럼 베개를 나란히 하고 이부자리에 누웠지만 좀처럼 잠들지 못했다.

난로의 불이 흔들릴 때마다 그림자가 어두운 천막에서 한들한들 춤춘다.

"아스라….'

치키사가 나지막이 말했다.

"난 안심했다."

"무슨 뜻이야?"

"그 사람… 이한 전하, 아스라에게 말했잖아. 사다 타르하마야가 되지 않아도 된다고. 나를 위해서 잔혹한 신이 되는 일은 없다고."

아스라는 잠시 대답하지 않았다. 이따금 멀리서 뭐라고 떠들어대는 사람의 목소리가 들리는 것 외에는 물속에 있는 것처럼 고요했다.

"오빠도 그 사람도 바르사도 타르하마야신을 잔혹한 신이라고 하네."

아스라가 중얼거렸다.

"그래. 어제 오빠의 생각을 얘기했잖아? 어머니가 왜 타르하마야를 위대한 신으로 믿게 했는지…."

치키사의 말을 아스라가 끊었다.

"그런 말을 하려는 것이 아니야. 그게 아니라…."

아스라가 얼굴을 찡그렸다.

"오빠, 내가 챠마우(신을 불러오는 자)가 아니었으면, 우리는 지금 이렇게 둘이서 있을 수 없었다는 생각을 해본 적 있어?

늑대떼에게 습격당했을 때… 요고의 여인숙에서 인신매매상에게 팔릴 뻔했을 때도, 우리는 타르하마야신의 도움을 받지 않았으면 살아남을 수 없었어.

지금의 이 목숨은 타르하마야신이 주신 목숨이야. …그렇지?"

치키사는 대답을 못 한 채 그림자가 흔들리는 천막을 가만히 응시하고 있었다.

아스라가 몸을 돌려 오빠 쪽으로 돌아누웠다.

"잔혹하다는 점으로 본다면, 사람이 훨씬 더 잔혹해. 신타단 감옥에서 엄마의 처형을 웃으면서 보던 사람들도, 우리를 팔아서 돈을 벌려고 한 그 사람들도."

아스라가 속삭였다.

"나쁜 사람들로부터 사람을 구해달라고 신에게 비는 것은 잘못이 아니라고 생각해.

타르하마야를 부르는 것 말고 사람을 구할 다른 방법이 없을 때, 나는 어떻게 하면 좋지? 못 본 척하는 것은 살인이나 마찬가지가 아닐까?"

치키사가 여동생 쪽으로 얼굴을 돌렸다. 아스라의 눈에는 깊은 고뇌의 빛이 있었다.

여동생이 안고 있는 짐이 너무나도 무겁다. 진지하게 생각하고 또 생각해 그 무게를 견디려 하는 동생이 너무 가여웠다.

아스라의 말이 틀리지는 않았다.

아스라의 말대로 이 세상에는 잔혹한 사람이 많다. 그 녀석들에게 살해당할 처지에 있는 사람을 보면 어떻게든 구하고 싶은 마음이 든다. 그렇게 할 수 있는 능력이 있으면 좋겠다는 생각을 한다.

하지만….

"아스라… 무리야."

치키사가 짜내듯이 말했다.

"사람을 마음대로 죽일 수 있는 그런 신의 힘을 갖는다는 건… 아무리 마음이 맑고 강한 사람에게도 너무 버거운 일이라고 나는 생각해. 그런 힘으로 사람을 행복하게 하는 건 절대로 불가능하지."

오빠의 눈에 문득 바르사의 깊은 슬픔을 띤 눈이 겹쳐졌다.

'생명이 있는 것을 맘대로 죽일 수 있는 신이 되는 것이 행복한 일이라고 난 생각할 수 없다. …그런 신이 이 세상을 행복하게 만든다고도 생각하지 않는다.'

귓속에 낮게 깔린 바르사의 목소리가 되살아났다.

'그런 존재가 되지 않았으면 해, 아스라. …늑대를 죽였을 때의 네 얼굴은 무척 무서웠어.'

아스라는 양손으로 얼굴을 감쌌다.

마음속에 균열이 생겨 균열 사이로 뭔가가 보인다. 눈을 감고 이제까지 보지 않으려고 해온 것이 거기 있는 것을 알았다.

타르하마야는 성스러운 신, 사다 타르하마야가 되는 것은 멋진 일이라고 했던 엄마의 말을 지금 아스라는 예전처럼 곧이곧대로 믿을 수가 없어졌다.

자신은 어떻게 살아가면 좋을까? 대답은 지금도 여전히 어둠으로 뒤덮여 있었다.

⧰

비슷한 시각에 역시 커다란 중압감을 안고 어둠을 응시하고 있는 여성이 있었다.

그녀는 마음속으로 시하나의 지시를 곱씹고 있었다.

이한 전하가 사다 타르하마야의 힘을 이용할 것을 거부할 경우에 대비해 미리 시하나가 전달한 지시였다.

시하나는 이한 전하에게 제안을 거부당하자 곧바로 몇 가지 손을 써놓았다.

스파루를 비롯한 연장자들이 지탄에 도착하기 전에 자신의 계획에 동조해온 이아누를 포함한 타르족과 카샤루 몇 명을 도망치게 하고, 자신과 카파무 같은 지도자 격 사람들만 감시병이 지키는 방에 얌전히 남아 있었던 것이다.

그 감시병 중에 시하나의 영향을 받은 동료가 있다는 것을 스파루는 모른다.

이런 사태를 예측하고 아버지 주변에도 자신을 따르는 동지를 숨겨둔 시하나의 선견지명에 이아누는 등줄기가 서늘해지는 느낌이었다.

'시하나는 대단한 사람이야.'

시하나가 예측했던 대로 모든 일이 움직이고 있다. 내일도 틀림없이 시하나의 생각대로 사태가 진행될 것이다.

밤의 대기는 싸늘했지만, 그래도 '성스러운 강'이 흘러온 탓에 다른 토지에 비하면 초봄처럼 온화한 추위였다.

이아누는 화톳불을 등지고서 출입금지 구역 숲을 올려다

봤다. 아지랑이처럼 희미한 빛이 아른거렸다.

자신이 이 빛을 보는 능력을 갖고 태어난 것에… 그리고 살아 있는 동안 성스러운 아이와 만날 수 있었던 것에 감사했다.

부모를 마치 양이라도 잡듯이 죽인 로타인에 대한 증오는 무슨 짓을 해도 사라지지 않았다. 복수를 해서, 타르족이 두 번 다시 로타인에게 무릎 꿇으며 살지 않아도 되는 세상을 만들 수 있는 초석이 된다면 목숨 따위 아깝지 않다.

이아누는 작게 중얼거렸다.

"시하나. 나는 당신 뜻을 따른 것을 후회하지 않습니다. 사다 타르하마야를 눈뜨게 할 '피리'를 멋지게 불어보겠습니다."

5
건국축전에서의 속임수

샤사무(정월) 스무이틀이 되었다.

새벽에 눈발이 조금 날렸지만, 해가 떠오를 무렵에는 눈이 그치고, 하늘은 우중충한 잿빛을 띠고 있었다.

축전은 낮부터였지만, 바르사와 탄다는 일찌감치 여인숙을 나서 제사당으로 향했다. 인파는 어제보다 훨씬 많아져, 축하의식을 보려는 수많은 사람들이 제사당으로 몰려가고 있었다.

바르사와 탄다는 제사당 외곽으로 올라가, 사람들을 헤치며 출입금지 구역 숲에 가까운 쪽으로 걸어갔다. 둘 다 로타인 상인과 똑같이 두건 달린 외투를 걸치고, 얼굴을 슈마(바람막이용 천)로 감추고 있었다.

바르사에게는 뭔가 계획이 있는 것은 아니었다. 그저 먹구름처럼 퍼져가는 불길한 예감만 있었다.

출입금지 구역 가까이까지 오자, 바르사와 탄다는 살며시 아래를 내려다봤다. 다섯 개의 커다란 천막이 있을 뿐, 사람 그림자라고는 전혀 없었다.

"…아스라와 치키사는 지금 여기 없는 것 같네."

바르사가 중얼거렸다.

"타르족이랑 카샤루의 모습도 안 보이네."

탄다가 그렇게 대답했을 때, 바르사는 출입금지 구역 숲속에서 움직이는 형체를 발견했다. 한 명을 발견하자 곧바로 사람의 형체 여럿이 숲에 숨어 있는 것을 확인할 수 있었다.

"그들은 출입금지 구역 숲에 있어. 저기서 이쪽을 내려다보고 있어. …그렇게 정면으로 보면 안 돼, 탄다. 눈치채잖아."

탄다가 목을 움츠리며 내곽의 광장으로 시선을 돌렸다. 적색과 금색이 섞인 융단이 깔린 곳에 광장을 둘러싸듯이 의자가 놓여 있었고, 대영주, 씨족장 등이 그중 한 단 높은 의자에 앉아 있었다.

출입금지 구역 숲을 마주 보는 위치에 놓인 가장 높은 의자는 왕족용일 것이다.

"…솜씨가 좋은 사수라면 여기에서 충분히 맞힐 수 있겠는데."

탄다가 나지막이 중얼거리자 바르사가 쓴웃음을 지었다.

"저기하고 저기 좀 봐."

바르사가 가리킨 것은 남북 두 문의 탑이었다. 장궁을 든 위병의 모습이 보였다.

"그렇구나. 그들도 알겠구나, 그 정도는."

그때 뿔피리 소리가 높이 울렸다. 동시에 네 개의 첨탑에서 종소리가 울려 퍼졌다.

사람들의 술렁임이 그치고, 모두 몸을 쑥 내밀고 제사당 입구를 응시했다.

왕가의 깃발을 높이 든 무인이 나타났고, 그 바로 뒤에 장신의 남자가 모습을 드러내자 일제히 환호성이 일었다.

왕의 동생 이한은 백성의 환호에 손을 들어 응답하고, 침착한 걸음걸이로 왕족의 자리에 앉았다.

그 옆에 아내와 아들, 딸이 앉자 화포 소리가 울려 식전의 시작을 알렸다.

로타 왕국 전국에서 모여든 각 씨족 소속의 광대들이 펼쳐 보이는 가무는 하나같이 상당한 수준이었다. 건국축전답게 노래나 춤, 연극이 전부 사다 타르하마야의 압정으로부터 키란 왕이 사람들을 어떻게 구했는가 하는 주제여서, 조금 있으니 바르사도 탄다도 질리고 말았다.

"…타르족이 없는 이유를 알겠군."

탄다가 중얼거렸다.

바르사는 가무를 거의 보지 않았다. 천천히 시선을 옮기면서 사람의 배치를 바라보며, 어디에 사수나 창을 든 무인이 배치되어 있는지를 보고 있었다.

하지만 유감스럽게도 아무리 찾아도 아스라와 치키사의 모습은 보이지 않았다.

"…시하나 일당이 방에 없다고!"

스파루의 얼굴이 굳어졌다. 그 소식은 가무가 최고조에 이르렀을 무렵에야 스파루에게 전달되었다.

"찾아라! 우선 아스라가 있는 천막부터 찾아라."

그러나 스파루 일행이 천막에 도착했을 때 안은 텅 비어 있어, 아스라와 치키사의 모습은커녕 천막을 감시하고 있어야 할 병사들의 모습조차 보이지 않았다.

잠시 후에 스파루 일행은 병사들이 제사당 벽 뒤에 쓰러져 있는 것을 발견했다. 그들은 모두 주술에 걸려 잠들어 있었다.

스파루는 온몸이 얼어붙을 듯한 불안에 사로잡혔다.

"찾아라! 무슨 수를 써서라도 찾아야 한다! 나는 하늘에서 찾아보겠다. 너희들은 지하통로를 찾아봐라."

마로매 샤우를 하늘 높이 날리며 스파루가 소리쳤다.

축전을 방해하지 않고 시하나 일당을 찾기에는 신용할 만한 카샤루의 수가 너무 적다. 지하통로를 찾으려고 해도 길이 몇 갈래나 된다.

초조함으로 스파루의 가슴이 타들어갔다.

그 무렵 아스라와 치키사는, 외곽에서 찾던 바르사나 하늘을 나는 샤우에게는 절대로 발각되지 않을 곳에 있었다. 내곽 내부에 만들어진 비밀통로에 있었던 것이다.

"여기는 아무에게도 보이지 않는 특별 관람석이야."

속삭이는 시하나의 목소리가 어둡고 좁은 통로에 울려 퍼졌다. 내곽을 쌓은 돌과 돌 틈으로 꽤나 또렷하게 광장이 보였다.

천막에서 가무의 소리만 듣고 있던 아스라와 치키사 옆에 시하나가 나타난 것은 방금 전의 일이었다.

"이한 전하께서 아무한테도 보이지 않는 곳에서 너희 둘에게 가무를 보여주라고 말씀하셨단다."

시하나는 제사당 주위에 카샤루만 아는 비밀통로가 몇 개나 있다고 하며 둘을 꾀어냈다. 아스라와 치키사는 시하나에 게 이끌려서, 출입금지 구역 숲에 가까운 비탈에서부터 제사 당 안쪽으로 이어지는 지하통로를 따라서 여기까지 왔다.

지하통로는 여기까지는 곧게 뻗어 있어 순식간에 왔다. 군 데군데 채광용 구멍이 교묘하게 뚫려 있어 별로 무섭지 않 았다.

노래도 분명하게 들리고 춤과 연극도 보였다. 아스라와 치 키사는 가슴을 두근거리며, 저것이 아름답다거나 저쪽 사람 의상이 재미있다고 속삭이면서 화려한 축전을 보고 있었다.

하지만 가무의 내용을 알게 됨에 따라, 두 사람은 침울해지 며 입을 다물어버렸다.

분명하게 타르족을 폄하고 조롱하는 내용임을 알 수 있 는 춤을 봤을 때는 몸이 확 달아올랐다.

"…너무하네."

아스라가 중얼거리자 치키사가 고개를 끄덕였다.

"건국축전이 이런 것인 줄 몰랐네."

시하나가 치키사의 어깨에 손을 얹으며 속삭였다.

"이렇게 해서 매해 로타인인 것을 자랑스럽게 여기고, 사 다 타르하마야에 대한 증오심이 계속 유지되게 하는 거야. 그래서 타르족을 아무리 괴롭혀도 가책을 받지 않는 거지.

자신들이 얼마나 추악한 짓을 하고 있는지 전혀 의식을 못 해.

이렇게 밖에서 보고 있으면 이토록 또렷이 보이는데도 말이야."

이윽고 가무가 끝났다. 거짓말처럼 조용해진 중정에 느닷없이 비명이 울려 퍼져 아스라는 벌떡 일어섰다.

"괜찮아. 공물로 바칠 돼지를 데리고 온 것뿐이야. 저기 돼지랑 양이 보이지?"

각 씨족의 젊은이들이 자기 씨족 최상의 가축을 공물로 바치겠다고 말하는 목소리가 들려왔다.

그 말을 받아서, 이한이 큰 소리로 감사 인사를 하는 것이 들렸다. 그런 다음 이한은 번쩍이는 검을 들고 중정의 중앙으로 걸어 나오더니, 제물로 바치는 순백의 양 앞에 섰다,

"위대하신 신 아파루여! 천지와, 천지에 사는 모든 것을 창조하신 신이여. 신의 세상과 이 세상을 윤택하게 하시는 신이여! 우리 로타인은 당신의 은혜에 감사하며 이 짐승을 바치노라.

부디 로타 왕국이 앞으로도 풍요롭기를 비노라!"

이한이 번뜩이는 검을 내리쳤다. 아스라는 저도 모르게 눈을 감았는데, 한순간에 목숨이 끊긴 양은 울음소리 한 번 내지 않았다.

그 멋진 솜씨에 일제히 박수가 일었다.

젊은 시종이 이어서 커다란 샤한(갈색 털의 양)을 끌고 와서 또다시 이한 앞에 놓았다.

"위대하신 신 아파루여! 신의 세상과 이 세상을 윤택하게 하시는 신이여. 우리 선조는 당신의 허락을 얻어 당신의 못된 아들을 신으로 떠받든 어리석고 무시무시한 자를 물리쳤습니다.

두 번 다시 잔혹한 그 아들을 불러오지 않기를 바라는 기원을 담아서, 여기에…."

그때 이한의 말을 끊고 여성의 목소리가 울려 퍼졌다.

"타르하마야신은 절대로 못된 아들이 아니다!"

이한이 놀라서 뒤돌아보며 목소리의 주인공을 찾는 것이 보였다.

이윽고 가녀린 사람의 형체가 군중 속에서 걸어 나와 두건을 벗어젖혔다.

"…이아누!"

아스라가 손을 입으로 가져갔다. 온몸에서 핏기가 가셨다.

이아누는 긴장으로 창백해진 얼굴을 하고 있었지만, 눈동자만은 반짝반짝 빛나며 등을 꼿꼿이 세우고 있었다.

"타르하마야는 위대한 신. 하얀 신의 봉우리로부터 지금 깨끗한 강물이 이 땅에 왔도다! 로타인이여, 알아두는 것이 좋을 거다! 그대들의 식량이 될 열매를 맺게 하는 숲, 대지, 강, 바다는 이제부터 풍요롭고 윤택해질 것이다.

현명한 타르의 소녀가 나타났다! 그 소녀는 사다 타르하마야가 되어 이 세상을 올바로 이끌어갈 것이다!"

이아누의 눈은 분명히 이쪽을 보고 있었다. 보이지 않을 텐데도 성벽의 돌 틈으로 그 시선이 아스라를 포착했다.

목숨을 건 이아누의 외침이 아스라의 귀에 꽂혔다.

"아아, 사다 타르하마야여! 신의 사랑을 받은 소녀여! 고통받으며 살아온 우리 타르족을 부디 자유롭게 해주소서.

고개를 숙이고 음지에 사는 자의 등을 짓밟는 로타인을 벌해주소서!

신타단 감옥에서 악한 자들을 몰살시켰듯이, 우리를 짓밟는 자들을 부디 벌해주소서!"

양손을 하늘로 뻗으며 외치는 이아누의 목소리에 어디선가 타르족들의 목소리가 겹쳐서 울려왔다.

"사다 타르하마야여! 신의 사랑을 받은 소녀여! 고통받으며 살아온 타르족을 부디 자유롭게 해주소서. 신타단 감옥에서 악한 자들을 몰살시켰듯이 우리를 짓밟는 자들을 부디 벌해주소서!"

아스라는 바들바들 떨고 있었다. 이아누의 눈이 갑자기 엄마의 눈과 겹쳐 보였다.

광장은 벌집을 쑤신 것처럼 소란스러워졌다. 위병들이 뛰어나와 이아누를 양쪽에서 붙잡고 귀 언저리를 때리는 것이 보였다.

이아누가 무너지듯이 쓰러지는 것을 보고 아스라가 비명을 질렀다.

"진정하라! 진정하도록 해라!"

이한이 검으로 옆에 있던 위병의 방패를 세게 쳤다.

사람들의 목소리가 서서히 잠잠해지자, 이한은 위병에게 이아누를 감옥으로 데려가라고 명령했다.

그때 군중 속에서 소리 높여 외치는 목소리가 들려왔다.

"이한 전하! 사다 타르하마야로부터의 해방을 축하하는 이 의식에 사다 타르하마야의 부활을 바라고, 로타 왕국의 멸망을 기원하는 자를 어떻게 하실 생각인가?"

그것은 단 한 사람의 목소리였지만, 마치 채찍처럼 군중을 때려 술렁이게 했다.

남부의 대영주들이 자리에서 일어섰다.

"옳은 말이다. 이한 전하, 그자를 어떻게 처리하실 생각인가? 찬동의 소리를 지른 타르족들을 어떻게 하실 생각인가?"

아만이 통통한 뺨을 떨면서 소리쳤다.

"건국축전이 저주를 받았는데 그대로 두었다가는 어떤 재앙이 닥치겠는가! 이한 전하, 당장 이 자리를 정화시키시오!"

찬성의 목소리가 여기저기서 일었다.

"사다 타르하마야에게 더럽혀진 이 땅을 정화시켜, 나라에 새로운 생명을 불어넣는 것이 로타 왕족의 임무! 그 타르 여자를 샤한 대신에 처형해 공물로 바쳐야 한다!"

술렁임과 흥분이 주위를 뒤흔들었다.

아스라가 손을 꽉 쥐었다. 이 아누가 처형당한다…!

"아만 님, 기다리시오."

이한이 울림이 좋은 목소리로 대답했다.

"사람을 제대로 재판도 하지 않고 죽이라는 건가? 그것이야말로 신께 부끄러워해야 할 잔인한 행위일 것이다! 로타 왕족은 살인자가 아니다!"

아만이 조소를 품은 목소리로 외쳤다.

"이한 전하! 전하는 타르족을 항상 도우려고 하시는데, 거기에는 특별한 이유가 있다는 것을 우리는 알고 있다!"

이한의 얼굴이 확 달아올랐다.

"아만 님, 나를 우롱할 생각인가!"

"우롱이 아니다. 진실을 말하는 것이다. 알고 있다. 전하는 신타단 감옥에서 처형당한 타르 여자의 시체를 파서 무덤을 만들어줬다고 하더군!"

술렁임이 커졌다.

"아까 그 여자가 외쳤듯이, 그 타르 여자야말로 피에 굶주린 악마 타르하마야를 이 땅으로 불러오려고 한 자라는 소문을 우리가 모른다고 생각하시는가?

그리고 그 타르 여자에게 왜 당신이 무덤을 다시 만들어줄 정도로 관심을 보이는지를!"

사람들의 목소리는 이제는 파도처럼 높아졌다.

그때 북부 씨족의 젊은이가 일어서서 외쳤다.

"넘어가지 마라! 모두 빠져들지 마라! 이것은 남부 녀석들의 함정이다! 이한 전하를 모함하기 위해 파놓은 야비한 함정이다!"

함성이 일며, 북부의 무인들이 일어서기 시작했다. 그에 맞서 남부의 무인들도 자리를 박차고 일어섰다.

"진정해라! 로타의 무인들이여! 진정하도록 해라!"

이한이 목이 터져라 소리쳤다.

"너희는 이 축전을 사람의 피로 더럽힐 생각인가? 진정하도록 해라!"

그러나 남자들은 서로 노려본 채로 있었다. 이것은 함정이라고 소리친 북부의 젊은이가 이한에게 호소했다.

"이한 전하, 그 타르 여자를 처형해주소서! 전하가 사사로운 정에 의해 우리를 배반할 리가 없다는 것을 증명해주소서! 사사로운 정에 의해 왕국을 위태롭게 하는 어리석은 분이 아니라는 것을 모두에게 보여주소서!"

아스라는 그 순간 이한의 얼굴이 일그러지는 것을 봤다. …등줄기가 서늘해졌다.

'…이아누는 틀림없이 처형당할 거야.'

처형하라고 외치는 로타인의 얼굴을 보는 사이에 공포는 거센 분노로 바뀌었다.

아스라가 쏜살같이 달리기 시작했다.

6

신을 마시다

"아스라!"

치키사가 황급히 동생을 뒤쫓았다. 그 뒤를 시하나도 달려 갔다.

어두운 복도를 달리고, 또 달려서 아스라는 필사적으로 빠 져나갔다. 이아누가 처형당하기 전에 출입금지 구역 숲으로 가야만….

아스라는 믿을 수 없을 정도로 빨리 달렸다. 치키사는 도저 히 동생을 쫓아가지 못하고 결국 아스라가 출구의 구멍을 빠 져나가는 뒷모습을 보게 되었다.

밝은 곳으로 나왔을 때, 누군가의 손이 치키사를 꽉 잡았다.

"봐! 동생이…!"

카샤루 남자가 머리를 가로저으며 치키사의 팔을 꽉 잡았다. 옆에 있던 타르족이 얼굴을 바싹 대고 속삭였다.

"아무리 오빠라도 챠마우(신을 불러오는 자)가 사다 타르하마야가 되는 순간을 방해해서는 안 된다."

머리로 솟구친 피가 순식간에 내려갔다. 몸을 비틀며 시하나를 올려다보니, 희미한 미소가 시하나의 입술에 떠올라 있었다.

"…전부 계획적이었구나? 아스라를 사다 타르하마야로 만들기 위해 당신들이 꾸민 것이지?"

아스라에게 소리치려고 하는 치키사의 입을 시하나의 손이 막았다.

그 손을 물려고 했을 때, 카샤루에게 배를 얻어맞았다. 숨이 막혀 치키사는 신음했다.

'아스라…!'

그런 일이 일어나고 있는 건 전혀 모르는 채, 아스라는 열심히 비탈을 뛰어서 올라갔다.

'이아누가 처형당하기 전에….'

오로지 그 생각밖에 머릿속에 없었다.

두려워해서는 안 된다고 아스라는 자신에게 타일렀다.

지금 여기서 자신이 물러나면 이아누가 처형당하고 만다.

부드럽고 미지근한 물이 몸을 어루만지고 흘러간다. 아스라는 희미한 빛을 띤 깊은 샘에 발을 들여놓았다.

순간 온몸으로 물이 스며들며 몸이 갑자기 가벼워졌다.

아스라는 성스러운 거목으로 다가가더니 망설임 없이 그 줄기를 오르기 시작했다.

줄기에 닿은 손으로, 발로, 생기가 스며든다. 피쿠야(신의 이끼) 향기가 숨 막힐 정도였다. 목에 걸린 기생나무의 고리가 어느 틈에 빛나기 시작해, 피쿠야보다 훨씬 짙은, 피비린내 같은 냄새를 피우기 시작했다.

주위의 풍경이 점점 변해갔다. 무너져 내린 궁전의 폐허가 떠오르며, 숲의 나무들보다도 더 또렷이 보이게 되었다.

마치 편안한 의자처럼 생긴 동굴까지 이르자 아스라는 동굴에 앉았다.

졸졸거리는 소리를 내며 물이 돌고 있다. 사람의 몸에 피가 돌듯이, 이 나무는 노유크에서 흘러와 샘에서 흘러나오는 물을 빨아올렸다.

'이 나무는 강과 똑같은….'

그런 생각이 들었다. 그리고 아스라의 몸도 나무의 일부가 되어 물로 가득 차, 흘러넘치는 물이 강이 되었다.

참 신기했다. 저 아래에 있는 제사당의 소리가 바로 옆에 있는 것처럼 들렸다.

물속에서 먼 곳의 소리가 전해 오듯이, 이 반짝이는 물이 소리를 전하는 걸까?

잔혹한 신을 부르는 타르를 죽이라는 목소리가 들끓고 있었다.

"…잔혹한 것은 바로 당신들이야."

아스라가 중얼거렸다.

"남의 죽음을 원하는 그 추한 자신의 얼굴을 잘 보는 게 좋을 거야. 어느 쪽이 잔혹한지 알 수 있을 테니까."

그 순간 묘한 일이 일어났다.

제사당 광장에서 소리치던 사람들이 일제히 말을 멈추고 당황한 듯이 주위를 둘러보기 시작한 것이다.

'내 목소리가 들렸나 보네.'

아스라는 미소 지었다. 늑대떼를 몰살시켰을 때와 같은 흥분으로 가슴이 벅차올랐다.

아스라는 숨을 들이마시더니 큰 소리로 외쳤다.

"로타인이여, 잘 들어라. 남의 죽음을 바라는 자는 추악하다.

타르족의 슬픔이나 고통을 헤아리지 않고 짓밟으면서도,

아무렇지도 않은 당신들이야말로 추악하다.

　타르족을 죽이라고 외치면, 로타인이여! 타르족과 똑같은 고통과 공포를 맛보게 될 것이다."

　샘 밑바닥에서부터 나무줄기를 타고 소용돌이치며 올라온 것이 아스라의 몸속을 빠져나갔다.

　기생나무의 고리가 빛나며, 그 속에서부터 번뜩이는 엄니를 가진 타르하마야가 활공으로 미끄러져 내려갔다.

　그 순간 아스라는 둘로 나뉘었다.

　하나는 나무의 동굴에 앉아 있었고, 또 하나는 타르하마야가 되어 하늘을 미끄러져 내려갔다.

　점점 광장이 가까워져 왔다. 타르하마야는 엄청난 속도로 외곽과 내곽의 석벽을 무너뜨려, 돌가루를 구름처럼 피어오르게 해 흩뿌리면서 광장으로 미끄러져 내려갔다.

　넋이 빠져 있는 사람들 사이를 빠져나가서, 타르하마야는 빛의 띠를 끌며 헤엄쳐 갔다.

　빛나는 바람이 지나갔다…라고 생각한 순간, 사람들의 머리 바로 뒤에 있는 벽이 갈라지며 뜨거운 돌가루가 사람들 위로 쏟아졌다.

아스라는 웃었다. 웃음이 멈추지 않았다. 당황하고, 겁먹고, 벌벌 떨고, 울부짖고 있는 로타인을 보며 계속 웃었다.

타르하마야가 피를 마시고 싶어 하고 있다. 이한이 칼로 베어 죽인 제물용 양에서 나는 피 냄새가 참기 힘든 목의 갈증을 유혹했다.

아스라의 몸이 머물고 있는 나무줄기가 빛나기 시작했다. 두 세계 사이에 자라는 피쿠야(신의 이끼)가 촉촉해지며 반짝반짝 빛났다.

그리고 아스라의 목에 있는 기생나무의 고리도 빛을 발하기 시작했다.

꿈❀꿈

"…저기로군."

탄다가 바르사의 어깨에 손을 얹고서 소리쳤다.

"저 나무 위에 있다. 보이니?"

바르사는 눈을 가늘게 뜨고 숲을 응시했지만, 아스라의 모습은 보이지 않았다.

"거기가 아니야! 좀 더 위야!"

숲의 나무들 위로 시선을 향한 순간, 믿을 수 없는 광경이 눈에 들어왔다.

아스라가 하늘에 떠 있었다. 아스라를 둘러싼 은은한 빛이 지금은 바르사의 눈에도 보였다.

아스라의 웃음소리가 잔물결처럼 대기를 흔들었다.

그것은 늑대떼를 학살했을 때의 바로 그 웃음소리였다. 등줄기가 서늘해지는 듯한 그 웃음소리를 들으면서 바르사는 이를 악물었다.

번뜩이는 엄니가 미끄러져 왔다. 피 냄새를 핥듯이 몇 번이고, 몇 번이고 짐승의 사체 위로 미끄러져 갔다.

그 엄니가 사람에게 향하는 건 시간문제인 것을 바르사는 깨달았다.

아스라의 마음이 압도적인 힘에 취해 폭력의 쾌감에 빠졌을 때… 아스라는 저기 있는 로타인들을 죽여버릴 게 틀림없다.

바르사가 냅다 달리기 시작했다.

"바르사!"

탄다가 소리쳤다. 바르사는 외투를 벗어 던지고 외곽에서 몸을 날렸다.

탄다도 두건을 뒤로 젖혀 외투를 벗어 던지더니, 눈을 꽉 감고 그 뒤를 쫓아서 밖으로 뛰어내렸다. 발이 지면에 닿은 충격으로 정수리까지 저려 왔다.

탄다가 발을 끌면서 달리기 시작했을 때, 바르사는 이미 아무도 없는 천막 옆을 빠져나가 비탈을 오르기 시작하고 있었다.

너무나도 기분이 좋아 아스라는 웃음이 멈추지 않았다. 피에서 이렇게 좋은 냄새가 나는 줄 몰랐다.

사람들의 부드러운 목에서 좋은 냄새가 난다. 저 목에 살짝 대기만 하면 맛있는 피가 입으로 들어온다….

하지만 마음속 어딘가에서 뭔가가 그렇게 못 하도록 필사적으로 자신을 말렸다.

'죽여서는 안 돼.'

왜?

'죽여서는 안 돼…!'

사람들이 지르는 비명에 엄청난 쾌감을 느끼는 자신과, 그것을 역겹게 느끼는 자신이 있었다.

마음속에서 누군가가 몸을 비튼다. 뭔가를 떠올리라고 말하고 있다.

하지만 그것은 기분 좋은 꿈을 깨게 하려고 하는 귀찮은 소리였다.

'피를 마시고 싶다….'

욕망이 점점 부풀어 오른다. 그 욕망을 타르하마야와, 목구멍에서 눈부시게 빛나는 기생나무가 함께 느껴졌다. 목의 갈증이 심해져 왔다. 그 욕망에, 압도적인 힘을 휘두르는 쾌감이 겹쳐졌다.

사람들 옆을 천천히 헤엄치다 보니 이한의 얼굴이 눈앞에 나타났다.

땀에 젖은 채 눈을 크게 뜨고서 자신을 바라보며 떨고 있는 이한을 봐도, 아스라는 아무 느낌도 없었다. 무인들이 황급히 거머쥔 창도, 검도, 밀짚처럼 보잘것없고 부드러운 것으로 보였다. 사람의 몸이 피를 가득 채운 자루처럼 보였다.

'죽여서는 안 돼…!'

욕망 뒤에서 누군가가 울고 있었다. 몸을 비틀며 울면서 필사적으로 자신을 말리려고 한다.

'그런 짓 하고 싶지 않아…!'

하지만 피 냄새에 대한 욕망도, 힘을 마음껏 휘두르고 싶은 욕망도 너무 컸다.

바르사는 숲의 나무 뒤에서 여러 명의 사람이 뒤엉켜 있는 것을 봤다. 바둥거리는 소년을 세 남녀가 붙잡고 있는 것이었다.

"치키사!"

바르사가 소리치며 덤벼들었다.

아직 창날집이 껴 있는 단창을 좌우로 흔들어 빼서, 단숨에 두 남자의 배를 쳐서 기절시키자 몸집이 작은 여자가 얼른 뒤로 물러났다.

"쏴라…!"

손을 들며 소리친 여자가 시하나인 것을 알아차렸을 때, 화살이 핑 하고 날아왔다.

바르사는 단창을 휘둘러 화살을 쳐냈지만 곧바로 다음 화살 소리가 들렸다.

돌아보니 활을 든 카샤루가 보였다. 바르사는 몸을 젖혀 단창을 던졌다. 활시위를 끊고서 단창이 나무줄기에 박히며 떨었다.

뜨거운 바람이 귀를 스쳤다.

바르사는 뛰어올라서 다음 공격을 피했다.

단검을 거머쥔 시하나가 싸늘한 미소를 띠고서 덤벼들었다. 엄청나게 빠른 공격이었다. 단검이 배를 스치고 지나가, 그 자리에서 후끈한 열기가 느껴졌다.

시하나의 검술 실력은 대단했다. 단검이 하얀 빛으로밖에 안 보였다. 피하려고 해도 반드시 살짝 베였다. 맨손으로 대적할 상대가 아니었다.

우위에 서 있어도 함부로 상대를 깔보거나 해서 집중력을 흐트러뜨리는 일도 없었다. 말없이 그저 냉정하게 공격해 왔다.

"바르사!"

탄다의 목소리가 들렸다.

"나는 괜찮으니까 치키사를!"

바르사가 소리쳤다. 뺨이 베여 피가 튀었다.

"치키사를… 아스라한테로…!"

손이 베이는 것도 개의치 않고, 바르사는 시하나의 눈을 향해 왼손을 쑥 내밀었다.

시하나가 몸을 젖히는 순간, 바르사의 발이 올라가 단검을 걷어찼다.

시하나가 몸을 구부려 바르사의 오른발을 찼다.

뒤로 나자빠진 바르사는 갓 꿰맨 상처에 흐르는 극심한 통증을 무시하고서, 등이 지면에 부딪히는 반동을 이용해 일어나서 자세를 낮춰 시하나의 무릎을 걷어찼다.

무릎 옆쪽을 얻어맞은 순간, 시하나의 몸이 푹 꼬꾸라졌다. 바르사는 시하나의 품으로 파고들어, 옆구리 밑으로 오른팔을 넣어 들어 올리듯이 해서 그대로 내동댕이쳤다.

하지만 지면에 떨어진 시하나를 또다시 걷어차려고 한 순간, 시하나의 손이 움직이더니 뭔가가 눈으로 날아왔다. 간신히 피했는데, 그것은 아주 작은 단도였다.

거리를 둔 바르사는 일어나는 시하나와 마주 보고서 움직임을 멈췄다.

"괜찮니, 치키사…?"

탄다의 부축을 받으며 일어나서, 치키사는 배를 누르며 기침을 했다. 눈물이 글썽한 눈으로 탄다를 올려다보며 치키사가 나지막이 말했다.

"아스라를 말려야 하는데…."

탄다가 고개를 끄덕이고는 치키사를 안듯이 하고서 달리기 시작했다.

하지만 숲속에 배치되어 있던 타르족과 카샤루가 일제히 달려 나와 두 사람 앞을 막아섰다.

탄다는 발로 지면을 문지르더니 풀을 한 줌 집어 들었다.

'토로가이 사부님, 지켜봐주세요. 성공할 수 있도록…!'

탄다는 풀을 손바닥에 얹고는 주문을 외우면서 양손을 서로 비비더니, 힘껏 불어서 풀을 날려 보냈다.

풀은 바늘처럼 변해 날아서, 손이나 얼굴을 찔린 남자들이 신음하며 팔짝팔짝 뛰었다.

탄다는 치키사의 손을 끌고서 신음하는 사람들 사이를 빠져나갔다. 익숙지 않은 싸움에 심장이 두근거려 지금이라도 목구멍으로 튀어나올 것 같았지만, 탄다는 이를 악물고 입안에서 주문을 외우며 희미하게 빛을 발하는 거대한 나무를 향해 달려갔다.

"…치키사, 이 나무가 보이니?"

거친 숨을 쉬면서 물으니 치키사가 고개를 가로저었다.

"나무라곤 안 보이는데. 나한테는 안 보여."

"저기를 봐라…."

치키사는 탄다가 가리키는 위쪽을 올려다보며 목소리를 높였다.

"아, 아스라가…!"

동생의 자그마한 모습이 저 위 공중에 떠 있는 것처럼 보였다. 불그스름한 미광으로 둘러싸인 그 몸으로부터는 미친 듯한 웃음소리가 울려왔다.

'아스라….'

소름이 돋을 듯한 웃음소리였다. 분명히 동생 목소리인데도 동생의 다정함을 전혀 느낄 수 없는 무시무시한 목소리였다.

"여기를 만져봐라. 느껴지니?"

탄다의 손에 이끌려서 아무것도 없는 공간에 손을 놓았을 때, 바람처럼 부드러운 것이 손을 밀어냈다. 여기에 분명히 뭔가가 있다. 자신에게는 안 보이지만 나무가 있는 것이다.

치키사가 창백한 얼굴로 탄다를 응시했다.

"여기를… 올라가는 거지?"

탄다가 고개를 끄덕였다.

치키사가 숨을 들이쉬며 이를 악물었다. 아무리 애를 써도 떨림이 멈추지 않았다.

아스라는 이미 잔혹한 신인(神人) 사다 타르하마야가 되고 말았다.

올라가도 아무 소용이 없을 것이다. 저 잔혹한 미소를 띤 눈을 보게 될 따름이다.

"내가 먼저 올라갈게. 가자, 치키사."

그렇게 말하고 탄다는 공중에 손을 얹더니, 눈에 보이지 않는 나무를 기어오르기 시작했다.

치키사가 황급히 그 뒤를 쫓아갔다. 조심스럽게 손을 얹고 발을 걸쳐놓자, 확실히 뭔가가 몸을 받아줬다. 하지만 아무것도 없는 허공에 손을 얹고서 아래를 내려다보는 것은 무서운 일이었다. 올라가면서 점점 공포가 더해갔다.

콧속에서 울음소리를 내고 있는 치키사에게 탄다가 말했다.

"…힘내라, 치키사. 올라가서 아스라를 꼭 안아줘라. 저 아이의 마음이 타르하마야에게 먹히지 않게 해라!"

치키사는 울음소리를 내면서도 필사적으로 손과 발을 계속 움직였다.

차츰 웃음소리가 가까워져 왔다. 귀를 막고 싶어질 것 같은 무시무시한 소리였다.

아스라의 모습이 아주 가까이 보였을 때 웃음소리가 뚝 멎었다.

아스라가 이쪽을 내려다보고 있었다. 이상하게 번쩍이는 눈으로, 마치 먹잇감 벌레를 보듯이 이쪽을 내려다보고 있었다.

찬물을 뒤집어쓴 것처럼 온몸에 닭살이 돋았다.

차가운 신의 입김이 잘 갈린 칼날처럼 뺨에 닿았다.

시하나는 단도를 하나 더 품에서 꺼내 들고는 바르사에게 덤벼들었다.

그 순간 어떤 기척이 등줄기에 느껴져, 바르사는 지면에 납작 엎드려 등을 베려고 한 카샤루의 칼날을 아슬아슬하게 피했다.

온몸이 타는 듯했다. 등의 상처도 벌어져서 피가 뚝뚝 떨어졌다.

바르사가 일어나는 것을 바라보면서 시하나가 카샤루에게 명령했다.

"여기는 괜찮으니까 치키사를 쳐서 떨어뜨려라."

바르사는 이를 악물고 시하나에게 덤벼들었다.

시하나의 단도가 바르사의 목을 공격했다.

바르사는 피하지 않았다. 단도가 목의 살갗을 베었다. 하지만 다음 순간 시하나는 비명을 질렀다. 바르사의 손가락이 오른쪽 눈을 찢은 것이다.

눈을 누른 시하나의 명치에 바르사의 무릎이 파고들었다.

시하나가 땅바닥으로 무너져 내리는 것을 보지도 않고, 바르사는 몸을 돌려서 카샤루 사수의 뒤를 쫓았다.

사수는 이미 활을 당기고 있었다. 바르사가 덤벼든 순간 화살이 핑 하고 날았다.

탄다는 화살 소리를 듣고 놀라서 뒤돌아봤다.

치키사가 비명을 질렀다. 가녀린 소년의 어깨에 화살이 꽂혀 떨고 있었다.

"치키사…!"

극심한 통증으로 치키사가 몸을 비틀어 나무줄기에서 떨

어졌다.

탄다는 손을 뻗어 치키사의 옷을 붙잡았지만, 무거워서 하마터면 자신도 떨어질 뻔했다.

아른거리는 아지랑이로밖에 보이지 않는 나무에서는 갑자기 손을 뻗어봤자 손이 허공을 가를 따름이었다.

'안 되겠다.'

떨어지기 시작한 치키사와, 냉담한 아스라의 눈이 잠시 마주쳤다.

소름이 돋을 듯한 기쁨 속에서 뭔가가 찔렀다.

아스라는 자신의 눈이 바라보고 있는 것의 정체를 파악하려고 했다.

'눈이다.'

누구의…?

'오빠의 눈이다.'

고통으로 일그러진 오빠의 눈. 필사적으로 자신을 올려다보고 있는 오빠의 눈.

부풀어 오른 거품이 차가운 바람에 닿아 터져서 꺼져가듯이, 한껏 들떠 있던 마음이 식어가자 뭔가가 마음으로 돌아왔다.

마음속 어두운 곳으로부터 몇 개의 목소리가 들렸다. 그 목소리에는 정겨운 사람의 얼굴이 함께했다. 자신을 바라보며 말을 걸고 있다. 뭐라고 말하고 있다.

오빠의 눈. 오빠의 슬픈 눈. 그리고 슬픈, 누군가의 눈.

'…바르사.'

자신을 응시하고 있는 눈이 빛으로 바뀌어 마음속을 비춰, 몇 가지의 추억이 번쩍이며 위로 솟아올랐다.

오빠와의 추억. 바르사와 지낸 나날. 대상 일행들.

눈보라 치던 밤, 호탕하게 웃던 로타 목부들.

그것들을 떠올린 순간, 달콤하게 느끼던 피 냄새가 비릿한 냄새로 바뀌었다.

도망쳐 다니며 울부짖는 사람들의 목소리가 확실하게 꺼림칙한 것으로 들리기 시작했다.

공포로 크게 뜬 그들의 눈이 자신을 바라보고 있었다.

이한의 얼굴을 지나치고 몇 사람의 얼굴을 지나쳐, 마침내 남부의 뚱뚱한 영주가 눈에 들어왔다. 떨고 있는 남자의 얼굴이 눈앞에 있었다. 땀 냄새까지 맡을 수 있을 정도로 가까이 있었다. 그 사람의 목숨은 자신의 손안에 있었다.

목을 찢어발기고 싶은 욕망이 솟구쳐 왔다.

그 순간 어떤 생각이 번개처럼 온몸을 관통했다.

'지금 나는 사람을 죽이고 싶어 하고 있다…!'

영주의 눈에 비치는 자신의 얼굴이 보인 것 같았다.

흉악한 얼굴… 흉악한 자신의 얼굴이. 그때 처음으로 아스라는 타르하마야의 얼굴을 봤다.

바르사의 쉰 목소리가 귀에 되살아났다.

'늑대를 죽였을 때의 네 얼굴은 무척 무서웠어.'

기억 속에 보관되어 있던 또 하나의 역겨운 광경이 보였다.

도망쳐 다니는 사람들. 그 사람들의 목을 찢어발기는 자신….

아스라는 소리쳤다. 절규하며 목을 쥐어뜯어, 목에 들러붙어 있는 기생나무의 고리를 붙잡았다.

남부의 영주의 목을 엄니로 물어뜯으려고 하는 자신을 떼어놓듯이.

'죽이고 싶지 않아.'

타르하마야가 몸을 비틀어, 무리하게 욕망을 억제당하는 것에 화를 내며 소리쳤다.

'죽이고 싶다. 방해하지 마라….'

그것은 기분 나쁜 자신의 목소리였다. 타르하마야가 된 자신이 굽은 목을 쳐들고 이상하게 빛나는 눈으로 이쪽을 봤다.

'훼방꾼아… 꺼져버려!'

미끄러지듯이 타르하마야가 돌아온다.

자신의 마음을 잡아먹기 위해서. 마음이 먹혔을 때, 아스라는 완전히 타르하마야와 하나가 된다.

'사다 타르하마야가 되는 것이다….'

'싫어! 나는… 사다 타르하마야가 되고 싶지 않아!'

구름 사이로 햇빛이 비치듯이, 불현듯 그런 생각이 마음을 번쩍 비쳤다.

'나는 사다 타르하마야 같은 거 안 될 거야…!'

아스라는 양손으로 기생나무의 고리를 꽉 쥐었다.

'이것은 신이 이 세상으로 나오는 문. 타르하마야를 집어삼키고 이 문을 없애버리면, 틀림없이 타르하마야를 가둬둘 수 있어….'

몸에 딱 달라붙은 이 고리를 잡아서 떼어내면 목이 갈기갈기 찢어져 죽을지도 모른다.

'그래도….'

눈 속에 정겨운 사람들의 얼굴이 하나씩 떠올랐다가 사라졌다.

번뜩이는 엄니가 일직선으로 돌아온다.

온몸에 전율이 일었다.

아스라는 기생나무의 고리를 꽉 쥐고 용기를 내서 무시무시한 신을 똑바로 응시했다.

무서웠다. …하지만 공포가 정점에 이른 순간, 거세게 불던 바람이 갑자기 잠잠해진 듯한, 소리도 움직임도 없는 묘하게 투명한 때가 찾아왔다.

번뜩이는 엄니가 점점 커졌다. 눈을 부릅뜬 채로, 아스라는 배에 힘을 주어 고리로 미끄러져 들어오는 신을 삼켰다.

몸을 잡아먹히는 듯한 극심한 통증이 흘렀다. 젖 먹던 힘까지 쥐어짜서, 아스라는 기생나무의 고리를 잡아당겨 떼어내고는 깊은 어둠 속으로 낙하해 갔다.

잘 익은 감처럼 아스라가 떨어졌을 때, 탄다는 순간적으로 허공을 더듬던 팔로 아스라의 몸을 받아서 꽉 끌어안았다.

순간 온몸이 흔들렸다. 몸이 비틀린 순간, 바로 밑에 초록빛이 보였다. 이 숲에 있는 평범한 나무들의 꼭대기였다.

순간적으로 탄다는 줄기를 양발로 찼다. 그리고 두 아이를 안은 채로, 출입금지 구역 숲에 있는 나무의 가지를 향해 드러누운 것 같은 자세로 떨어져 내렸다.

엉망으로 몸이 긁히고 부딪히고 찢겼지만, 어떻게 할 수도 없었다. 탄다는 눈을 꽉 감고 그저 낙하가 멈추기만을 빌었다.

세 사람의 몸을 받아낸 나무가 갈라지는 소리가 나며 몸이 심하게 흔들렸다.

사수의 목덜미를 쳐서 기절시킨 바르사는 나무들 틈새로 하늘에 떠 있는 것처럼 보이는 세 사람을 올려다봤다.

처음에 치키사가 떨어지고, 치키사의 옷을 붙잡은 탄다의 몸이 크게 흔들리나 싶었을 때, 아스라가 일어서서 목을 쥐어뜯는 것이 보였다. 그리고 마치 포옹하듯이 팔을 벌려 번뜩이는 엄니를 정면으로 받아냈다….

그다음은 순식간이었다. 세 사람이 한 덩어리가 되어 대각선 방향의 나무에 떨어져 엄청난 소리를 내며 낙하해 왔다.

바르사는 필사적으로 그 나무로 향했지만, 그 나무는 너무 가늘어 세 사람의 무게를 견디지 못했다. 비명과도 같은 소리를 내며 나무가 갈라지며 쓰러졌다.

굵은 나무가 그 나무를 받아주는 꼴이 되어, 세 사람의 몸도 굵은 나무에 뒤엉켰다. 바르사는 그 나무를 붙들고 올라가기 시작했다.

갈라진 나무의 가지가 뒤엉켜 좀처럼 올라갈 수가 없었다. 발버둥치고 있을 때, 누군가가 아래에서 올라오는 소리가 들려왔다.

"바르사! 들리나! 지금 간다."

스파루의 목소리였다. 날카로운 단검으로 가지를 쳐내면서 스파루가 올라왔다. 나무 아래에는 마크루의 모습도 있었다.

스파루와 힘을 합해, 바르사는 우선 치키사와 아스라를 지상으로 내려놓기 위해 움직였다. 두 아이는 피투성이인 채 힘없이 눈을 감고 있었지만, 생사를 확인할 여유도 없었다. 곧 쓰러질 듯한 소리를 내며 흔들리는 나무에서 탄다의 몸을 지면으로 내려놓는 것은 힘든 일이었다.

온몸에 상처를 입은 바르사만이 아니라, 스파루와 마크루까지 상처투성이의 세 사람을 안아서 내려놓는 동안 피투성이가 되었다.

땅바닥에 누운 탄다가 몸을 움직였을 때, 바르사는 목소리도 낼 수가 없었다. 그저 거칠게 숨을 쉬며, 아이들 옆에 웅크리고 앉더니 목에 손을 대고 맥을 짚었다.

맥박은 뛰고 있었다. 둘 다 맥박만은 확실히 뛰었다.

바르사는 축 늘어진 아스라의 자그마한 몸을 떨리는 손으로 안아서 힘껏 포옹했다. 신음하는 듯한 소리가 바르사의 입에서 새어 나왔다.

종장

사라유가 피는 들판에서

바르사는 오랫동안 어둠 속에 있었다.

이따금 흔들리는 빛을 보며 사람의 목소리를 들은 듯한 느낌이 들었지만, 그것도 꿈과 뒤섞여서 확실하지 않았다.

바로 옆에서 들려온 생소한 남자 목소리에 경계심이 자극을 받아, 바르사는 미지근한 어둠의 밑바닥에서 허우적대다가 간신히 떠올랐다.

눈을 뜨자 풍경이 천천히 빙빙 돌았다. 눈을 감고 숨을 골라 현기증이 가시기를 기다리고 있자,

"…이 사람은 깨어난 것 같군요."

하고 말하는 목소리가 들렸다. 눈을 뜨니 처음 보는 남자 둘이 옆에 서 있었다.

"들리나? 이제 괜찮다. 우리는 의술가다. 안심하고 좀 더 자는 게 좋겠다."

"…다, 른…."

혀가 굳어서 말이 안 나왔지만, 하고자 하는 말은 전달된 것 같았다.

"괜찮다. 다른 세 사람도 살아 있다. 자, 좀 더 자도록 해라."

그 목소리를 듣고 긴장이 풀린 순간, 바르사는 잠 속으로 빠져들었다.

누군가가 속삭이는 목소리에 바르사는 또다시 깊은 잠에서 빠져나왔다.

주위는 어둑어둑했고, 옆에 누워 있는 탄다의 모습이 검은 그림자처럼 가라앉아 보였다. 난로의 은은한 빛만이 주위를 희미하게 비추고 있었다.

그 어둠 속에서 한 남자가 이쪽에 등을 돌리고 앉아 있었다. 남자는 낮은 로타식 침대에 누워 있는 아스라 옆의 의자에 앉아 있었다.

남자는 익숙지 않은 어설픈 동작으로 아스라의 머리카락을 살며시 어루만지면서 말을 하고 있었다.

"…그대는 왜 우리를 죽이지 않은 것이냐?"

낮지만 울림이 좋은 목소리였다.

바르사는 문득 그 목소리의 주인이 누구인지를 깨달았다. 이한 전하임에 틀림없다.

아스라에게 묻는다기보다는 자신에게 묻고 있는 것처럼, 이한은 조용히 말하고 있었다.

"그대의 어머니를 불행하게 한 우리를 몹시 증오하고 있었을 텐데."

바르사는 눈을 감고 이한의 목소리를 듣고 있었다.

"나는 그대의 어머니를 진심으로 소중히 여겼지만, 그로 인해서 왕가를 위태롭게 할 생각은 없었다. 그때 나는 그런 내 본심을 깨닫지 못했지만, 그대의 어머니는 그것을 간파했을 거다."

이한이 한숨을 쉬었다.

"토리시아, 자취를 감춘 그대의 판단은 옳았다.

만약 그때 내가 무리하게 그대를 아내로 삼았다면 왕가는 엄청난 위기에 처했을 것이다. 아이를 낳기 전에 누군가가 반드시 그대를 죽이려고 하고… 나는 아마도 그것을 막을 수가 없었을 것이다."

이한은 입을 다물었고, 정적 속에서 천막이 바람에 펄럭이는 소리가 울렸다. 이한은 아스라의 가슴팍에 감긴 붕대를 바라보며 나지막이 말했다.

"여기에 기생나무의 고리가 걸려 있었느냐? 떼어내는 것은 엄청난 고통이었을 텐데. 대단한 용기로다. 자신의 목숨을 버려서 무시무시한 신을 막다니⋯."

바르사는 깜짝 놀라 눈을 뜨고는 천천히 얼굴을 움직였다.

이한이 놀라서 바르사를 돌아봤다.

"일어나 있었느냐?"

바르사가 굳어 있는 혀를 움직였다.

"아스라는⋯."

이한이 어두운 얼굴로 지그시 바르사를 응시했다.

"숨은 쉰다. 하지만 스파루의 말에 의하면 몸 안에서 혼이 느껴지지 않는다고 한다."

이한의 목소리가 떨렸다.

"이 어린 나이에 그렇게 힘든 선택을 하다니⋯."

바르사는 눈을 감았다. 끝없이 이어지는 어둠이 펼쳐져 있었다.

바르사와 탄다, 그리고 치키사는 서서히 회복해갔다. 제사당 옆 천막 안에서 그들은 조용히 몸을 회복시키고 있었다.

혹독한 겨울이 서서히 봄을 향해서 간다.

스파루는 이따금 천막에 들러서는 이런저런 이야기를 하고 갔다. 요사무 왕이 귀국해 자신의 부재중에 일어난, 왕국을 뒤흔들 만한 소동의 전말을 이한한테서 들었다는 것. 이아누에 대한 형벌은 아직 결정되지 않았다는 것 등을.

스파루의 미간에는 언제 봐도 깊은 주름이 새겨져 있었다.

스파루가 돌아가자 탄다가 중얼거렸다.

"시하나 생각이 한시도 마음에서 떠나지 않는가 보구나."

시하나는 그날 혼란한 틈을 타서 어느 틈엔가 동료 몇 명과 함께 자취를 감추어버렸다. 스파루의 부하가 뒤쫓고 있지만 행방이 묘연하다고 한다.

"스파루 입장에서 보면, 카샤루 대장의 한 사람으로서 시하나를 이대로 놔둘 수는 없겠지. 로타 왕가를 흠모해 타르족을 선동한 자를 내버려둘 수는 없을 테고.

하지만 말이야. 가령 시하나를 붙잡아서 사형시킨다 해도 문제는 그대로 남을 따름이야.

오히려 상처를 감추고 있던 딱지가 떨어진 셈이어서 앞으로가 더 문제지."

스파루와 함께 이 로타에 내재해 있는 수많은 문제점들을 접해온 탄다는, 앞으로 이 나라가 걸어갈 길이 얼마나 험난한지를 생각하지 않을 수 없었다.

"남부의 영주들과 왕가 사이의 긴장도 사라져버린 것이 아니고.

시하나는 보통 사람이 아니야. 그러니 스파루한테서 도망치는 데 성공하면, 언젠가 이한 전하가 위기에 처했을 때, 그걸 빌미로 공식적인 활동을 시작할지도 모르지.

그렇지, 바르사? 그렇게 생각하지 않아?"

단검을 끼워 넣을 수 있는 가죽띠의 물림쇠를 손질하던 바르사는 가죽띠를 내려다본 채로 나지막이 말했다.

"…그렇겠지."

조금 후에 바르사는 가죽띠를 탁 치더니, 여동생이 누워 있는 침대 옆에 멍하니 앉아 있는 치키사에게 말을 걸었다.

"치키사, 잠깐 와봐라."

치키사가 얼굴을 번쩍 들더니 곁으로 왔다. 바르사가 가죽띠를 내밀자, 치키사는 이상하다는 얼굴을 했다.

"이걸… 나한테?"

"그래. 여행에 필요한 짐을 적당히 꾸려달라고 나한테 부탁했지?"

치키사는 고개를 끄덕이면서도 아직 잘 모르겠다는 얼굴을 했다.

"이것도 여행에 필요한 것 중 하나야. 차봐라."

바르사한테서 가죽띠를 받아들더니, 치키사는 어설픈 동작으로 허리에 찼다. 그런 다음 단검을 받자 허리에 꽂았다.

"무겁니?"

　바르사의 물음에, 치키사는 약간 상기된 얼굴이 풀리며 고개를 가로저었다.

　바르사는 앉은 채로 그런 치키사의 얼굴을 올려다보며 말했다.

"타르족의 풍습은 모르겠지만, 내 고향에서는 단검을 차는 것은 어엿한 어른이 되었다는 증거란다."

　치키사는 기쁨으로 얼굴을 반짝이며 칼집에서 천천히 단검을 뽑았다.

"고맙습니다. 굉장한데."

　번쩍이는 칼날을 빠져들듯이 응시하고 있는 치키사에게 바르사가 조용히 말했다.

"칸발에서는 말이다, 단검을 아들에게 건네주는 의식 때 아버지가 하는 말이 있단다.

　검의 무게는 목숨의 무게. 그 단검은 그대의 삶이자 죽음이다. 단검을 뺄 때는 자신의 목숨을 그 칼날에 맡긴 것으로 각오해라."

　미소가 서서히 사라지고 치키사의 눈에 망설이는 빛이 떠올랐다.

"난, 아직 제대로 된 성인이 아닌데… 이 단검을 차도 될까…?"

바르사가 미소 지었다.

"이한 전하가 보호해주신다고 말씀하셨는데, 너는 그 제안을 안 받아들였잖아. 동생을 업어서라도 고향을 떠나서 두 번 다시 타르족을 만나지 않고 살아가겠다고 전하께 단호하게 말씀드리던 네 얼굴을 보며 생각했다. 이미 단검을 차도 좋은 나이가 되었구나 하고."

이한 전하와의 대면을 떠올리고 치키사의 눈빛이 흔들렸다.

"나는 전하가 주신 돈도 돌려드리고 싶은데."

"받아둬라, 받아둬."

탄다가 웃으면서 말했다.

"언젠가 돈을 벌게 되어서, 그때도 여전히 돌려주고 싶으면 돌려주면 되지."

바르사에게 받은 단검의 손잡이를 만지면서 치키사는 이한 전하의 근엄한 얼굴에 떠오른, 뭐라고 형용할 수 없는 표정을 상기했다.

훗날 이한 전하의 얼굴조차 잘 떠오르지 않게 되어도, '씩씩하게 살아라'라는 말만 남기고 떠나간 그 뒷모습만은 왠지 치키사의 기억 속에 선명하게 계속 남았다.

　그해 봄은 일찍 찾아왔다.

　사다 타르하마야가 없어도 다른 세계로부터 흘러오는 강은 조용히 그리고 도도히 흘러서 땅을 적셔, 눈 덮인 들판을 꽃이 흔들리는 들판으로 바꿔갔다.

　봄이 와도 아스라는 깨어나지 않았다.

　아스라는 입에 미음을 흘려 넣으면 마셨지만, 아무 말도 하지 않았으며, 눈꺼풀을 손가락으로 벌려봐도 그 눈에 아무런 빛이 없었다. 그저 텅 빈 어둠만이 있었다.

　"혼이 없는 건 아니야."

　몇 번인가 혼에 접촉한 탄다는 스파루가 틀렸다고 했다.

　"있어. 분명히. 하지만 접촉하기가 무척 어려워. …아마 자신을 잊으려고 하기 때문일 거야."

　바르사는 종종 아스라를 봄의 들판으로 안고 갔다. 막 피기 시작한 사라유의 불그스름한 꽃이 흔들리는 들판에서 해가 질 때까지 아스라를 안고 있었다.

　어느 날 치키사가 찾아와서 바르사 옆에 앉았다. 한참 동안 아스라의 머리카락을 어루만지고 있다가, 이윽고 불쑥 중얼거렸다.

"…아스라는 지금 이대로가 더 좋은지도 몰라."

아스라한테서 시선을 돌려 양떼가 풀을 뜯는 광경을 바라보면서 치키사가 말했다.

"신타단 감옥에서 아스라에게 살해당한 사람들은 깨어나고 싶어도 두 번 다시 깨어날 수 없잖아. 아스라는 사람을 죽였으니 깨어나지 않는 게 옳다고 생각해."

양팔로 무릎을 껴안듯이 하고 관절 부분에 머리를 붙이고서 치키사가 웅얼거리는 목소리로 말했다.

"그러니까 이제 됐어. 바르사. …아스라를 죽게 해주자."

바르사는 아스라를 안고서 나무에 기대고 있었다.

올봄에 태어난 새끼 양일까? 메뚜기가 뛰어오르듯이 팔짝팔짝 뛰어오르는 자그마한 모습이 보였다. 사는 것이 기뻐서 어쩔 줄 모르는 것 같았다. 온몸으로 뛰어오르고 있었다.

"…지금 죽게 할 바에는 그때 손을 내밀지 않았다."

바르사는 손을 뻗어서 치키사의 머리카락을 마구 헝클어트렸다.

"치키사, 넌 좀 더 동생을 자랑스럽게 여겨라."

치키사가 놀라며 바르사를 올려다봤다.

"자랑스럽게 여기라고…?"

바르사가 고개를 끄덕였다.

"아스라는 엄청난 일을 해냈다고 생각하지 않니?"

치키사가 눈을 깜빡였다.

"이 아이는 겁이 무척 많은 겁쟁이였지.

그런데도 무시무시한 신의 능력을 쓸 수 있게 되어 증오를 마음껏 표출하는 쾌감을 알고서도 사람을 죽이지 않으려고 했다. 그렇게 하기보다는 신을 자기 몸에 가둬두려고 했지.

…나라면 절대로 그렇게 못 할 거야."

쓸쓸한 미소가 어렴풋이 입술에 떠올랐다.

"이 아이가 살아서는 안 된다면 나 같은 사람은 일찌감치 죽었어야 해."

그렇게 말하고 나서 바르사는 어깨를 살짝 으쓱했다.

"하지만 내가 죽고 사는 문제에 남의 간섭을 받을 마음은 없어."

바르사가 치키사를 응시했다.

"아스라가 깨어날지 말지는 아스라가 결정할 일이야."

"하지만 결정한다고 해도…."

"아스라의 혼은 여기 있어. 탄다가 그렇게 말했어."

바르사의 눈이 미소 짓고 있었다.

"그 녀석은 거짓말은 하지 않아. 아스라의 혼은 여기 있어. 여기 있으면서 깨어날지 말지 망설이고 있는 거야. …너처럼 생각하고 있을지도 모르지. 자신은 깨어나서는 안 된다고 생각하고 있는지도 몰라."

바르사는 미소를 띤 채로 초록빛의 들판에서 뛰노는 새끼 양을 바라봤다.

"깨어나라, 아스라. 사는 게 더 괴로울지도 모르지만."

속삭이듯이 바르사가 말했다.

"자신이 살아 있어서 다행이라고 생각할 수 있게 될 때까지는 오랜 세월이 걸리지만.

그래도 말이야…."

바람이 건너와서 풀을, 나무들을 흔들었다.

"저기 봐라, 사라유 꽃이 흔들리고 있다. …자, 봐라."

어둠 속을 떠다니던 꽃향기가 가까이 다가왔다.

어둠 저편으로 바늘구멍처럼 자그마한 흰빛 하나가 보였다.

봄 향기가 그 빛으로부터 살며시 전해져 왔다. 주황빛으로 흔들리는 사라유와 풀 냄새였다.

옮긴이의 말

《수호자》 시리즈의 저자 우에하시 나호코는 오스트레일리아의 원주민 애보리진을 연구하고 대학에서 문화인류학을 가르치는 교수 겸 문학가다. 1996년에 자신의 전문 분야에 문학적 상상력을 접목시킨 작품 『정령의 수호자』를 발표하면서 일약 일본 판타지 문학을 대표하는 작가가 되었다. 『정령의 수호자』의 인기에 힘입어 3년 뒤인 1999년에 후속작 『어둠의 수호자』를 발표하고, 이어서 작품 8편과 단편집 2권을 더해 총 12권에 이르는 대작 《수호자》 시리즈를 무려 16년에 걸쳐 완성했다.

이 역작으로 우에하시 나호코는 수많은 문학상을 수상했다. 그뿐만 아니라 해외 여러 나라에서 《수호자》 시리즈가 번역 출간되면서 국제적으로도 명성을 떨치게 되었다. 특히 2014년에는 아동문학계의 노벨상으로 불리는 국제 안데르센

상 작가상을 수상함으로써 세계적으로 주목받는 작가로 우뚝 섰다.

일본에서 《수호자》 시리즈의 인기와 위상은 일본 국영방송인 NHK에서 방송 90주년 기념작으로서 이 시리즈를 실사 드라마로 제작하기로 결정한 것만으로도 충분히 짐작할 수가 있다. 2016년 3월에 〈정령의 수호자〉라는 제목으로 방영을 시작하여 약 3년에 걸쳐서 방영할 예정이니, 일본 내에서 《수호자》 시리즈를 둘러싼 열기는 한동안 식지 않을 것으로 보인다. 이제까지 라디오 드라마나 애니메이션으로 제작된 적은 있으나 생동감 넘치고 현실감 있는 묘사가 가능한 실사 드라마의 제작은 처음이다. 게다가 유명 연예인까지 등장한 드라마이다 보니 지금 일본에서는 우에하시 나호코의 원작 소설이 다시금 주목받으며 많은 기대를 모으고 있다.

《수호자》 시리즈는 종종 '아시아의 『반지의 제왕』'으로 비
유되곤 한다. 『반지의 제왕』이 그렇듯이 이 작품 역시 아동부
터 성인까지 두루 즐길 수 있는, 독자층의 폭이 매우 넓은 대
작이다. 그러나 철저하게 현실과 동떨어진 판타지 세계를 그
린 『반지의 제왕』과 비교해서, 《수호자》 시리즈가 그리는 판
타지 세계는 우리가 살아가는 이 세계와 매우 가까운 곳에
공존한다. 다른 세계를 인정하고 다른 생각을 받아들일 수
있는 열린 마음을 가진 이라면 언제든 그 세계를 볼 수 있으
며 두 세계의 경계를 넘나들 수 있다는 점에서 커다란 차이
점을 보이는 것이다.

《수호자》 시리즈는 30세인 주인공 바르사가 37세가 되기
까지 7년 동안 경험하는 무용담이자 모험담이다. 또한 첫 번
째 책인 『정령의 수호자』에서 바르사의 도움으로 목숨을 구

한 챠그무가 11세 어린아이에서 18세 성인으로 성장하는 과
정을 그린 성장 이야기이기도 하다. 본편 10권 가운데 『정령
의 수호자』, 『어둠의 수호자』, 『꿈의 수호자』, 『신의 수호자』
는 바르사가 주인공이며, 『허공의 여행자』, 『푸른 길의 여행
자』에서는 챠그무가 주축이 되어 이야기를 이끌어나간다. 그
리고 이 두 줄기의 이야기는 세 편 연작인 『하늘과 땅의 수호
자』에서 하나로 합류하게 된다. 그 과정에서 다양한 민족 문
화에 대한 생생한 묘사, 여러 나라의 역사와 정치적 관계에
대한 묘사가 세밀하게 곁들여지면서, 여느 판타지 소설과 차
별화되는 《수호자》 시리즈만의 독특한 세계가 형성된다.

주인공 설정 역시 매우 독특하다. 판타지 소설에서 바르사
와 같이 서른 살 여성이 주인공으로 등장한다는 것은 이례적
인 일이다. 실제로 『정령의 수호자』 출간 당시에 일본 출판사

측에서도 그 점에 대해 난색을 표했다고 한다. 하지만 우에하시 나호코는 무슨 일이 있어도 주인공은 어느 정도 나이가 들어 인생 경험이 풍부하며, 어린 생명을 푸근히 감싸 안을 수 있는 모성애를 지닌 여성이어야 한다는 생각을 떨칠 수가 없었다. 단창을 멘 30대 여성이 어린아이의 손을 잡고 도망치는 이미지가 불현듯 저자의 머릿속에 떠올랐고, 이것이 바로 《수호자》 시리즈를 저술하는 계기가 되었기 때문이다. 이렇게 해서 강인하면서도 심성 따뜻한 바르사, 약한 생명을 위험으로부터 구하는 역동적인 여성 무사 바르사가 탄생한 것이다.

바르사의 담대한 캐릭터와 굴곡진 삶 이외에, 황태자 챠그무의 성장 이야기 또한 《수호자》 시리즈에서 중요한 의미를 갖는다. 연약한 어린아이 챠그무가 어느덧 약한 자를 보호하고 생명을 지킬 줄 아는 강인한 어른이 되고, 나아가 주체적으로 이야기를 이끌어가는 중요 인물로 성장하는 과정을 지켜보는 것도 이 작품을 읽는 또 다른 재미다. 위험을 무릅쓰면서까지 자신을 구해준 바르사한테서 영향받아, 챠그무 역시 자신의 목숨이 위태로워지는 것도 개의치 않고 다른 생명을 구하기 위해 최선을 다하는 가슴 훈훈한 장면을 시리즈 곳곳에서 목격하게 된다.

이 작품을 번역하면서 자연과 생명에 대한 저자의 애정과 경의, 소외받는 이들과 약한 자들을 바라보는 따뜻한 시선에 깊이 감명받았다. 그리고 스스로 선택한 것이 아니더라도 어찌 되었든 자기가 태어난 세계에서 주어진 운명을 받아들이고 열심히 살아가는 사람들의 삶도 이 작품에서 만날 수 있었다. 또한 자칫하면 소홀히하기 쉬운 소중한 것을 지키기 위해 최선을 다하는 아름다운 모습도 곳곳에서 볼 수 있었다. 작품을 번역하며 이런 것들이 작품에 심오한 의미와 다양한 색채를 부여한다는 생각이 들었다.

　번역자로서《수호자》시리즈의 번역은 새로운 세계에 대한 도전이었으며, 기나긴 호흡이 필요한 작업이었다. 많은 노력과 시간이 드는 힘든 작업이었지만, 매우 흥미롭고 가치 있는 도전이었다는 생각이 든다. 우에하시 나호코의 가치관과 세계관이 흠뻑 배어 있는《수호자》시리즈의 한국어판 출간에 번역자로서 동참하게 된 것을 기쁘게 생각한다. 저자가《수호자》시리즈를 통해 전 세계의 독자에게 보내고자 하는 메시지가 한국의 독자들에게도 제대로 전달되기를 희망한다

김옥희

신의 수호자 2.귀환

초판 1쇄 찍은날 2020년 2월 24일

초판 1쇄 펴낸날 2020년 2월 28일

지은이 우에하시 나호코

옮긴이 김옥희

펴낸이 한성봉

편집 조유나·하명성·최창문·김학제·이동현·신소윤·조연주

콘텐츠제작 안상준

디자인 전혜진·김현중

마케팅 박신용·오주형·강은혜·박민지

경영지원 국지연·지성실

펴낸곳 스토리존

등록 2015년 8월 11일 제2017-000039호

주소 서울시 중구 소파로 131 [남산동 3가 34-5]

페이스북 www.facebook.com/dongasiabooks

전자우편 storyzone1@naver.com

블로그 blog.naver.com/dongasiabook

인스타그램 www.instagram.com/dongasiabook

전화 02) 757-9724, 5

팩스 02) 757-9726

ISBN 979-11-88299-05-8 04830

979-11-957529-0-4 (세트)

이 도서의 국립중앙도서관 출판예정도서목록(CIP)은
서지정보유통지원시스템 홈페이지(http://seoji.nl.go.kr)와
국가자료공동목록시스템(http://www.nl.go.kr/kolisnet)에서
이용하실 수 있습니다.(CIP제어번호: CIP2020007136)

※ 스토리존은 동아시아 출판사의 어린이/청소년/실용 브랜드입니다.

※ 잘못된 책은 구입하신 서점에서 바꿔드립니다.

만든 사람들

편집 안상준

디자인 김현중

본문 조판 김경주